博雅撷英

二十世纪中国文学三人谈·漫说文化

钱理群 黄子平 陈平原 著

（增订本）

北京大学出版社

图书在版编目(CIP)数据

二十世纪中国文学三人谈·漫说文化/钱理群,黄子平,陈平原著.—2版(增订本).—北京:北京大学出版社,2019.10
(博雅撷英)
ISBN 978-7-301-30826-4

Ⅰ.①二… Ⅱ.①钱…②黄…③陈… Ⅲ.①中国文学—当代文学—文学研究—文集 Ⅳ.①I206.7-53

中国版本图书馆 CIP 数据核字(2019)第 205719 号

书　　　名	二十世纪中国文学三人谈·漫说文化(增订本) ERSHI SHIJI ZHONGGUO WENXUE SANREN TAN·MANSHUO WENHUA(ZENGDING BEN)
著作责任者	钱理群　黄子平　陈平原　著
责任编辑	艾英
标准书号	ISBN 978-7-301-30826-4
出版发行	北京大学出版社
地　　　址	北京市海淀区成府路 205 号　100871
网　　　址	http://www.pup.cn　新浪微博:@北京大学出版社
电子信箱	pkuwsz@126.com
电　　　话	邮购部 010-62752015　发行部 010-62750672 编辑部 010-62756467
印　刷　者	北京中科印刷有限公司
经　销　者	新华书店
	880 毫米×1230 毫米　A5　9.875 印张　216 千字 2004 年 8 月第 1 版 2019 年 10 月第 2 版　2021 年 11 月第 2 次印刷
定　　　价	69.00 元

未经许可,不得以任何方式复制或抄袭本书之部分或全部内容。
版权所有,侵权必究
举报电话: 010-62752024　　电子信箱: fd@pup.pku.edu.cn
图书如有印装质量问题,请与出版部联系,电话: 010-62756370

目 录

小 引 ································· 陈平原 /1

二十世纪中国文学三人谈

写在前面 ··· 3

论"二十世纪中国文学" ························· 12
关于"二十世纪中国文学"的对话 ················ 36
    缘起 ··· 36
    世界眼光 ····································· 46
    民族意识 ····································· 56
    文化角度 ····································· 67
    艺术思维 ····································· 84
    方法 ··· 95

附录一 关于"二十世纪中国文学"的两次座谈 ············ 109
附录二 关于"表现即艺术"的讨论 ······················· 139
附录三 有关"二十世纪中国文学"种种反响的综述 ······· 143
后 记 ··· 159

漫 说 文 化

漫说"漫说文化"(代序)	陈平原/163
岁月无情又多情	钱理群/167
十年一觉	陈平原/170
漫说"漫说……"	黄子平/175
"说东道西"的姿态	钱理群/179
漫卷诗书喜欲狂	陈平原/183
"父父子子"里的文化	钱理群/191
兼问苍生与鬼神	陈平原/198
"乡风市声"的意味	钱理群/209
未知死　焉知生	陈平原/219
"世故人情"中的智慧	钱理群/232
男男女女的主题	黄子平/237
难得浮生半日闲	陈平原/245
何必青灯古佛旁	陈平原/254

三人谈——落花时节读华章 …………………… 263

增订本后记 …………………………………………… 309

小 引

陈平原

这里合刊的,是两册有趣的小书。

说"小书",很容易理解。相对于时贤动辄四五十万字的大著,这不大的篇幅,实在有点"寒碜"。不敢打肿脸充胖子,说什么以一当十,言简意赅。小书就是小书,不必讳言。只不过西哲有云:"大狗叫,小狗也得叫。"我想补充一句:叫得欢的小狗,其憨态也自有可观及可爱处。如此不太恰当的比喻,用在我们当初的"表演",还是挺贴切的。

这就说到"有趣"了。面对这两册小书,最可能感叹"有趣"的,很可能不是热心的读者,而是作者本人。从 1985 到 1990 年,我和钱理群、黄子平三人,在区区燕园里,"热火朝天"地切磋学问,先是纵论"二十世纪中国文学",后又"漫说文化"。而这两次合作(加上"未完成"的《二十世纪中国小说史》),多少都引起了学界的关注。学术上的创获到底有多大,不好说;倒是那种合力奋进的精神状态,很是感人。或许,这就是人们常说的"八十年代学术"的特征:虽则粗疏,但生气淋漓。

到了为出版《漫说文化》(长沙:湖南教育出版社,1997)而分头撰写《岁月无情又多情》《漫说"漫说……"》和《十年一觉》时,已颇有"白头宫女说玄宗"的意味。其实,不过几年光景,可物换星移,再也没有了当初的豪气、志气与稚气。

将"志气"与"稚气"相提并论,并非玩弄文字游戏。正因为所知有限,方才果敢决绝,认准了,就一直往前走。若等到饱读诗书、阅尽沧桑,那时很可能反而四顾茫然。在这个意义上,八十年代的我们,年纪虽不小,但依然"童言无忌",也自有可爱处。

翻阅此类"开风气"的小书,在作者是追忆时光流逝,在读者则可以一窥学术之演进。近些年,不断有学界新秀反省我们当初的"反省",引申、证实或质疑"二十世纪中国文学"这一命题。顺带的,也就对这一概念产生的契机、背景、动力以及效应等感兴趣。于是,常有人通过各种途径打探这册1988年由人民文学出版社推出的《二十世纪中国文学三人谈》,也不时有出版社的朋友建议重印此书,但都被我们婉言谢绝。理由很简单:未能更上一层楼,贸然重做冯妇,愧对江东父老。

直到有一天,读到某君大作,将《论"二十世纪中国文学"》的发表作为"历史事件"来考察,这才猛然醒悟——那文、那书,早已进入历史,既没必要修订,也不可能完善。念及此,有点悲伤,可也仿佛卸下了千斤重担。

想想也是,不就因历史的偶然,侥幸留下几行蹒跚学步的足迹?既然随时都可能被重新卷起的海浪冲刷得一干二净,又有什么可矜持的?就这个样子,不做进一步阐释,也不纠正当初的失误,让其素面朝天,更能显示此书的"历史价值"。唯一需要补充的,是当初因某种特殊原因而被撤下的《关于"二十世纪中国文学"的两次座谈》。

  蓦然回首,最令人感怀的,其实不是什么是非与功过,而是促成那几回"三人行"的思想潮流、社会氛围,以及自以为颇具创意的对话文体。

2003 年 4 月 2 日于京北西三旗

二十世纪中国文学三人谈

2004年1月　潮州行，三人品茗聊天，逸兴遄飞。

写在前面

一

当我们三个人就各自研究课题中碰到的一些疑点在一起"神聊"的时候,并未意识到会有一个新的"文学史概念"逐渐萌生出来。这个概念的某些轮廓一旦从思想迷雾中浮现出来,我们都不禁为之兴奋不已。好些久思不解的问题,似乎突然被置于一个新的理论架构中获得了解释——仿佛一道闪电把某些事实、事实之间的联系、评价事实的方式等等都照亮了。同时我们也体验到了:对话,作为一种人际交流的方式,同时也是一种文学批评的方式,一种使思想增殖的方式。

思想从来都不是一种自言自语——智慧的火花只有在撞击中才会迸放出来。古往今来,不知有多少新鲜的见解、大胆的设想以至神妙的隽语,是在对话中产生的。书信往来,文章商榷,都不若直接的对话来得带劲儿。在直接的对话中,你领略到思考的乐趣、口语的魅力和一种"现场气氛"。对话者常常会因冷不丁蹦出的几句隽语或"打通"了某个难题的关节而激动起来。这里没有任何防御的堡垒,对话者乐于"赤膊上阵",紧张地开动脑筋,应付各种突如其来的提问,捕捉种种转瞬即逝的思绪。学术性或半学术性的对话一点也不轻松,尽管没有任何外在的压力。"柳暗花明"时固然欣喜欲狂,"山重水复"处更有魅力。论证、说明、释疑、反驳,在对话中悄悄地拓展自己的理论设想。是围绕学术问题的讨论,更是一次智力游戏和精神散步。

当然,既不同于"侃大山"式的海阔天空,不着边际,也不同于学术报告会的正襟危坐,不苟言笑。围绕一个共同感兴趣的议题,无拘无束地聊起来。有引经据典,直接从书架上取下书来翻开念上一大段的时候;也有节外生枝,近乎插科打诨的地方。对话中,不但要学会做一个"言者",更要学会做一个"听者"。在中国,历来很重视"听的艺术",孔子说"六十而耳顺",庄子说"勿听之以耳,听之以心,勿听之以心,听之以气",而繁体字的"聖"字,正是从耳从口。然而,相当长的时间里,这"听的艺术"似乎被我们弃置不顾了——人人都抓住你滔滔不绝地灌输,灌输是不需要这种认真、主动、积极的"听"的,那么人们也就学会了"这只耳朵进,那只耳朵出"。显然,光会说不会听的对话不是真正有水平的对话,在这里,"开放的心态""精神互补""真理面前人人平等"等等,比什么都重要。

中国古代文人据说曾经"清谈误国",然而那种品评诗文、月旦人物的方式之中,也不是没有一点可取之处。有时直截了当,寸铁杀人;有时举重若轻,画龙点睛。有风度、有情韵,仿佛千载之下,仍能想见当时的倜傥潇洒、挥斥方遒。唇枪舌剑也好,睿智幽默也好,对话必须成为一门"艺术"。聊天容易,真正聊得有"神",就很难。我们常常觉得在"神聊"中,"神"比"聊"本身还要重要。尽管聊的是学术,也仍然可能"神采飞扬"。

虽不能至,心向往之。

二

把学术聊天的内容录下来,整理成文字发表,这是一件很有意思的事情,但也可能隐伏着某种"危险"。即使不考虑面对着录音机话筒时的聊天毕竟跟平时的聊天有所不同,也还有一些原先未曾料到的因素值得考虑。

彼此过于熟悉的对话者,在共同话题的多次讨论中,可能形成某些旁人无法理解的"惯用语"或"行话",常常某些要紧处只需寥寥数语就能互相心领神会,照录之后却可能令读者觉得前言不搭后语,不知所云。许多彼此都熟知的背景材料在对话中往往一笔带过,对读者来说却必须交代清楚。那些离开了具体语境、失却了音调变化及与表情、手势的协调的口语一旦变成文字,也常常显得过于"朴素",索然无味。

古人清谈,谈上十天八天,就留下那么三句五句,当然显得"精粹"。如今倘以"学术水平"来要求我们的对话,又要言之成理,言必有据,逻辑性强,又要求保持"神聊"的"神",这就非常困难。整理时不得不使对话略为"紧凑",不得不删去一些颇为得意的"题外话",不得不在本来心领神会无须点破处啰唆几句——经过这么一番整容,发表出来的对话录已不再是原来意义上的真正的"对话"了。尽管如此,我们也还是希望这类"拟对话"比一般文章更能表现人的思维过程,因而为读者们所接受。

理想的学术对话录应既有论文的深邃,又有散文的洒脱。

读者在了解对话者的思想时,又可领略对话的艺术。关键不在于整理成文这一后期制作的工夫,而在于对话本身是否"言之有物"。我们渴望见到更多的未加过分整理的"学术对话录"的问世,使一些述而不作者的研究成果社会化,使一些"创造性的碎片"得以脱颖而出,并形成一种在对话中善于完善、修正、更新自己的理论构想的风气。

中国古代的"问难体"(《答客诮》之类),只是借攻击假设敌来论证自己的观点,设置障碍是为了显示论者跨越障碍时的高超,为了展现跨越之后那种快意的驰骋。现代也有一些名人谈话录或你问我答的名人专访,提问者往往以秘书、弟子的谦恭身份出现,不是真正平等的对话。我们现在各类学术讨论会频繁举行,即便讨论极为生动活跃,充满了风趣横生的插话、补充、反诘,整理出来的记录却又死气沉沉,仿佛是一篇学术论文分给了各位与会者每人念一段似的。

如今风行"纪实文学""报告小说"和"口述实录文学",在文学批评和研究之中,是否可以尝试一下"口述实录评论"呢?

三

并不单是由于这种方式的亲切、平易近人、随意、自然、放松。这当然是很重要的。读者看腻了架子端得十足的高头讲章或指着鼻子教训人的"大批判"之后,他们很希望参加进来与思考者一起平等地对话。这也是我们把《论"二十世纪中国文学"》这篇学术论文付诸发表之后,想到要把我们讨论论文时的一些录音整理出来的一个根本原因。我们甚至希望不是搞文学史的普通读者,也能对这个概念涉及的一些问题发生兴趣。实际上,我们异常珍视那些来自专业之外的建议、批评和质疑。北京大学学生会博士生部曾经召开过一次小型的座谈会,讨论我们的这个概念。与会者从经济学、历史学、哲学甚至自然科学的角度,提出了我们意想不到的许多问题,极大地丰富了我们的"思维材料",扩展了我们的理论视野。在别的一些场合,来自专业以外的意见总是使我们大受启发,获益匪浅。

显然,更重要的是,对话揭示了一种思考的"过程",一种由不成熟通向成熟又通向新的不成熟的过程。我们从一开始就充分意识到,提出来的仅仅是关于文学史研究中一个特定课题的理论构想。把"现成结论"一端出来就想强加于人,就试图"罢黜百家,定于一尊",我们多年来也受够了这类苦头了。钻研的过程、探讨的过程,可能比已经达到的结论更有价值。那些零星的、即兴的、一闪而过的想法,就算是不成型的碎砖吧,也许就能引出真正有价值的"玉"来。我们也知道,"胸有成竹""烂熟于心""一挥而就",可能更显得自信、有气派、有分量、有爆发力。我们却更愿意把不成系统的被人轻蔑地视为"鸡零狗碎"的、很不成熟的想法,通过这种方式暴露给人们。据说,高明的厨师谢绝人们参观油烟弥漫的厨房,高明的刺绣工也恪守"莫把金针度于人"的古训,高明的演员讨厌在演出时有人在后台探头探脑。我们却愿意提供"半成品"给有兴趣的朋友作进一步的加工——如果还值得加工的话。

我们深深意识到:把握"二十世纪中国文学"这一极为诱人而又纷繁复杂的文学总体,绝不是三个人所能承担的任务。需要有多种学科的协同作战,多角度、多参照系、多种方法的共同探讨。那么,对话的方式是否可能引发一种积极地、活跃地、批判性地参与这一学术课题的研究态势呢?

实际上,细心的读者也已经看出,我们三个人在思考的侧重点、采用的方法、切入的角度乃至语言风格等方面的许多微妙的或明显的不同,甚至在一些主要观点上,也未能取得一致的意见。这在很大程度上受各自的经历、气质、知识结构、兴趣爱好等等因素的制约。通过对话,每一个人的"学术个性"就不可能被这"集体项目"造成的"高度统一"的假象所遮掩。这也正是我们发表"三人谈"的目的之一。倘若三个人都站在一个点上,那还只是一个点。三个点就可能组成一个等边或不等边的三角形。在我们的共同讨论中,正是那些分歧深化了对许多问题的认识。如果不为表面的争执所迷惑,陷入无意义的"自我考证",那么我们知道任何学术争鸣中真正具有深刻性的分歧都恰恰是理论的生长点。可惜的是,我们在众多的"集体项目"中看到的,常常不是个性的碰撞而迸放异彩,而是个性的相互消磨而使总体变得面目模糊。文学的研究可能跟自然科学不同,即使在航天飞机的外壳上刻下每一位参与研制者的姓名,这一科研成果也很难显现他们各自的个性。文学的研究不可避免地会有主观情感的投入,会在研究成果上打下个性的烙印。倘若文学研究的"集体项目"是由各个自由、活跃、充沛的学术个性组成的统一体,或许可能一变沉闷的"正步走"而成为生气勃勃的"艺术体操团体赛"吧!

有些爱好铁板一块式的"刚性体系"的朋友,可能会对这类极不严密的对话表示失望。确实,我们的构想绝不是"无懈可击"的、具有所谓"铁的逻辑力量"的体系。相反,对话暴露了或者证明了这只不过是一个"有隙可乘"的探讨。任何仔细听过一场任何形式的对话的人都知道,一环扣一环的交谈是根本不存在的。人们往往只是循着自己的思路在交谈,他们之间的话语其实是并不连贯的,甚至在各自对话题都异常关注的情况下也是如此。正是对话的不连贯造成了跳跃、空白("隙"),造成了互相的参照,而读者的思考就自然地被邀请被吸引而渗入到这些"隙"里来了。

逻辑性严密的论文像一条铺设好的"高速公路",读者"顺着一条道走到黑",被引到顺理成章的结论面前为止。不连贯的对话却随处闪出一些"三岔口",闪出无数的可能性——正是这些可能性在诱发新的对话,从三岔口无意中闯出新的路径来。

四

文学批评从根本上说就是一种对话。文学史的研究也是如此:研究者与现当代的文学作品、文学现象互相交谈。不是替作品说话,也不是自说自话,而是不同主体之间的精神交流。用对话形式发表的文学研究,是否可能在文体上也呼应了这种开放的批评观呢?

《论"二十世纪中国文学"》发表一年来,"三人谈"在《读书》杂志上陆续连载之后,我们收到不少朋友的来信,有鼓励、支持、商榷和驳诘,也在一些刊物上读到呼应的或批评的文章。经过多年的"大批判"之后,一种真正平等的、严肃认真的对话风气正在逐渐形成,这是可喜的。值此"三人谈"成书之际,我们向这些朋友谨致谢意。

在对话中,误解是必然的、不可避免的。我们都不希望被误解,然而每一种学术观点都似乎难逃这一命运。言语一旦变成文字或录入磁带,也就是说,言语一旦与言者相分离,它就在很大程度上脱离了言者的控制。于是,便发生了不同角度、不同层次的误解。实际上,每一个听者都有自己整理信息的一套模式和程序,他形成了一些分门别类的"抽屉",常常是只听了一两句,他就放进某个特定的"抽屉"里去,这种归放当然是按照他的理解来进行的。问题不在于根本不可能控制言语离开言者之后的命运,而是在于为什么非要控制言语在每一个听者心中的"理解"不可呢?我们希望做到的是:能够理解他人的误解。

举一个例子吧。我们谈到过学术研究中的"爬行主义"问题,讲的是那种整篇文章都由引文和不加引号的引文组成的研究,强调要有创造性思维,善于宏观概括等等。不少朋友就"理解"为不要材料依据,可以天马行空地乱说。这当然大大出乎我们的意料,因为我们对近年来现代文学史料的搜集、整理、出版工作是给予相当高的评价的,没有这些艰巨而枯燥的工作,要产生"二十世纪中国文学"这个概念是不可能的。这一误解当然会引起我们的反思。

你会思考:你之所以被误解,是不是有你自身的问题呢?也许是你对现实了解不够,也许是你对听众了解不够?也许你的观点不够深刻,表述得不够完整?也许是某种历史气氛、语境,决定了你非被误解不可?

经过这样的反复思考,我们认识到,即使误解是不可避免的,也要努力争取一个在较高的层次上被误解的权利。

事实上也往往存在着把问题拉到更低层次上去误解的情

况。学术以外的那些无聊的攻讦就不用说了。最常见的逻辑就是"闭口不提……"因而便是"反对……"。你说了"人必须吃饭",他立即说"难道吃馒头就不能活么?为什么闭口不提窝窝头、小米粥、方便面……"令你一下子失却了与他对话的心情,而他也确实并不是要与你对话。又比如"感时忧国＝忧患意识＝荒谬感＝非理性主义＝存在主义"这样的急剧推进,也非让你丈二菩萨摸不着脑袋不可。有趣的是论者花费大量篇幅来论证的恰恰是二十世纪七十年代以后的中国文学中充满了他所理解的"忧患意识",而且据说是由于"五四"和"文革"造成中国传统文化价值体系分崩离析、荡然无存的缘故,由此而产生了"人的失落感、孤独感、异化和自我迷失感"等等。这里存在着一系列的理论混乱和自相矛盾,使你意识到一种与之对话的困难。不管你愿意不愿意,你已经被装在他的贴有"存在主义"标签的"抽屉"里了,尽管他从"抽屉"里掏出来的明明是他自己的货色。

朋友,让我们在较高的层次上被误解吧!让我们不再分担被误解的痛苦,而是分享创造性误解的愉快吧!

让我们进入平等的对话……

1987 年 1 月 9 日

论"二十世纪中国文学"

《二十世纪中国文学三人谈》
初版书影

我们在各自的研究课题中不约而同地,逐渐形成了这么一个概念,叫作"二十世纪中国文学"。初步的讨论使我们意识到,这并不单是为了把目前存在着的"近代文学""现代文学"和"当代文学"这样的研究格局加以打通,也不只是研究领域的扩大,而是要把二十世纪中国文学作为一个不可分割的有机整体来把握。

所谓"二十世纪中国文学",就是由十九世纪末二十世纪初开始的、至今仍在继续的一个文学进程,一个由古代中国文学向现代中国文学转变、过渡并最终完成的进程,一个中国文学走向并汇入"世界文学"总体格局的进程,一个在东西方文化的大撞击、大交流中从文学方面(与政治、道德等诸多方面一道)形成现代民族意识(包括审美意识)的进程,一个通过语言的艺术来折射并表现古老的中华民族及其灵魂在新旧嬗替的大时代中获得新生并崛起的进程。

在进一步的研究工作展开之前,我们想侧重于"非历时性"即共时性方面,粗略地描述一下对这个概念的基本构想。历史分期从来都是历史哲学的重要范畴之一,文学史的分期也同样涉及文学史理论的根本问题。"二十世纪中国文学"这个概念所蕴含的内容远远超出了分期问题,由它引起的理论方面的兴趣,对我们来说,至少与史的方面引起的兴趣同样诱人。初步的描述将勾勒出基本的轮廓。从消极方面说,不这样就不能暴露出从总体构想到分析线索的许多矛盾、弱点和臆测。从积极方面说,问题的初步整理才能使新的研究前景真正从"迷雾"中显现出来。我们热切地希望从这两方面都引起讨论,得到指教。匆促的"全景镜头"的扫描难免要犯过分简化因而是武断的错误,必然忽略大量精彩的"特写镜头"而丧失对象的丰富性和具体性。不过,从战略上来考虑,起步的工作付出这样的代价或许是值得的。进一步的研究将还骨骼以血肉,用细节来补充梗概,在素描的基础上绘制大幅的油画,概念将得到丰富、完善、修正,甚至更改。

目前的基本构想大致有这样一些内容:走向"世界文学"的中国文学;以"改造民族的灵魂"为总主题的文学;以"悲凉"为基本核心的现代美感特征;由文学语言结构表现出来的艺术思维的现代化进程;最后,由这一概念涉及的文学史研究的方法论问题。

一

二十世纪是"世界文学"初步形成的时代。

1827年,歌德曾经从普遍人性的观点出发,预言"世界文学的时代已快来临了"(有意义的是,这是歌德读了一部中国传奇——可能是《风月好逑传》的法译本——之后产生的想法)。整整二十年后,马克思和恩格斯在《共产党宣言》中指出,由于世界市场的开拓,一切国家的生产和消费都成为世界性的;物质的生产是如此,精神的生产也是如此,各民族的精神产品成了公共的财产;民族的片面性和局限性日益成为不可能,于是由许多种民族的和地方的文学形成了一种世界文学。历史业已雄辩地证明了这一论断的正确。到了二十世纪,已经不可能孤立地谈论某一国家的文学而不影响其叙述的科学性了。文学不再是在各自封闭的环境里自生自灭的自足体了。任何一个遥远的国度里发生的文学现象,或多或少地总要影响到我们这里的文学发展,使之在世界文学的总体格局中的位置发生哪怕是最微小的变化。甚至在我们对这些文学现象一无所知的情况下也是如此。国别文学纳入世界文学的大系统之后获得了一种"系统质",即不是由实体本身而是由实体之间的关系来决定的一种质。

"世界文学"初步形成的大致上限,可以确定在上世纪末。各个民族的文学走向并汇入世界文学的路径有所不同。在十九世纪初陆续取得独立的拉丁美洲各国,是在当地的印第安文学传统受到灭绝性的摧残的情况下,寻求摆脱殖民主义的桎梏,创建属于南美大陆的文学。外来的西班牙语和葡萄牙语长期为宫廷和教会服务,辞藻日趋矫揉造作,不能表现拉丁美洲的大自然与社会风貌。到了八十年代,拉丁美洲成了地球上最世界性的大陆,各种文化在这里互相排斥互相渗透。《马丁·菲耶罗》和《蓝》等优秀作品的出版,标志着"西班牙美洲终于有了它自己的诗歌,一种忠实于其文化的多方面性质的抒情表现"(《拉美文学史》)。这是由欧洲大陆文化、印第安人文化、黑人文化等等相互撞击而产生的文学结晶,拉美文学以其独特的声音加入到世界文学的大合唱之中。本土的古老文化传统极为雄厚的亚洲、非洲大陆则与它有所不同。"十九—二十世纪之交的非洲各国文学的特征是许多世纪以来几乎毫无变化的传统文学典范开始向现代型的新文学过渡,这是由于这些国家克服了闭关自守,开始接受——尽管是通过殖民制度下所采取的丑恶形式——技术文明和世界文化,接触现代社会的一整套复杂问题。"(《非洲现代文学史》)在亚洲,日本伴随着明治维新思想启蒙运动,接受西洋文学,于十九世纪八十年代开展了文学改良;印度伴随着1857年反对英国殖民统治的民族斗争,借助西方文化的刺激,民族文学开始复兴(第一个有世界性影响的大诗人泰戈尔八十年代开始创作)。在欧洲大陆,对自己的文学传统开始了勇猛的反叛的现代主义先驱者们,敏锐地从东方文化、非洲黑人文化中汲取灵感,西欧文学因受到各大洲独立文化的迎拒、挑战、渗透而产生了深刻的变化。这些变化大都发生在十九世纪八十年代或更晚一些。

论述"世界文学"形成的复杂过程不是本文要承担的任务。我们只想指出,一种大体相同的趋势在中国也"同步"地进行着。中国人有意识地向西方学习,是从鸦片战争开始的。但从学"船坚炮利"到学政治、经济、法律,再到学习文学艺术,经过了漫长的历程。从1840年到1898年这半个世纪中,业已衰颓的古典中国文学没有受到根本的触动,也未注入多少新鲜的生气。1895年的甲午战争是中国近代史的一大转折,因太平天国失败而造成的相对稳定和长期沉闷萧条被打破了,"中学为体,西学为用"被证明不过是一种愚妄的"应变哲学"。1898年发生了流产的戊戌变法。就在这一年,严复译的《天演论》刊行,第一次把先进的现代自然哲学系统地介绍进来,以一种前所未有的世界历史的眼光和自强精神,影响了中国好几代青年知识分子。同一年,梁启超作《译印政治小说序》(翌年林纾译《巴黎茶花女遗事》正式印行),西方文学开始大量地输入,小说的社会功能被抬到决定一切的地位。同一年,裘廷梁作《论白话文为维新之本》,文学媒介的问题被明确地提了出来。与古代中国文学全面的、深刻的"断裂"开始了:从文学观念到作家地位,从表现手法到体裁、语言,变革的要求和实际的挑战都同时出现了。暴露旧世态,宣传新思想,改革诗文,提倡白话,看重小说,输入话剧。这是一次艰难而又漫长(历时将近五分之一个世纪)的"阵痛"。一直到1919年的五四运动,才最终完成了这一"断裂",使"二十世纪中国文学"越过了起飞的"临界速度",无可阻挡地汇入了世界文学的现代潮流。"五四"时期是二十世纪中国文学的第一个辉煌的高潮,"扎硬寨,打死战"的精神,彻底的不妥协的精神,是一种在推动历史发展的水平上敢于否定、敢于追求的伟大精神,显示了一种能够把现实推向更高发展阶段的革命性力量。而"科学"与"民主",遂成为二十世纪政治、思想、文化(包括文学)孜孜追求的根本目标。

二十世纪中国文学是在一种充满了屈辱和痛苦的情势下走向世界文学的。它那灿烂的古代传统被证明除非用全新的眼光加以重构,否则不但不能适应和表现当代世界潮流冲击下的中国社会,而且必然窒息本民族的心灵、思维能力和创造性,并且也脱离了奔向觉醒和解放大道的人民大众的根本要求。因此,一方面,它如饥似渴地向那打开的外部世界去寻找、学习、引进,不管三七二十一"拿来"再说(试想想林纾所译的大量三流作品与"五四"时涌入的无数种"主义"和学说),开阔宽容的胸怀和顶礼膜拜的自卑常常纠缠不清被人混淆。另一方面,它必然以是否对本民族的大众有用有利并为他们所接受,作为一种对"舶来"之物进行鉴别、挑选、消化的庄严的标准,严肃负责的自尊和实用主义的褊狭便也常常纠缠不清令人困扰。中国文学的现代化同时展开为互相联系又互相对立的两个侧面:所谓"欧化"(其实是"世界文学化")和"民族化"。在这样一种相反相成的艰难行进中,正如鲁迅曾精辟地指出的,存在着内外两重桎梏亦即两重危险,这都是由于我们的"迟暮"(即落后)所引起的。当世界的文学艺术已经克服了"欧洲中心主义",开始用各民族的尺度来衡量各民族的艺术的时候,我们却可能误以为旧的就是好的,无法挣脱三千年陈旧的内部的桎梏。当欧洲的新艺术的创造者已开始了对他们自己的传统勇猛的反叛的时候,我们因为从前并未参与世界的文艺之业,只好对这些新的反叛"敬谨接收",便又成为可敬的身外的新桎梏。鲁迅指出,必须像陶元庆的绘画那样,"以新的形,尤其是新的色来写出他的世界,而其中仍有中国向来的魂灵","内外两面,都和世界的时代思潮合流,而又并未桎亡中国的民族性"(《而已集》)。实际上,存在着一个以"民族—世界"为横坐标,"个人—时代"为纵坐标的坐标系,二十世纪中国文学的每一个创造,都必须置于这样的坐标系中加以考察。

因此,"世界文学"中的中国文学,就超出了最初的"师夷长技以制夷"的狭隘眼界,意味着用当代的眼光、语言、技巧、形象,来表达本民族对当代世界独特的艺术认识和把握,提出并关注对一时代有重大意义的根本问题,从而自觉不自觉地,与整个当代人类的共同命运息息相通。从这样开阔的角度来看十九至二十世纪之交的文学上的"断裂",就能理解:这一次的变革为什么大大不同于漫长的中国文学史上众多的诗文革新运动;落后的挨打的"学生"为什么会既满怀着屈辱感又满怀着自信"出而参与世界的文艺之业";世界的每一个文学流派、思潮为什么无论怎样阻隔或迟或早地总会在这里产生"遥感";貌似"强大"的陈旧的文学观念、语言、规范为什么会最终崩溃并被迅速取代,等等。在一个以"世界历史"为尺度的"竞技场"上,共同的崇高目标既引起苛刻的淘汰又唤起最热烈的追求。任何苟且、停滞、自我安慰或自我吹嘘都只能是暂时的和显得可笑的。"世界文学"逼迫着每一个民族:不管你有多么辉煌的过去,请拿出当代最好的属于自己的文学来!

这是一个仍在继续的进程。中国文学将不仅以其灿烂的古代传统使世界惊异,而且正在世界的文艺之业中日益显示其自身的当代创造性。应该说,闭关自守是一项双向的消极政策,世界被拒之门外,自己被囿于域中。因而,开放也总是双向的开放。按照"二十世纪中国文学"的概念看来,过去我们对中国文学如何受外国文学的影响而产生新变研究得较多,对"世界文学中的中国文学"研究甚少,对二十世纪中国文学在世界上的地位和影响更是模模糊糊。实际上,国际汉学界已经出现这样一种趋向,即由对古代中国文学的浓厚兴趣逐渐转向对现代中国文学的研究。对我们来说,单向的"影响研究"亟须由双向的或立体交叉的总体研究所代替。

二

然而,二十世纪中国的文学进程决不像以上所描述的那样"豪情满怀""乘风破浪"。因为事情是在列宁所说的"亚洲一个最落后的农民国家"中进行的,因为经历着的是一个危机四伏、激烈多变的时代,因为历史(即便只是文学史)毕竟是一场艰难地血战前行的搏斗(试想想二十世纪中国作家所经历的那些劫难)。

因此,一方面,文学自觉地担负起"启蒙"的任务,用科学和民主来启封建之蒙,其中最深刻最坚韧的代表者是鲁迅:"说到'为什么'做小说吧,我仍抱着十多年前的'启蒙主义',以为必须是为'人生',而且改良这人生。"(《南腔北调集》)另一方面,正如普列汉诺夫曾经说过的,每个时代都有它自己中心的一环,都有这种为时代所规定的特色存在。现代民族的形成和崛起在世界范围内由西而东,这独具特色的一环曾分别体现为十八至十九世纪之交的德国古典哲学,十九世纪俄罗斯革命民主主义者的文学理论与批评,在二十世纪的中国,则是社会政治问题的激烈讨论和实践。政治压倒了一切,掩盖了一切,冲淡了一切。文学始终是围绕着这一中心环节而展开的,经常服务于它,服从于它,自身的个性并未得到很好的实现。除了政治性思想之外,别的思想启蒙工作始终来不及开展。在二十世纪中国文学中,"为艺术而艺术"的口号始终不过是对现实积极的或消极的一种抗议而不可能是纯艺术的追求,文学在精神激励方面有所得,在多样化方面则有所失。"一切文艺固是宣传,而一切宣传并非全是文艺。"文学家与政治家对社会生活的关注,角度毕竟有所不同。梁启超是最早的"小说救国"论者,但他也强调:"今日之最重要者,则制造中国魂是也。"鲁迅则更进一步深化,提出"改造国民性"的历史要求,在文学创作中,以"立人"为目的,刻画四千年沉默的"国民的魂灵",以疗救病态的社会。这样的提法包含了比政治更广阔的内容,其中既包含了关心国家兴亡、民族崛起的政治意识,又切合文学注重人的命运及其心灵的根本特性。通过"干预灵魂"来"干预生活",便成了二十世纪中国文学自觉的使命感,文学借此既走出了象牙之塔,与民族与大众的命运密切联系在一起,又总能挣脱"文以载道"的窠臼,沿着符合艺术规律的轨道艰难地发展。就这样,启蒙的基本任务和政治实践的时代中心环节,规定了二十世纪中国文学以"改造民族的灵魂"为自己的总主题,因而思想性始终是对文学最重要的要求,顺便也左右了对艺术形式、语言结构、表现手法的基本要求。

　　在二十世纪初,鲁迅与许寿裳在东京讨论"改造国民性"问题的同时,就提出了"怎样才是理想的人性"和"中国国民性中最缺乏的是什么""她的病根何在"的问题(《亡友鲁迅印象记》)。实际上,在"改造民族的灵魂"这一总主题中,一直有着两个相反相成的分主题:一个是沿着否定的方向,以鲁迅式的批判精神,在文学中实施"文明批评"和"社会批评",深刻而尖锐地抨击由长期的封建统治造成的愚昧、落后、怯懦、麻木、自私、保守,并把"哀其不幸,怒其不争"的态度,凝聚到类似阿Q、福贵、陈奂生这样一些形象中去;另一个是沿着肯定的方向,以满腔的热忱挖掘"中国人的脊梁",呼唤一代新人的出现,或者塑造出理想化的英雄来作为全社会效法的楷模。如果说,在第一个分主题中,诞生了不朽的形象阿Q及其"精神胜利法",其艺术生命力和艺术魅力持久不衰,说明了对民族性格的挖掘在否定的方向上达到了难以企及的深度,那么,在第二个分主题中,理想人物则层出不穷,变幻不已,有时是激进而冷峻的革命者,有时是野性的淳朴或古道侠肠,有时又回到了"忠孝双全"或"温良恭俭让",有时则是不食人间烟火的"高、大、全"。这显示了探讨的多样性和阶段性,显示了在不同的文化背景和社会历史背景左右下对"理想人性"的不同理解。人性和民族性毕竟是具体的、丰富的,对其不同侧面的挖掘或强调,有时会因历史行程的制约而产生一种奇怪的现象:在前一阶段受到批判或质疑的那些品性,在后一阶段却受到普遍的褒扬和肯定。在历来作为理想的化身的女性形象身上,这种奇怪的位移甚至"对调"的状况表现得最为鲜明集中,"新女性"往往被"东方女性"不知不觉地挤到对面去了。这固然说明了铸造新的民族的灵魂的艰难,更说明了启蒙的工作,从否定方向清算封建主义的工作,一直进行得不够彻底。这可能是一个延续到下一个世纪去的根本任务,文学的总主题将沿着这个方向继续深化并且展开。

与"改造民族的灵魂"这一总主题相联系,在二十世纪中国文学中,两类形象始终受到密切的关注:农民和知识分子。在这两类形象中间,总主题得到了多种多样的变奏和展开:灵魂的沟通、灵魂的震醒、灵魂的高大与渺小、灵魂的教育与"再教育"的互相转化，等等。文学中表现了一种深刻的"自我启蒙"精神，那种苛酷的自责和虔诚的反省，是以往时代的文学和别一国度的文学中都没有的。在危机四伏的大时代中，责任如此重大，使命如此崇高，道德纯洁的标尺被毫不含糊地提高了，文学中充满了自我牺牲的圣洁情感。这种牺牲包括了人们受到的现代教育、某些志趣和内心生活。知识分子的自我启蒙是深刻的、真诚的，有时候又带有某种被扭曲以至病态的成分，也使文学产生了放不开手脚的毛病，缺少伏尔泰式的犀利尖刻和卢梭式的坦率勇敢——"智慧的痛苦"常常压倒了理性的力量，文学显得豪迈不足而沮丧有余。

如果把"世界文学"作为参照系，那么，除了个别优秀作品，从总体上来说，二十世纪中国文学对人性的挖掘显然缺乏哲学深度。陀思妥耶夫斯基式的对灵魂的"拷问"是几乎没有的。深层意识的剖析远远未得到个性化的生动表现。大奸大恶总是被漫画化而流于表面。真诚的自我反省本来有希望达到某种深度，可惜也往往停留在政治、伦理层次上的检视。所谓"普遍人性"的概念实际上从未被二十世纪的中国文学真正接受。与其说这是一种局限，毋宁说这是一种特色。人性的弱点总是作为民族性格中的痼疾被认识被揭露，这说明对本民族的固有文化持有一种清醒严峻的批判意识。"立人"的目的是为了使"沙聚之邦，转成人国"，更体现了文学总主题中强烈的民族意识：就其基本特质而言，二十世纪的中国文学乃是现代中国的民族文学。

在一个古老的民族在现代争取新生、崛起的历史进程中，以

"改造民族的灵魂"为总主题的文学是真挚的文学、热情的文学、沉痛的文学。顺理成章地,一种根源于民族危机感的"焦灼",便成为笼罩二十世纪中国文学的总体美感特征。

三

二十世纪是一个充满了危机和焦虑的时代。人类取得了空前的进展也遭受了空前的挫折。惨绝人寰的两次大战、核军备竞赛、能源危机、环境污染和生态平衡破坏、人口爆炸……人和人类面临前所未有的严峻的挑战。二十世纪文学浸透了危机感和焦灼感,浸透了一种与十九世纪文学的理性、正义、浪漫激情或雍容华贵迥然相异的美感特征。二十世纪中国文学,从总体上看,它所内含的美感意识与二十世纪世界文学有着深刻的相通之处。古典的"中和"之美被一种骚动不安的强烈的焦灼所冲击、所改变、所遮掩。只需把十九世纪初的龚自珍的诗拿来比较一下就行了,其尽管也是忧心忡忡,却仍不失"亦剑亦箫"之美。半个多世纪之后,梁启超的《新中国未来记》尽管流畅却未免声嘶力竭,一大批"谴责小说"尽管文白夹杂却不留情面地揭破旧世态的脓疮,更不用说《狂人日记》这样的振聋发聩之作了。但是,细究起来,东、西方文学中体现出来的危机感却有着基本的质的不同。在西方现代文学中,个人的自我丧失、自我异化、自我分裂直接与全人类的生存处境"焊接"在一起,其焦灼感、危机感一般体现在个人的生理、心理层次(如萨特的《恶心》)以及"形而上"的哲学层次(如贝克特的《等待戈多》)。这种焦灼感、危机感既极端具体琐碎,又极端抽象神秘,融合成一片模糊空泛的深刻,既令人困惑又令人震悚地揭示了现代人类在技术社会中面临的梦魇。在中国文学中,个人命运的焦虑总是很快就纳入全民族的危机感之中(最具代表性的,如郁达夫的《沉沦》)。"落后是要挨打的!"这句话有如一声长鸣的警报响彻二十世纪的东方大陆。焦灼感和危机感主要体现在伦理层次和政治层次,介乎极端具体和极端抽象之间,而具有明晰的可感性。欧洲中心主义和个人主义意识,使得西方文学把自己的命运直接等同于人类的命运,把所处境遇的病态和不幸直接归结为世界本体的荒谬。而感时忧国的中国作家,则始终把民族的危难和落后,看作是世界文明进程中一个触目惊心的特例,鲁迅因此而发生"中国人要从'世界人'中挤出"的"大恐惧"(《热风·随感录第十六》)。在文学中就体现为一种恨铁不成钢的、充满了希望的焦灼。但是既然同为焦灼,便有其不容忽视的共同点。尤其是像鲁迅的《狂人日记》《野草》或宗璞的《我是谁》《蜗居》或北岛的《陌生的海滩》或刘索拉的《你别无选择》这样的作品,从内容到语言结构,都具有与二十世纪世界文学共通的美感特征,尽管其内心的焦灼彻头彻尾是中国的,然而却是"现代中国"的。

倘说"焦灼"是一个不规范的美感术语,我们可以进一步指出这一焦灼的核心部分是一种深刻的"现代的悲剧感",在这个核心周围弥漫着其他一些美感氛围,时而明快,时而激昂,时而愤怒,时而感伤,时而热烈,时而迷惘。说中国古代文学中缺少悲剧感,这当然是一种偏颇,是"言必称希腊"即把古希腊悲剧当作唯一尺度的结果。每一个民族都有各自的对悲和悲剧的特殊体验与理解。但是,说二十世纪中国文学中有了与古典悲剧感绝然相异的现代悲剧感,则是铁铸般的事实。在封建社会的"超稳态结构"之中,"大团圆"结局体现了中国人对现世生活的执着和热爱,对"善有善报,恶有恶报"的良好愿望。在一个新旧交替的大碰撞、大转折时代,对"大团圆"的抨击,则无疑是由于"睁了眼看",直面惨淡的人生的结果。从王国维的《红楼梦评论》引入西方的现代悲剧观开始,中国文学迅速吸收并认同的,与其说是古希腊或莎士比亚的悲剧意识,不如说是由叔本华、尼采的"生命哲学"引发的人生根本痛苦,由易卜生所启发的个人面对着社会的无名愤激,由果戈理、契诃夫所启示的对日常的"几乎无事的悲剧"的异常关注。因而,试图到二十世纪中国文学中寻找古典的"崇高"是困难的。从鲁迅的《呐喊》《彷徨》,茅盾的《子夜》《霜叶红似二月花》,老舍的《骆驼祥子》《茶馆》,曹禺的《雷雨》《北京人》,巴金的《寒夜》,以及新时期文学中的《犯人李铜钟的故事》《人到中年》《李顺大造屋》《西望茅草地》《黑骏马》等一大批优秀作品中,你体验到的与其说是"悲壮",不如说更是一种"悲凉"。"悲凉之雾,遍被华林":一方面,是一个历史如此悠久的文化传统面临着最艰难的蜕旧变新,另一方面,是现代社会尚未诞生就暴露出前所未有的激烈冲突;一方面,"历史的必然要求"已急剧地敲打着古老中国的大门,另一方面,产生这一要求的历史条件与实现这一要求的历史条件却严重脱节,同时,意识到这一要求的先觉者则总在痛苦地孤寂地寻找实现这一要求的物质力量;一方面,历史目标的明确和迫切常常激起最巨大的热情和不顾一切的投入,另一方面,历史障碍的模糊("无物之阵")和顽强又常常使得这一热情和投入毫无效果……这样一种悲凉之感,是二十世纪中国文学所特具的有着丰富社会历史蕴含的美感特征。它不同于欧洲文艺复兴时冲破中世纪黑暗带来的解放的喜悦,也不同于启蒙运动所具备的坚定的理性力量。在中国,个性解放带来的苦闷和彷徨总是多于喜悦;启蒙的工作始终做得很差,理性的力量总是被非理性的狂热所打断和干扰;超出常轨的历史运动带来了巨大的进步,同时也带来巨大的失误;灾难常常不单是邪恶造成的,受害者们也往往难辞其咎;急速转换的快节奏与近乎凝固的缓慢并存,尖锐对立的四分五裂与无个性的一片模糊同在。正是这一切,使得二十世纪中国文学既具有与同时代的世界文学相通的现代悲剧感,又具有自身独特的悲凉色彩。你感觉到,像"五四"时期"湖畔诗社"的诗、根据地孙犁的小说以及五十年代的田园牧歌这样一些作品,在整个一部悲怆深沉的大型交响乐中,是多么少见的明亮的音符。更多地回响着的,总是这块大地沉重地旋转起来时苍凉沉郁的声响。

在二十世纪中国文学进展的各个阶段,人们不止一次地感觉到悲凉沉郁之中缺少一点什么,因而呼唤"野性",呼唤"力",呼唤"阳刚之美"或"男子汉风格"。这种呼唤总是因其含混和空泛,更因其与上述"意识到的历史内容",与艰难曲折、千回百转的历史行程不相切合,而无法内在地由文学创作表现出来,往往变为表面化的外加的风格色彩。尽管如此,这种呼唤毕竟体现了对柔弱的田园诗传统的某种反感,体现了对大呼猛进的历史运动的一种向往。因此,以"悲凉"为其核心、为其深层结构的美感意识,经常包裹着两种绝不相似的美感色彩:一种是理想化的激昂,一种却是"看透了造化的把戏"的嘲讽。在二十世纪中国文学的发展行程中,这两种色彩,时而消长起伏,时而交替相融,产生许多变体。大致是在变革的历史运动迈进比较顺利的时候,或是在历史冲突比较尖锐而明朗化的时候,理想化的激昂成为主导的色彩;在变革的步伐变慢或遭到逆转的时候,或是历史矛盾微妙地潜存而显得含混的时候,洞察世事并洞察自身的一种冷嘲成为主导的色彩。也有这样的历史时刻,那时冷嘲被"激昂化"而变成一种热讽,激昂被"冷嘲化"而变成一种感伤,于是两者相互削弱、冲淡,使得一种严肃板正的"正剧意识"浮现出来成为美感色彩的主导。在二十世纪中国文学中,分别地象征着激昂和嘲讽这两种美感色彩的,是郭沫若的《女神》和鲁迅的《呐喊》《彷徨》。一般地套用"浪漫主义"或"现实主义"这样的术语很难说明问题。大致地说来,着眼于民族的新生的辉煌远景,着眼于历史目标的明确和迫切的作家,倾向于引发出一种理想化的激昂;着眼于民族灵魂再造的艰难任务,着眼于历史起点严峻的"先天不足"的作家,倾向于用冰一般的冷嘲来包裹火一般的忧愤。激昂和冷嘲同是一种令人不满的现实状况的产物,前者因其明亮和温暖,常常得到一种鼓励,后者却因其严峻和清醒,往往更深刻地揭示了历史运动的本质。

　　内在地把握二十世纪中国文学的总体美感特征,实际上,就是从审美的角度来本质地揭示文学中"意识到的历史内容",就是把握一个古老的新生的民族对当代世界的艺术的和哲学的体验。即便最粗略地勾勒出一点线索,也能意识到,这方面认真而又扎实的研究一旦展开,就将在"深层"整体地揭示出一时代的文学横断面,使我们民族在近百年文学行程中的总体美感经验真切地凸现出来。

四

　　从"内部"来把握二十世纪中国文学的有机整体性,不容忽视的一项工作就是阐明艺术形式(文体)在整个文学进程中的辩证发展。在中国文学史上,从来未出现过像二十世纪这样激烈的"形式大换班",以前那种"递增并存"式的兴衰变化被不妥协的"形式革命"所代替。古典诗、词、曲、文一下子失去了文学的正宗地位,文言小说基本消亡了,话剧、报告文学、散文诗、现代短篇小说这样一些全新的文体则是前所未见的。而且,几乎每一种艺术形式刚刚成熟,就立即面临更新的(即使是潜在的)挑战。中国文学一旦取得了与当代世界文学的内在的"共同语言",它就无法再关起门来从容地锻打精致的形式。伴随着新思想的传播和现代自然科学的引入,艺术思维的现代化也就开始了,艺术形式的兴废、探索、争论,只能被看作这一内在的根本要求的外化。"语言是思维的直接现实"(马克思语),文学语言的变革理所当然地成为艺术思维变革的一个突破口。只有从这一角度,才能理解从"诗界革命"("我手写我口")直到白话文运动这些针对着语言媒介而来的历史运动的根本意义,才能发现二十世纪中国文学的每一次大的进展都是摆脱"八股"化语言模式(旧八股、新八股、洋八股、党八股、帮八股)的一场艰苦卓绝的搏斗。后世的人已经很难想象标点符号的使用在当时曾经历了怎样的鏖战,很难想象鲁迅何以称赞刘半农对于"'她'字和'牠'字的创造"是"五四"时期打的一次"大仗"。二十世纪初文艺革新的先驱者们不止一次地提到文艺复兴时期的伟大范例——乔叟、但丁摒弃拉丁语,用本民族"活的语言"创造出"人的文学"。他们自觉地、深刻地意识到了,被后世文学史家轻描淡写地称为"形式主义"的这场语言革命,其实正是民族的文化再造的重大关键。

白话文运动中蕴含着两个互相联系着的根本意图:一是"传播"新思想,"开启民智,伸张民权",必须使新思想"平民化"、通俗化,从形式上迁就普遍落后的文化水平的同时,也就隐伏着先进的思想内容被陈旧的形式肤浅化的危险;一是传播"新思想",必须引进新术语、新句法,采用中国老百姓还很不习惯的新语言、新形象和新的表达方式,"信而不顺",因而在传播上就存在着无法"译解"的困难。我们从这里不难看出,这两者之间是有矛盾的:雅俗之争,普及与提高之争,"主义"与"艺术"之争,宣传与娱乐之争,民族化与现代化之争,贯穿了近百年中国文学发展的每一个重要阶段。它们之间的张力也左右了二十世纪文艺形式辩证发展的基本轨迹,各类文体的探索、实验、论争,基本上是在这一"张力场"中进行的。其中,散文小品最为幸运,小说次之,戏剧相当艰难,诗的道路最为坎坷不平。这主要由各类文体自身的本性、它们与传统与读者的关系等复杂因素所决定。

诗是文学中的艺术思维进行创新时最锐敏的尖兵。诗歌语言是一般文学语言的"高阶语言",它从一般文学语言中升华又反过来影响一般文学语言,因而先天地具有某种"脱离群众"的"先锋性"。二十世纪世界诗歌语言正发生着惊天动地的巨变(唯有物理学语言及绘画语言的变革可与之相比)。在这种情势下应运而生的中国新诗,不能不在一个古老的诗国中走着艰辛曲折的道路。新诗的每一步"尝试"都可能显得"古怪"、变得"不像诗"。好不容易摸索、锤炼,开始"像"诗的时候,又立即因人们群起效之而很快老化。在诗体上,这一过程表现为"自由化"和"格律化"在某种程度上的"轮流坐庄"。新诗的历程,始终像朱自清在《中国新文学大系·诗集·选诗杂记》里所说的,呈现为一种"怎样从旧镣铐里解放出来,怎样学习新语言,怎样寻找新世界"的坚韧努力。诗体的解放、复活、创新等等复杂的运动,最鲜明地凝练地集中地体现了二十世纪中国文学在艺术思维上的挣扎、挫折、进展和远景。而且,在各类文体中,新诗最敏感最密切地与当代世界文学保持着"同步"的联系,拜伦、雪莱、惠特曼、波特莱尔是与泰戈尔、瓦雷里、马拉美、凡尔哈仑、马雅可夫斯基、艾略特、奥登、里尔克、艾吕雅、聂鲁达等一起卷进中国诗坛来的。如果意识到诗是一种"无法翻译"的文学作品,这一"同步"所蕴含的深刻意义就很值得探究。

诗的思维的"先锋性"导致了新诗在形式上的探索走得最远,引起的论争也最激烈,其中,"矛盾的主要方面"应是诗自身的这种活跃的不安分的本性。与此相对的则是戏剧,它不但以"观众的接受"为其生存条件,而且直接受物质条件(舞台、演员、剧团组织、经济支持等等)的制约,"矛盾的主要方面"不在戏剧本身的探索,而在观众素质的提高。洪深在《中国新文学大系·戏剧集·导言》中用了大量篇幅翔实地记载了话剧在二十世纪初的萌发和初步进展,证明了离开上述条件的综合考察是无法说清楚戏剧文学的辩证发展的。如果说诗体的发展显示了最活跃的艺术神经锐敏的努力,那么,戏剧形式的发展则显示了现代艺术与大众最直接的"遭遇战"。它成为整个艺术形式队伍中缓慢然而扎实前进的一个强大的"殿军"、后卫。但是，物质条件有其活跃的推动力的一面，不能低估现代物质文明对二十世纪中国戏剧艺术的影响作用（包括电影、电视消极方面的压力和积极方面的启发）。戏剧艺术的创新一旦有所突破，常常得到巩固和持久的承认（试想想常演不衰的《雷雨》《茶馆》及其众多的仿作）。这与诗歌风格的迅速更替又成一对比。从二十世纪六十年代起，布莱希特的戏剧体系开始影响中国话剧，新时期以来，它与"斯坦尼"、与中国古典的写意戏剧体系开始形成多元发展和多元融合的趋势。这可能是考察中国话剧的未来发展的一个分析线索。

介乎诗和戏剧之间的，是二十世纪中国文学中最重要的文学类型——小说。在研究这一类型的整体发展时，必须仔细地划分出长篇小说、中篇小说、短篇小说这样一些亚类型。短篇小说对现代生活的"截取方式"具有类似于新诗的某种"先锋性"，这一亚类型在二十世纪中国文学中因其短小快捷、形式灵活多变始终受到高度的重视。按照茅盾当时的说法，鲁迅的《呐喊》《彷徨》"一篇有一个新形式"，尔后，张天翼、沈从文都在短篇体裁上有多样的试验。新时期以来，短篇小说的变化更是千姿百态。值得高度重视的是，从二十世纪初鲁迅创作小说一开始就显示了与当代世界文学有着"共同的最新倾向"（普实克语），这一无可怀疑的"同步"现象，即自觉地打通诗、散文、政论、哲理与小说的界限的一种现代意识，使得抒情小说这一分支在鲁迅、郁达夫、废名、沈从文、萧红、孙犁、茹志鹃、汪曾祺、张洁、张承志等优秀作家手中得到充分的发展。显然，在中国小说现代化的过程中，民族的"抒情诗传统"（文人艺术）对"史诗传统"（民间艺术)的渗透起了决定性的推动作用。由赵树理所代表的以讲故事为主的叙事分支则显示了"史诗传统"的现代发展。在新时期,中篇小说的崛起越来越引人注目,对这一文学现象的理论总结也正在深化。被称为"重武器"的长篇小说是文学对一时代的历史内容具有"整体性理解"的产物。在矛盾极端复杂、极端多变的二十世纪中国,由于值得探究的种种原因,试图从总体上把握这一时代的宏愿总是令人遗憾地未能实现(例如茅盾、李劼人、柳青,等等)。如果作家还没有形成自己的历史哲学和"长篇小说美学",这些宏愿就仍然诱人地、令人一往情深地伫立在二十世纪中国文学的面前。

　　二十世纪中国文学中的散文、小品、杂文,由于与民族的散文传统最为接近(而且我们似乎也不要求它们为老百姓"喜闻乐见"),很快就达到极高的成就。叙事、抒情、说理、嘲讽,迅速打破了"白话不能写美文"的偏见,显示出新文学的实绩。散文是作家个性最自然的流露,因而在个性得到大解放的时代,散文得以繁荣是毫不足奇的。二十世纪第一流的散文家都有深厚的中国古典文学修养,都精通外国文学,受过现代高等教育,有丰富的人生阅历。如果说诗歌是一时代情感水平的标志,那么,散文则是一时代智慧水平(洞见、机智、幽默、情趣)的标志。散文的发展显示出一时代个性的发展程度和文化素养程度。值得注意的是,散文在体裁上有极大的"宽容性",在这一部类中的形式创新所遇阻力较小。但也由于缺少压力转化而来的动力,某些新的艺术形式(如《野草》式的散文诗)未能得到顽强坚韧的推进。成熟的甚至业已僵化的散文形式(如杨朔式的散文)也就较少遇到新旧嬗替的挑战。尽管偶尔在某些问题上(如"鲁迅风"的杂文是否过时)有一些争论,其着眼点却都落在"立场、态度"这些政治、伦理的层次上。但是,散文内部的各个亚类型(抒情散文、小品、杂文、报告文学),在二十世纪中国文学的发展进程中,有着微妙的消长起伏,其中的规律性值得总结。

  二十世纪世界文学艺术的大趋势,是尽力寻找全新的思维方式、感觉方式和表达方式,以开掘现代人类丰富复杂的内心世界及其对外部世界的"掌握"。艺术形式的试验令人眼花缭乱,实在是文学的一种自觉意识的表现,与现代自然科学及现代社会生活的发展有着深刻的联系。二十世纪中国文学(当它开放的时候,从总体上说,它毕竟是开放的)在这一点上与世界文学是息息相通的。鲁迅就是一位对文学形式具有自觉意识的大师,他所创造的一些文学体裁(如《野草》和《故事新编》)几乎不但"前无古人",而且"后无来者"。在东、西方文化的碰撞、交流之中,一些崭新的、既是民族的又是现代的艺术形式,已经、正在和将要创造出来,显示出中华民族在世界历史的现代进程中,在艺术思维方面的主体创造性。但是,我们也看到,受制于社会物质文明水平和普遍落后的文化水平,以及因循守旧的价值取向和文化心理,我们的艺术探索是如此地充满了艰辛曲折。贯穿近百年来的无休止的、有时不得不借助于行政手段来下结论的艺术论争,不单说明了探索的艰难,也说明了探索的必要和势所必然。我们是否已经有了足够的理由和信心,来预期下一世纪到来时,这一探索必将更加自觉、更加活跃和更有成效呢?

五

概念的建立首先是方法更新的结果，概念的形成、修正和完善又要求着新的方法。

客观发生着的历史与对历史的描述毕竟不能等同。描述就是一种选择、取舍、删削、整理、组合、归纳和总结。任何历史的描述都依据一定的历史哲学，依据一定的参照系和一定的价值标准，采取一定的方法。文学史的描述也是如此。"二十世纪中国文学"这一概念首先意味着文学史从社会政治史的简单比附中独立出来，意味着把文学自身发生发展的阶段完整性作为研究的主要对象。这一点将带来一系列问题的重新调整（问题的提法、问题的位置、问题的意义，等等），在当前的研究阶段，只需强调如下一点也就够了——

在"二十世纪中国文学"这个概念中蕴含着的一个重要的方法论特征就是强烈的"整体意识"。一个宏观的时空尺度——世界历史的尺度，把我们的研究对象置于两个大背景之前：一个纵向的大背景是两千多年的中国古典文学传统，当我们论证那关键性的"断裂"时，断裂正是一种深刻的联系，类似脐带的一种联系，而没有断裂，也就不成其为背景；一个横向的大背景是二十世纪的世界文学总体格局，不单是东、西方文化的互相撞击和交流，而且包括亚洲、非洲、拉丁美洲文学在二十世纪的崛起。

在这一概念中蕴含的"整体意识"还意味着打破"文学理论、文学史、文学批评"三个部类的割裂。如前所述，文学史的新描述意味着文学理论的更新,也意味着新的评价标准。文学的有机整体性揭示出某种"共时性"结构,一件艺术品既是"历史的",又是"永恒的"。在我们的概念中渗透了"历史感"(深度)、"现实感"(介入)和"未来感"(预测)。既然我们的哲学不仅在于解释世界而且在于改造世界,未来感对于每一门人文科学都是重要的。如果没有未来,也就没有真正的过去,也就没有有意义的现在。历史是由新的创造来证实、来评价的。文学传统是由文学变革的光芒来照亮的。我们的概念中蕴含了通往二十一世纪文学的一种信念、一种眼光和一种胸怀。文学史的研究者凭借这样一种使命感加入到同时代人的文学发展中来,从而使文学史变为一门实践性的学科。

1985 年 5—7 月于北大
(《文学评论》1985 年第 5 期)

关于"二十世纪中国文学"的对话

缘　　起

陈平原:"思想史即思想模式的历史。"旧的概念是新的概念的出发点和基础。如果旧的概念、旧的理论模式已经没有多少"生产能力"了,在它的范围内至多补充一些材料、一些细节,很难再有什么新的发现了,那就会要求突破,创建新的概念、新的模式。我们的现代文学史研究也面临这种状况:最明显的一个特征就是,作家越讲越多,越讲越细。唐代文学三百年,我们才讲多少位作家?当然年代越近,筛选越不易。可是三十年的现代文学,拼命挖出不少作家来谈,总体轮廓反而模糊了。在原有的模式里,大作家已经谈得差不多了,只好"博览旁搜",以量取胜。你看勃兰兑斯的《十九世纪文学主流》谈的作家很少,但历史线索很清楚。

黄子平:用材料的丰富能不能补救理论的困乏呢? 如果涉及的是换剧本的问题,那么只是换演员、描布景、加音乐,恐怕都无济于事。

陈平原:所以我们提出"二十世纪中国文学",就不光是一个文学史分期的问题,跟一些研究者提出的"百年文学史"(1840—1949),或者近代、现代、当代中国文学的"打通"所有这些主张都有所不同。我们是要把"二十世纪中国文学"作为不可分割的有机进程来把握,这就涉及建立新的理论模式的问题。

黄子平:涉及"文学史理论"的问题。在我们的概念里,"二十世纪"并不是一个物理时间,而是一个"文学史时间"。要不为什么把上限定在戊戌变法的1898年而不是纯粹的1900年?如果文学的发展,到二十一世纪,它的基本特点、性质还没有变,那么下限也不一定就到2000年为止。问题在于这个概念的基本内涵是什么。是不是从我们怎样形成这个概念谈起,这样也比较亲切一些,因为在文学史研究中碰到的困难、苦恼、危机感,大家都是相通的。

钱理群:我最早"切入"到这个概念是做毕业论文的时候,我的题目是综合比较鲁迅和周作人的思想发展道路。从什么角度来比较?当时选取了好几个角度,最初是从人道主义的角度,发现不行,太狭窄了;后来又从知识分子道路的角度考虑,还是不能够概括。最后是从列宁的话里得到启发,他讲到二十世纪是以"亚洲的觉醒"为其开端的。我从这个角度来确定鲁迅的历史地位和历史作用,认为鲁迅就是二十世纪中华民族崛起的一个代表人物。

黄子平:"亚洲的觉醒"这里就已经蕴含了二十世纪和世界革命这样一些概念了。

钱理群:对,我觉得,既然历史的大趋势和历史任务是这样,那么鲁迅毕生都是为了促进中华民族在现代的崛起,可以说他是二十世纪世界范围内的文化巨人,他既是二十世纪"民族魂"

的代表,又是新的"民族魂"的铸造者。开头当然是从世界革命的角度、政治历史的角度考虑比较多,慢慢地意识到东、西方文化的大撞击是一个带根本性的方面。它可以把很多重要的问题"拎"起来考虑,逐渐形成了一个非常明确的"东、西方文化撞击"的概念,找到一个比较准确的历史坐标。另外一个感觉是搞现代文学史的人都普遍意识到的,觉得新时期文学和"五四"时期的文学有很多相似之处,是一个更高阶段上的发展。比如"改造国民性"的线索,就一直延伸到新时期,如果切断了,就讲不清楚。当然还有一个因素是受李泽厚那本书的影响——

陈平原:《中国近代思想史论》。

钱理群:是我读研究生期间读到的感觉比较有分量的一本书。他里边提到中国近代以来的时代中心环节是社会政治问题。我觉得这个特点从近代、现代一直延续到当代。尤其是对文学的发展,影响很大,文学的兴奋点一直是政治。这就显示出一个时代的完整性,也就是说,对二十世纪整个中国文学的发展来说,许多根本的规定性是一致的。

黄子平:我是从搞新时期文学入手的,慢慢地发现很多文学现象跟"五四"时期非常相像,几乎是某种"重复"。比如,"问题小说"的讨论,连术语都完全一致。我考虑比较多的是美感意识的问题。"伤痕文学"里头有一种很浓郁的感伤情绪,非常像"五四"时期的浪漫主义思潮,我把它叫作历史青春期的美感情绪。文学中的美感意识,它是一个很内在的问题。美感这种东西,实际上就是对世界的一种比较深层的理解。它跟一时代的哲学、直观的经验、心理氛围,都有联系。美感的相像或者一致,它总是说明了许多问题的,至少其中蕴含的"历史内容"有相通之处。后来我做毕业论文的时候,考察新时期文学中的喜剧意识、悲剧意识和悲喜剧意识——

钱理群:你又追溯到鲁迅,追溯到"五四"时期的文学……

黄子平:我觉得一种现代的悲剧感贯穿了整个二十世纪中国文学,是古代文学所没有的。为什么会这样呢?往深里一想,就感到是由于一种共同的"意识到的历史内容",提出来的历史任务一直在要求完成,至今仍在寻求解决的办法、途径。因为我们从小就学辩证法学得比较多,我就想如果把新时期文学和"五四"新文学看作两个高潮的话,这之间是不是有一种——

陈平原:(笑)否定之否定!

黄子平:对,一种否定之否定的现象。既然它是一种螺旋式的上升,那就带有一种整体性。可是我们的专业之间隔着一条杠——现代文学、当代文学,就把这个螺旋给切断了,研究起来就有许多毛病。同时我又发现,搞现代文学的也好,搞近代文学的也好,跟我们搞当代文学的一样,都各自感觉到自己的研究对象的某种"不完整",好像都在寻找一种完整性,一种躲在后面的"总体框架"。那么这种完整性是什么呢?开始只是朦胧的感觉,后来经过讨论,才一步步明确起来,它就是我们所说的"二十世纪中国文学"。

钱理群:你可能从审美的角度考虑比较多……

黄子平:后来我又搞过一段文学体裁,即文体方面的题目,比如说短篇小说的艺术发展,一下子又追溯到鲁迅那里去了,而且还不是"五四"时候的小说,而是他在 1911 年冬天写的《怀旧》。这篇小说虽然是用文言文写的,但完全是现代的短篇小说。无论从结构、视点、情绪各方面,跟当时世界文学的发展,跟世界短篇小说的趋势是完全"同步"的,这跟二十世纪初他们周氏兄弟一块儿译《域外小说集》有关系。短篇小说的现代化至少从《怀旧》就开始了,一直延伸到现在,一条很清楚的线索。从文学艺术形式本身来看文学发展的整体性,我觉得更说明问题。

钱理群:小说形式我也注意过一段。当时王蒙提出小说观念的更新,引起很热烈的争论。我正在研究萧红,萧红不是提出过"小说学"的问题么?从萧红就一直追溯到鲁迅,鲁迅对现代小说形式的问题很早就提出一些精彩的见解。我就感觉到当代文学提出的很多问题并不是什么新鲜问题——

黄子平:(笑)早已有之。

钱理群:这就构成一条历史线索,联系起来可以看得很清楚。而且它为什么会反复提出来,一提出来就还是觉得很新鲜?那就是历史任务还没有完成,没有办法回避。中国历史发展的一个特点是反复性强,文学史也是这样,来回折腾。我还想代你补充一点,你是怎么"介入"到这个概念中来的。就是你那篇谈《当代文学中的宏观研究》的文章,是比较早从方法论方面提出来,在当代文学的研究中也要有一种"史"的角度,要从单纯的文学批评中跳出来,寻求文学研究的历史感。其实我们搞现代文学的是从另一端来接近这个概念的。对我自己来说,我是很不愿意搞纯学术的研究的——

陈平原:(笑)现实感太强!

钱理群:对,我们都是属于现实感比较强的人。要是把我埋在过去的事情里我一点兴趣都没有,要是跟现实不相联系,那我们何必去研究它。我把这种研究叫作"从当代想现代",就是从当代文学中发现问题,再追溯到现代文学去挖掘历史的渊源,是一种"倒叙"的思维方式。

黄子平:"人体解剖是猴体解剖的一把钥匙。"历史总是由现实的光芒来照亮的。

陈平原:从两端来接近这个概念:搞文学史的寻求一种现实感,与文学现实联系较紧密的寻求一种历史感。我听老钱说,林庚先生研究楚辞,就是着眼于"五四"新诗的发展来研究的,还有吴组缃先生研究中国古代小说,也是着眼于"五四"。这可能是北大的一个很好的传统。1981年的时候我跟黄子平通信,就讨论新时期文学和"五四"新文学的关系,我跟他说,他"从1919看1979",我是"从1979看1919"。要研究"五四"那段时期的作家,没有感情介入是不行的,你很难理解他们。六十年前的事,多少有点隔膜。幸好我们也经历了1979年的一次思想解放,从"七九"来看"一九",比较能够根据自己的体验,来理解"五四"时代的作家,理解他们的心态,他们为什么会写那样的小说和诗歌,为什么会有那么多的苦闷、彷徨。

黄子平:那后来你怎么搞到"近代"去了?

陈平原:我研究"五四"时期的文学,发现东、西方文化的撞击是一个大问题,很多现象都是从这里发生的。一系列的争论,比如"中体西用"啦、"夷夏之辨"啦、"本位文化论"啦、"民族形式"啦,总是离不开一条主线,即怎样协调外来文化和本民族文化的矛盾。于是我就追溯中国人自觉地学习外来文化是从什么时候开始的。一开始是追溯到1840年鸦片战争,但是后来发现从学习"船坚炮利"转到学习政治经济法律再到学习文学艺术,是一个漫长的历程,是到了戊戌变法以后,才开始全面介绍文化艺术。以前虽然承认这也不行,那也不行,可是毕竟"道德文章冠全球"。这时候才发现文学上也有许多可以学习的东西,文学观念开始转变。"五四"时期的许多问题,比如国民性批判、白话文运动、诗体解放、话剧的输入,等等,其实都是从戊戌之后开始的,尽管到"五四"才彻底、不妥协地掀起高潮,但是窗口是从那时打开的。而且,在这样的文化大撞击中对民族文化重新检讨重新铸造,使传统文学产生一种"蜕变",这样的进程一直延续到现在,贯穿整个二十世纪的中国文学。当然达到这样的认识是我们反复讨论之后才有的。开始只是感到研究范围需要扩大,慢慢上升到一些新的概念,最后有可能上升到理论的模式。

黄子平:我写《当代文学中的宏观研究》时,想到的是一个文学形象的问题。当时讨论得很热烈的是路遥的《人生》里的高加林,还有张辛欣的《在同一地平线上》的那个"他"——"孟加拉虎"。我觉得在当代文学中这样的形象好像是全新的,但是在现代文学里是很多的。其实这是一个世界性的文学形象,始于文艺复兴时期莎士比亚笔下的哈姆雷特,渐渐地由西向东,德国的浮士德啦,法国的于连·索黑尔啦,俄国文学中的"多余的人"啦……如果不从宏观的角度,或者马克思所说的"世界历史"的尺度,很难讨论清楚。

陈平原:这里其实包含了两个方法论方面的问题,一个是总体文学的意识,一个是比较文学的意识。从文学形象的迁变、衍化也可以很鲜明地抓住"世界文学"形成的历史线索。

钱理群:"世界文学中的中国文学",这个概念也是逐渐形成的。原来我们的视野也是比较窄的,所谓"东西方文化的撞击",其实心目中就是中国文化和欧美文化。后来考虑到与中国近似的情况,比如印度、日本、东南亚,还有非洲,最后,拉美文学也进入了我们的视野——他们的"文学爆炸"近年介绍了不少,我们才发现他们的文学也都是在十九世纪八十到九十年代发生了突变的。反过来看欧美文学,也是在同一时期产生了对自身传统的反叛,这些反叛明显地从非洲黑人文化、从东方文化汲取了灵感。这就形成了"世界文学"的概念。

黄子平:这也就证实了马克思、恩格斯在《共产党宣言》里所说的,由于"世界市场"的形成,"世界文学"也形成了。这样,也就证明了"二十世纪中国文学"的一个重要内涵:它是中国文学走向并汇入"世界文学"的一个进程。或者用鲁迅的说法,中国人"出而参与世界的文艺之业",是从十九世纪末二十世纪初开始的。

钱理群:我觉得这里文学史的观念有一个逐步的变化。从这几年现代文学的研究状况来看,最早是拨乱反正,提出不要用"无产阶级文学"的标准要求新民主主义革命时期的文学,要用"反帝反封建"作为标准来研究现代文学。范围一下子扩大了许多,以前不能讲的作家作品、文学现象,只要是"反帝反封建"的,都可以讲了。但这还只是用比较宽泛一点的政治标准代替原先过于褊狭的政治标准。某些文学现象,以前从这个角度去否定它,现在还是从这个角度去肯定它,评价可能不同甚至对立,标准是一样的。比如曹禺的话剧《原野》,原来说它歪曲了农民形象,现在就说它还是写出了农民的反抗的,等等,还是那个标准。后来严家炎老师在一篇文章里最早提出了中国文学的现代化是从鲁迅手里开始的,他用了"现代化"这样一个标准,打开了思路……

黄子平:"现代化"这个概念就包含了好几层意思:由古代文学的"突变",走向"世界文学",或者用严老师的话来说,是"与世界文学取得共同语言"的文学,等等。

钱理群:还有民族文化的重新铸造。这个命题就逐渐完善起来,提出"既是现代的,又是民族的",这样一个进程是从鲁迅手里开始的。当然我们把它向前追溯到戊戌,但是很清楚,我们的概念的形成是跟着这几年现代文学研究的路子一起走过来的。

陈平原:文学史的观念改变了。以前的文学史分期是从社会政治史直接类比过来的。拿"近代文学史"来说,从1840年鸦片战争到1898年戊戌变法,半个多世纪里头,几乎没有什么文学,或者说文学没有什么根本的变化,就像你说的,还在那里描舞台布景或者换演员,换剧本是九十年代才开始的。政治和文学的发展很不平衡。还是要从东西方文化的撞击,从文学的现代化,从中国人"出而参与世界的文艺之业",从文学本身的发展规律,从这样的一些角度来看文学史,才比较准确。

黄子平:时代、世界、民族、文化、启蒙、艺术规律,构成了概念的一些基本内涵。

钱理群:还有一个"过渡"的内涵。

陈平原:对,"二十世纪中国文学"是从古代中国文学向现代中国文学转变、过渡并最终完成的一个进程。我觉得古代中国文学是纯粹的中国文学,将来外来文化被我们很好地吸收、消化、积淀下来,变成我们自己的有机成分了,也可能又出现纯粹的中国文学,夹在这中间的始终有一点"不中不西"的味道。

钱理群:这可能是一个方面。另一个方面是,搞我们这个专业的人,总感到这一段的文学不太像文学,而且文学家总是在关键时刻很自觉地丢掉文学,很自觉地要求文学不像文学,像宣传品就好了。好几次都是这样,"革命文学"初期是一次,抗战初期是一次,五十年代初期是一次,当时郭沫若很自觉地写《防治棉蚜歌》……

黄子平:搞文学的人总是觉得心中有愧,总是问我搞这个到底有什么用,总是一再宣布自己并不是什么文学家。

陈平原:"一为文人,便无足观",这是古已有之的说法。十九世纪末维新派也曾讨伐文学。康有为骂"士知诗文而不通中外",谭嗣同说诗歌是"无用之呻吟",梁启超则指为"与声色之累无异"。后来梁启超突然又把文学捧到决定一切的地位,"欲改良群治,必自小说界革命始;欲新民,必自新小说始"。两个极端,其实都是一个出发点,就是要求文学能够"经世致用"。

钱理群:这样是不是就构成两段"纯文学"之间的一种过渡?

黄子平:鲁迅曾经设想,无产阶级"占权"之后,即掌握了政权之后,有可能产生"无利害关系的文学"。这是很乐观的一种设想。不过现在对文学自身的艺术特征是越来越重视了。

钱理群:看来我们是从两个方面逐渐形成"二十世纪中国文学"这么一个概念的:一个方面是从研究的对象出发,从各自具体的研究课题出发,寻求能够更好地说明这些课题的理论框架,先后发现了一些总体特征,然后上升到总体性质;另一个方面,就是从方法论的角度,寻求一种历史感、现实感和未来感的统一,意识到文学史、文学批评、文学理论三者的不可分割,这样就有可能使文学史的研究成为一门具有"当代性"和"实践性"的学科。是不是这两个方面?

陈平原:从旧概念到新概念,直觉思维,或者叫作灵感思维,很重要。问题积聚到一定程度,突然一个总体轮廓呈现出来,虽然很多细部还不清楚,但就是感觉到是那么回事儿。

钱理群:直觉思维产生飞跃。像我们提出"二十世纪中国文学"的总主题是改造民族的灵魂,提出总体美感特征是一种现代的悲剧感,其核心是"悲凉",这都是经过"飞跃"才提出来的,材料里边从来没有这种提法。这跟那种只拼凑材料的"爬行"的研究方法不同。没有材料一句话都不敢说,恐怕不行。林庚先生提出"盛唐气象",当时很多人不以为然,其实那也是一个飞跃,现在大家都用"盛唐气象"这个概念了。

黄子平:爱因斯坦说过,"真正可贵的因素是直觉"。光靠推理,连自然科学都不能有所发现。人文科学也是要通过一系列假说来向前发展的。问题在于设想提出来以后,就要进一步用扎实的工作来补充、修正、完善甚至更改我们的概念。

(《读书》1985 年第 10 期)

世 界 眼 光

陈平原:最近翻看了几本文学史,有苏联人写的《二十世纪外国文学史》第一卷,还有美国人写的《二十世纪美国文学》。看来他们使用的"二十世纪"这个概念跟我们不太一样,主要还是一种"纯物理时间",或者"政治史时间",而不是"文学史时间"。如果从文学史上来考虑,"二十世纪"很重要的一条,就是"世界文学"的形成。在"世界文学"的初步形成里头,"二十世纪中国文学"显然是相当重要的一个部分。我们从这个角度来研究二十世纪中国文学,肯定会有很多新的发现,可惜这方面的研究还没有认真开展。

黄子平:按照马克思、恩格斯在《共产党宣言》里的经典论述,世界市场的开拓,使一切国家的生产和消费都成为世界性的,精神的生产也是如此,于是由许多种民族的和地方的文学形成了一种世界文学。看来这一历史进程是在十九世纪末二十世纪初变得明显起来的。现在我们对"世界市场"这个概念有很具体的感性认识,日常生活里的"世界性消费"触目皆是。我们的乌龙茶在日本造成了对他们的传统青茶的"威胁"。我们的玉米一丰收,美国的农场主就开始皱眉头。七十年代以来,石油居然成为国际斗争中很厉害的一个武器。但是,我们对"世界文学"这个概念,即使有,也是很抽象的认识。如果"世界文学"是一个有机整体的话,那么要是太平洋上的某个小岛出了一位大作家,全世界的大小作家的位置就都发生了哪怕是最微小的变化,都得挪动挪动,就是在我们对这位作家一无所知的情况下,也是这样。二十世纪初以来,中国有那么多的人在写,那么多的人在读,要说中国的文学进程对世界文学没有一点影响,那是很难想象的。问题倒不在于介绍得够不够,就算一点也没介绍,实际上也在发挥着作用。

陈平原:没有进入世界性"消费"的精神产品,很难说是进入了"世界文学"总系统。但精神产品的"消费"恐怕又和物质产品的"消费"有所不同。

钱理群:这里有许多理论问题,我们还没有来得及深入探讨。马克思、恩格斯所说的"世界文学"是广义的,译成"世界文化"可能更恰切一些。"二十世纪中国文学"里的好些问题,从

"世界文化"的角度看可能比单纯从文学角度看更清楚些。

陈平原：有些文学现象在"国别文学"里是很难讨论的，要是从鲁迅所说的中国人"出而参与世界的文艺之业"的角度来考察，就很有意思，很有意义。比如中国人用外语写的文学作品，有些是在世界上产生过较大反响的。林语堂用英文写过八部长篇小说，还有十部散文和文学传记。叶君健、萧乾也曾经用英文写过小说，萧三用俄文写过诗……

钱理群：现在在北京语言学院任教的盛成教授，用法语写的《我的母亲》，二十世纪二十年代末在法国出版，就曾经轰动世界文坛，很快译成英、德、荷、西还有希伯来文，广为流传。法国大诗人瓦雷里亲自作序，纪德、巴比塞、梅特林，还有"埃及诗王"朗基等二十世纪的世界文学大师，以及居里夫人等人都给了很高的评价，都认为这本书沟通了东方文明和西方文明，为实现人类大家庭"内在的归一"作出了贡献……

黄子平：当代国内有一位青年诗人叫苏阿芒的，他用外语写诗，寄到国外去发表，也有不小的影响。

陈平原：侨居国外用汉语写作的作家就更多了。像这样一些文学现象在"国别文学"里几乎可以不讲或者少讲，放到"二十世纪中国文学"里头恐怕很难置之不顾。

钱理群：日内瓦文科大学的一位教授评价盛成的那本书时，说了一段很有意思的话，他说，《我的母亲》是"由西方化的中国人直接用法文写的，比法国人所写的关于中国的书或是法文译的中国书都好。它的作者，介乎两种文化之间，书的体裁也是介乎中法文之间的一种文学桥"。所以，他认为"这个中国人在我们语言与我们文学上"有着特殊的贡献。

陈平原：这确实很有意思。一本书在两种文化的交叉点上，因而在两国文学史上都可能占有一定的位置。这种现象大概只有形成了"世界文学"的二十世纪才会有。

黄子平：就像刚才老钱提到的材料说的那样，沟通东西方文明，实现人类大家庭"内在的归一"，这也许就是二十世纪"世界文学"发展的总任务、总趋势。在"世界文学"里头，恐怕一点也容不得那些宣扬种族歧视、种族偏见的作品，容不得民族沙文主义。世界文学，是各民族之间用文学来进行的一种对话，加强各民族之间的相互了解，同时呢，也就进一步加深对本民族文学价值的认识。"二十世纪中国文学"在这一点上当然是有所贡献的。

钱理群：研究中国文学受外来文化的影响所产生的变化，我们这方面的工作做得比较多，是一个单向的视角。一个逆向的视角可能被我们忽略了。这当然有它的历史原因。不过我们现在很需要用一种"立体交叉"的总体研究来代替或者补充单向的影响研究。

陈平原：单向的影响研究，比如说某个中国作家与某个外国作家的比较研究，或者某个中国作家受某种外国文学思潮的影响的研究，也还大有改进的余地。单是把那些相同之处和不同之处罗列出来，不能说明什么问题。实际上，二十世纪的中国作家，往往同时受好几个外国作家的启发，或者同时受好几种文学思潮的冲击，单抽出来"一对一"地分析，可能讲不清楚。

钱理群：研究某个作家，恐怕也要放到二十世纪"世界文学"的总体背景下来分析。多种文学思潮冲击而来，作家也不可能兼收并蓄，总是要加以选择、删除、重新组合，这里作家的个性、经历、素养起很大作用，也决定于他对时代、人生的理解。比如周作人,他接触的东西既多又杂,西方文化、日本文化、中国传统文化,包括儒、法、道、佛,他主要着眼于它们之间能够互相契合的地方。他认为希腊文化和中国传统文化"很有点相像",说"西哲如蔼里斯等人",思想跟李贽、俞正燮诸君"也还是一鼻孔出气的",说日本与中国有着共同的"东洋人的悲哀"。他把自己的个性投影在这些中外思想上边,又反过来汲取它们来扩大自己的个性,这样互相映照的结果,形成了一个"杂糅中见调和"的思想统一体。他用蔼里斯调节"纵欲"和"禁欲"的思想、儒家的"仁""恕""礼""中庸"、希腊文化中的"中庸之德"为基础,糅合了佛教的"莫令余人得恼"的精神、道家的"通达"、日本文化中的"人情之美",构成了一种"周作人式"的思想结构。主要特点是什么呢?就是以"得体地活着"为中心,在顺乎物理人情的自然发展与自我节制中求得平衡的中庸主义。

陈平原:(笑)够复杂的!

钱理群:为了在"混乱"中能够"截断众流,站立得住",他又吸取了儒家的"智""勇"、佛教的"勇猛精进",还有法家的"实效"精神,他的中庸主义带有"外柔内刚"的特色。在美学上就表现为所谓"以理节情",在他的散文里,闲适、诙谐跟忧患互为表里,透出一种从容不迫、略带凄凉的"调子"。

黄子平:周作人可能是把这种影响的复杂性表现得最充分的例子。艾青就单纯得多,他在法国主要是学画,"业余"为了学习法文,看了几本法国诗集,包括用法语翻译的一些俄国诗人的诗。他对现代主义的画家很熟悉,可以报出一串他所喜欢的名字,对现代派诗人喜欢的不多。至于传统文化,他自己说过:"我所受的文艺教育,几乎完全是'五四'以来的中国文艺和外国文艺。对于过去的我来说,莎士比亚、歌德、普希金是比李白、杜甫、白居易稍稍熟识一些的。"他的"芦笛"是从"彩色的欧罗巴"带回来的。传统文化在艾青的创作中是更潜在地起作用的,比如说,他从小喜爱民间的工艺品,从小画了大红大绿的关云长送给他的乳娘。中外文化的种种因素经过艾青的个性的熔铸,投影到他的诗歌创作中是这样一个有机结构:作为"地主的逆子"和"农人的乳儿",他用印象派画家的感觉方式写诗,表达了对旧农村的眷恋(在这一点上他与叶赛宁相契合)、对繁华而又虚伪的世界性大都会的憎恶(在这一点上他与波德莱尔、马雅可夫斯基相契合;在这两点上他同时与凡尔哈仑相契合),在气质上糅合了浪漫派诗人的自尊和"波希米亚人"的忧郁,最后,表现在诗歌语言上是"土地"和"太阳"两大意象群。

陈平原:说是单纯得多,也还是够复杂的。"文化构成"上单纯一些的可能是另外一些作家,比如说赵树理,还有五十年代成长起来的一批作家。但是值得注意的恐怕还是那种"动态的复杂性",即一个作家从一种文学思潮一下子跳到另外一种思潮,比如田汉,从一个唯美主义者突然变成一个激进的"革命文学"的倡导者。

钱理群:二十世纪世界文学的许多思潮都带有某种激进的性质,最激进的要算"未来派"了。在所谓"红色的三十年代",很多现代派作家都急剧地向左转。这说明文学思潮间的某些内在联系。这些文学思潮拿到中国特定的社会历史条件下来实验,在某些急剧变化的作家身上,这些内在的联系就暴露得更充分了。

黄子平:二十世纪的中国文学就有这么个很重要的特点,世界文化里的多种思潮,从时间上空间上都突然那么集中地拿到中国的土地上来表演,它们互相碰撞、交替、相融。它们之间的某些联系在它们各自的本土可能看不出来,但是拿到这里来之后由于某种原因,突然电光一闪,照亮了这种内在的关联。再加上中国传统文化原有的多种因素参加到里头,就更好玩了。二十世纪中国文学反过来成为一个参照系,用来观察世界文学潮流的盛衰嬗变、消长起伏。

陈平原:它也可以反过来成为古代中国文学的一个参照系,用来考察哪些传统是被它"重新发现"了,被它照亮了,哪些传统对于二十世纪的中国来说是最迫切的,或者说是最有生命力的,等等。

钱理群:你们所说的"二十世纪中国文学"可以反过来成为一个参照系,可能是一个很重要的观点。我们是不是可以把它再扩大一点:它不仅是观察西方文学(传统的、现代的)、中国古代文学的参照系,还可能是用来考察亚洲、非洲、拉丁美洲在二十世纪的文学发展的一个重要的参照系。因为中国文化是所有古代文化里流传下来、保存得最完整的文化。它怎样在欧风美雨的冲击下作出"现代调整",获得新生,在亚、非、拉国家中应该说是具有代表性、典型性的。

黄子平:拉丁美洲的文学有点不太一样,他们本土的印第安文化被殖民主义者摧残破坏得差不多了。到十九世纪中期拉美国家纷纷独立的时候,他们才慢慢发现那些矫揉造作、半僵化的西班牙语、葡萄牙语根本不能用来表现南美大陆的自然风貌和奇特的风俗民情。拉美的作家是用了艰苦卓绝的努力,去挖掘本土濒临灭绝的文化,并吸收了黑人文化等多种因素,终于用自己独特的声音加入到"世界文学"的合唱中来的。

陈平原:这也是一种参照吧！但最有利的参照可能还是整个东亚。按照某些文化人类学家的看法，整个东亚可以看作一个"汉文化圈"。东西方文化撞击下的文学异变可能带有某种共性。

黄子平:对外来文化主动接受和被动接受大不一样。像日本,1945年以前从来没有被外国占领过,在此之前他们对外来文化都是主动去拣选、吸收的。

钱理群:战后这段历史对日本文化就产生了很不相同的影响。对二十世纪的中国来说,它是在"挨打"的情况下走向世界的。外来文化对中国封建的传统文化产生巨大的冲击力,同时它又确实带有某种文化侵略的性质。这就使得现代中国民族心理(特别是在农民、市民中),很容易产生对外来文化的排斥倾向。这种排外心理既具有保守性,又具有一定的历史正义性。影响到创作中,像老舍的作品、沈从文的作品,都在某种程度上体现了这种民族心理和情绪。而且一旦民族矛盾发展到危机时期,在爱国主义、民族主义情绪高涨的情况下,常常出现"复古"的倾向,这是鲁迅等人反复提醒过的。

陈平原:"古今之争""中外之争"贯串整个二十世纪中国文学。"中"和"古"、"今"和"外"固然常常联系在一起,但并非总是如此。

黄子平:时空交错,两种坐标纠缠不清。

钱理群:另一方面,西方文化在近代传入中国时,其本身已经成熟了,可以说是过于成熟了,已经暴露出许多毛病。在西方文化内部已经在发生反叛,开始在其他文化体系(包括东方文化)中汲取灵感,寻找出路。也就是说,"华夏中心主义"和"欧洲中心主义"的破除,是同时发生的历史过程。二十世纪东西方文化都在抛弃传统,又都在向被对方抛弃的传统靠拢,上海复旦大学的陈思和把这叫作"东西方文化的对逆现象"。这种情况,在中国现代民族心理上引起的反应是很复杂的。一种是过分夸大了西方文化中的弊病,并且产生了一种不无真诚的主观愿望,想在避免这些弊病的条件下拒绝接受西方文化,或者只愿意接受一种毫无弊病的西方文化。

陈平原:有很高的警惕性,处处"设防"。

钱理群:一种反应是引用外国人的赞扬,把本国的"国粹"视为珍宝,不去区分不同层次上的对东方传统文化的肯定,这实际上是一种奴化心理的变态。

黄子平:使用了一种很古怪的逻辑:外国的东西有什么好,连外国人都说我们的东西才好……

钱理群:还有一种反应,就是由于不了解西方文化本身发展的历史过程,面对着他们五花八门的反叛思潮,眼花缭乱,对现代流行的各种文化思潮、创作采取"盲目接受"的态度。鲁迅把以上这些心理反应,即对本民族文化的盲目性和对外来文化的盲目性,称为内外两面的桎梏。鲁迅认为,只有摆脱这两重桎梏,才能真正与世界现代潮流合流,而又不会桎亡了中国向来的民族性。

陈平原:中国文学走向世界文学的过程,基本上就是挣脱这两重桎梏的过程,当然细说起来要复杂得多。另一方面,就是世界文学容纳和接受中国文学的过程,恐怕最早还是倾心于我们古代的灿烂文明,慢慢地才转向现代和当代的中国文学。不排除他们常常只是将之作为社会学材料来研究,但逐渐也转向文学的艺术特征的研究,比如鲁迅小说的反讽技巧等等。

黄子平:捷克学者普实克就很注意在现代中国文学的研究中,把社会历史的分析和艺术分析交融在一起进行。他对鲁迅小说的"现代倾向"是评价很高的。

钱理群:有些地方可能偏高了一点。不过他是最早揭示了二十世纪中国文学中那些与当代世界文学"同步"的现象的。这一点非常重要。它说明了中国文学所蕴含的当代创造性一旦发挥出来,是毫不逊色的。

黄子平:那些出色的外国学者、作家、诗人,谈到中国文学的时候,常常注意的不是文化的相异之处,而是更多地着眼于相通相同之处,这是很突出的。

钱理群:罗曼·罗兰在读了梁宗岱的《陶潜诗选》法译本之后,很惊喜地发现中国的心灵和法国的心灵的"许多酷肖之点",以至于使他相信两个民族具有某种"人类学上的神秘的血统关系"。瓦雷里在给这个法译本写序时,也把陶渊明比作"中国的拉封丹和维吉尔"。这样的比拟在我们中国人看来有时是很难想象的,但他们把不同民族的文心诗心的相通强调得很厉害,可能跟他们的人道主义理想有关系。

陈平原:歌德在 1827 年提出"世界文学的时代快要来临了",就是读了中国的一部古代传奇,可能是《风月好逑传》的法译本,产生了这个想法。他的想法就是建立在"普遍人性"的基础上的。

黄子平:德国的一流诗人读了中国的三流作品,产生一个杰出的见解!

钱理群:"普遍人性"的说法当然是太抽象了,但是各民族的文化能够碰撞、交流、融合,总是有它的共同基础吧?

黄子平:现代人类学的研究成果认为,各民族的文化其实是大同小异。从一个大的时间尺度来看,大家真是彼此彼此。现在我们把文化隔膜、文化特性讲得很多,反而把相通相同的一面忽略了。把"普遍人性"放到具体的历史时空下来看,可以说二十世纪世界变成了"全球村",人类分享着一个共同的命运。二十世纪的中国文学同样充满了危机感,充满了焦虑,一种骚动不安的焦灼。当然东、西方文学中体现出来的危机感有一些质的不同。西方文学中的主要是个人的自我丧失、自我分裂、自我异化,并直接和全人类的生存处境"焊"到一块。中国文学中个人具体的焦灼总是很快上升到民族的危机感,它的焦虑是一种感时忧国的焦虑。但是既然同是焦虑,就有它的相通相同之处。这样一种共同的美感,现代的美感,恐怕最能揭示出"世界文学中的中国文学"这个命题的深层结构了。

陈平原:归根结底,人类面对着一个共同的世界,不能不产生某些共同的艺术体验和哲学把握吧!研究"二十世纪中国文学",是需要深入到这个层次去考虑问题的。

(《读书》1985 年第 11 期)

民 族 意 识

钱理群:我们这一次换一个角度来考察"二十世纪中国文学"……

黄子平:好。上一次讲中国文学走向世界,汇入"世界文学"的大系统,这是一个横向坐标;实际上,二十世纪中国文学还有一个纵向坐标,就是它在整个中国文学发展的历史长河中所处的历史位置。

陈平原:关于这个"历史位置"问题,我有一个想法:是不是可以把中国文学的历史发展分成三大块?一块是"古代中国文学",所谓"古代中国",是一个以落后的小生产经济与政治专制为主要特征的封建宗法社会,与这样的政治、经济形态相适应,产生了古代中国文学。另一大块是真正意义上的"现代中国文学",所谓"现代中国",是一个以经济高度现代化与政治高度民主化为主要特征的社会主义社会,它必然会产生一种崭新的现代中国文学。而"二十世纪中国文学",实际上是一种过渡形态的文学,它是一个由"古代中国文学"向"现代中国文学"转变的文学进程。

黄子平:我很欣赏你用的"进程"这个概念,"进程"就是一种运动……

钱理群:对,应该用"动态"的观点来考察二十世纪中国文学,这是它的一个显著特点。

陈平原:应该明确地说,整个二十世纪的中国历史就是由古老的中国向现代中国过渡的时期,在历史的转折中,逐渐地建立起现代民族政治、现代民族经济、现代民族文化,实现整个民族的现代化。二十世纪中国文学是逐渐形成中的中国现代民族文化的重要组成部分,是一种现代民族文学。

钱理群:这样,二十世纪中国文学必然包含两个侧面:既是现代化的,又是民族化的。

黄子平:我想,更确切地说,是既是"世界文学化"的,又是

"民族化"的,两者互相联系又互相对立,在矛盾统一的运动过程中,实现文学的"现代化"。

钱理群:这样考察,就把二十世纪中国文学的横向坐标与纵向坐标联系起来了。

陈平原:你们刚才讲的二十世纪中国文学"世界化"("现代化")与"民族化"的对立统一,从二十世纪世界文学的角度来看,就是世界文学一体化与各民族文学多样化发展的对立统一。一方面,每个民族不可能单独发展,热切地要求与世界文学取得共同语言,趋向共同的人类文化;另一方面,每个民族为了自身的精神发展,又必然强调本民族的文化心理、文化传统。既要追赶世界潮流,又要发扬民族特色,这几乎是二十世纪各国文学发展的共同课题。

黄子平:这个矛盾,反映在文化继承、吸收问题上,就是如何对待东方传统文化与西方外来文化的问题。

钱理群:这可是一个困惑了人们整个世纪,不断引起争论,恐怕至今尚未结束的"古老"而"年轻"的文学课题……

陈平原:对,从二十世纪初的夷夏之辨,到"五四"时代欧化与国粹之争,二十年代东西文化比较,三十年代东方文化本位论,四十年代民族形式问题的讨论,五六十年代以传统文学和民间文学为本论,七八十年代"开放"与"封闭"之争以及当前的"寻根运动"……

钱理群:争论接连不断、欲罢不能,恐怕恰好说明:如何对待传统文化与外来文化,如何处理世界文学一体化与各民族文学多样化(或者说文学世界化与民族化)的矛盾,是二十世纪中国文学发展的一个基本矛盾。

黄子平:这是由二十世纪中国文学的历史坐标(横向坐标与纵向坐标)所决定的基本矛盾,在一定意义上,也是二十世纪世界文学的基本矛盾。这就是说,我们所遇到的问题,是具有世界性的。

钱理群:我还要补充一点,也正是这个矛盾推动着文学的发展。从表面上看,似乎每一次论争都是以往论争的重复,所以我刚才说这是一个"古老"的文学课题;实际上,这是在更高层次上的部分重现,反映了一种螺旋式上升的历史运动……

黄子平:如果以这些论争作为一条线索,结合创作实践,来考察二十世纪中国文学如何在两种发展要求、倾向的对立统一中曲折前进,会很有意思的。

陈平原:这个问题放到以后再去作"专论"吧。我们还是把讨论的题目集中在今天的中心:现代民族文学的形成与特征。

钱理群:(笑)平原,你不要着急。二十世纪中国文学的两个历史坐标是互相联系的;即使我们讨论现代民族文学的形成、特征,也不能离开中国文学走向世界、东西方文化大撞击、大交融这个总的文化背景。

黄子平:对,作为现代民族文学的二十世纪中国文学,是以"五四"文学革命为第一个辉煌高潮的。而"五四"文学革命与中国历史上曾经发生过的多次文学变革运动最大的不同,就是"五四"所要实现的文学变革,不是在中国传统文学封闭体系内部实现的,而恰恰是以冲破这种封闭体系,击碎"华夏中心主义"的迷梦为其前提的。这样,它就必然主要借助于与中国传统文化异质的西方文化的冲击,说得更明确一点,就是以西方文化为武器冲击中国传统文化。

陈平原：我最近正在研究从戊戌政变到"五四"时期的中国文学，我也在思考这个问题：为什么在戊戌政变前后，梁启超他们也接受了西方文化的影响，发动了文学改良运动，但却以失败告终，并没有、也不可能催生出现代中国民族文学，而"五四"文学革命却完成了这一历史任务？我想，最根本的原因，就在于梁启超们没有摆脱"中学为体，西学为用"的改良模式。所谓"中学为体，西学为用"，就是主张在中国传统文化封闭体系内部进行局部的调整，而反对根本的变革。

钱理群：你所说的这个问题非常重要，也许正是许多争论不休、纠缠不清的问题的关键所在。我觉得，"中学为体，西学为用"的思想不仅为十九世纪末、二十世纪初的洋务派与改良派所坚持（当然，洋务派与改良派是有很大不同的，我们这里不作具体讨论），而且恐怕会成为贯串整个二十世纪的不容忽视的一种思潮。事实上，从"五四"以来就不断有人或直言不讳或隐晦曲折地宣扬这种思想，也有在"五四"时期曾经激烈地反对"中学为体，西学为用"，后来又成为其积极吹鼓手的。我最近写了一篇论周作人与传统文化的关系的文章，其中就谈到周作人在敌伪时期提出了以"儒家人文主义"为"大东亚文化"中心思想的口号；在他看来，在"以孔孟为代表，禹稷为模范"的"原始的儒家思想"里，就包含了西方现代人道主义思想与民主思想，只是后来（汉以后，特别是宋以后）加进了法家成分，接受了佛、道影响，变成了酷儒与玄儒；因此，中国的思想、文化的改革只需要在传统文化封闭体系内部实行调整：恢复原始的儒家"人文主义"传统。

陈平原：按照周作人他们的逻辑，"五四"文学革命的先驱者(周作人自己也在内)运用西方现代思想武器对以孔孟儒学为中心的中国传统文化的冲击,至少也是一种历史的"误会"与"偏颇"。

黄子平:这还是"中学为体,西学为用",唱的是"外国有的,中国古已有之"的"老调"。看样子,"老调"还是"唱不完"!

陈平原:张之洞当年在提出"中学为体,西学为用"的口号时,就特意点明:其作用是"不使偏废",仿佛不偏不倚,很"全面",很"辩证"。

钱理群:岂止张之洞!"五四"时期的"国粹派"不也是这样?学衡派诸公高唱"融贯中西",就"全面"得很,"辩证"得很……

陈平原:相反,"五四"文学革命的先驱倒显得十分的偏激,十分的绝对。鲁迅就宣布"与其崇拜孔丘、关羽,还不如崇拜达尔文、易卜生",甚至主张"要少——或者竟不——看中国书,多看外国书","外国书即使是颓唐和厌世的,但却是活人的颓唐和厌世"!

钱理群:这种决绝态度、战斗风姿实在是令人神往的。老实说,如果没有"五四"文学革命先驱者们那种"扎硬寨,打死仗"的精神,就根本不可能打破中国传统文化的封闭体系,不可能击碎"华夏中心主义"的迷梦,带来整个民族的觉醒、思想的解放,更谈不上现代民族意识的形成、现代民族文学的诞生……

陈平原:至于说立论的"片面性",记得恩格斯有一句话,片面性是历史发展的必要形式。子平,你不是在《读书》今年第8期上写过一篇文章,题目就叫"深刻的片面"?

黄子平:(笑而不言)……

钱理群：其实，"五四"文学革命对于传统文学在否定中也是有肯定的，并非一味地"全盘否定"。包括先驱者的发难文章，无论是胡适的《文学改良刍议》，还是陈独秀的《文学革命论》、钱玄同的《寄陈独秀》、刘半农的《我之文学改良观》，在高举批判、否定的旗帜时，也包含了对传统小说价值再发现的肯定性内容。

陈平原："五四"以来，在整理和研究传统文化遗产方面取得最卓越成绩的，恰恰是运用西方思想文化武器，猛烈批判封建文化传统的文学革命的倡导者与参加者，而不是那些主张在传统文化体系内进行调整的"中学为体，西学为用"论者，这个事实是很能说明问题的。

黄子平：我曾经思考过这个问题。我想，西方文化思想的传入，对于传统文化价值的再发现，有着两方面的意义。一方面，西方文化对于中国传统文化是一种异质文化，这样，它就提供了另外一个参照系；传统的东方文化体系正是在西方文化体系的比较、映照中，更充分地显示出自己的独特价值，而在单一的封闭体系中反而容易被忽略，以至否定。这就是说，两个系统的碰撞，常常获得新的价值。另一方面，西方文化提供了一种新的思维方式、新的科学的研究方法，以后传入的马克思主义更提供了辩证唯物主义与历史唯物主义的世界观与方法论，这个意义绝不能低估。而我们常常估计不足，比如对"五四"时期所输入的逻辑实证的思维方式、方法对推动我们民族理论思维的发展所起的历史作用，至今仍缺乏足够估计。

钱理群：应该说，在"五四"时期，现代作家对西方文化的汲取是自觉的，传统文化的影响就比较复杂。今年《中国现代文学研究丛刊》第 3 期有一篇伍晓明论郭沫若早期文学观的文章,谈到"五四"时期传统文化的体系被打碎了,但传统思想因素"仍然深埋在现代作家的潜意识之中",遇到西方文化的撞击,就会发生"原有潜能的激活和解放",并在与西方文化的化合作用中逐渐形成"新的意识结构"。他举例说,郭沫若从小喜欢老庄思想,但并不理解,仅作为一种潜在意识存在,正是"西方泛神论和康德、叔本华的影响",使郭沫若对老庄思想作出新的解释,并成为他"泛神论"思想和艺术无目的论的一个基础。我想,这样的情况,在中国现代作家中是有一定典型性的。

陈平原:大概在三十年代"文艺大众化"问题的讨论中,对民族传统文化的继承问题才比较明确地提出来,成为现代作家自觉努力的方向。这以后的发展、变化,所走过的曲折道路,大家都很熟悉,我们还是不谈了吧?

黄子平:也好。我对你在开头提出的二十世纪中国文学的过渡性质,以及它是一种现代中国民族文学这两个论断很有兴趣,似乎有展开的必要。

钱理群:对,这是一个很重要的问题。首先,还是要对二十世纪中国的中心任务、时代精神有一个总体的认识与把握。我们可以回顾一下历史:从二十世纪初,孙中山预言中国的大跃进,"五四"时期李大钊歌颂"青春"的中国,郭沫若描绘民族的"涅槃"与新生,周恩来呼唤中华民族的"腾飞",到抗日战争时期毛泽东振臂高呼"中华民族将自立于世界民族之林",中华人民共和国成立之初,毛泽东庄严宣告中华民族"从此站立起来","我们将以一个具有高度文化的民族出现于世界",一直到十年浩劫之后,我们的民族再一次从血和泪中站立起来,通过自己的年轻一代发出"振兴中华"的口号,都一再地表明:争取民族的独立解放,民族政治、经济、文化、民族意识的全面现代化,实现民族的崛起与腾飞,是二十世纪全民族的中心任务,构成了时代的基本内容,社会历史的中心、民族意识的中心,对于这一时期包括文学在内的整个意识形态起着一种制约作用,决定着这一时期文学的性质、任务、历史内容,以及历史特征,等等。

黄子平:这在今天似乎已经是无须论证的"常识",可是,在很长时间内,我们却偏偏在这个常识问题上认识不清,为此我们不得不付出了很大的代价。

陈平原:只有抓住这个时代中心,我们才能正确地说明:二十世纪中国文学为什么只能是并且必然是一种现代民族文学。这个文学始终与民族的命运,与民族解放、振兴事业保持着天然的、血肉般的联系。强烈的社会责任感、民族责任感,成为中国现代作家的基本历史品格,无法摆脱的民族危机感产生了中国现代作家特有的忧患意识,并决定着中国现代文学以悲凉为基本核心的现代美感特征。

钱理群:这里还有一个中心环节,就是二十世纪中国文学的启蒙性质。文学自觉地担负起了"思想启蒙"的历史重任。

黄子平:也许是过于沉重的责任⋯⋯

钱理群:对,由于落后的中国,文化、教育事业极不发达,启蒙工具、渠道都过于缺乏,文学艺术常常成为唯一的启蒙手段,许多农民甚至连基本的历史知识都是从戏曲中获得的。这种情况既造就了二十世纪中国文学的特殊优点,也带来了一些历史缺憾,而不论优点还是缺憾,都构成了二十世纪中国文学的历史特色与民族特色。

陈平原：在现代中国，很少有"为艺术而艺术"的作家，大多数中国现代作家都在关心着"国民性的改造"，试图用文学的武器唤起民族的觉醒，通过"干预灵魂"来"干预生活"，这几乎构成了二十世纪中国文学的一个基本文学观念。

钱理群：当然，在不同倾向特别是不同政治倾向的作家之间，区别是存在的。分歧点主要集中在：用什么思想来启蒙？思想启蒙与社会制度的变革的关系，前者是否能取代后者？等等。而在重视与强调文学"洗刷人心""再造民族灵魂"的启蒙作用这一基本点上，却有着相通之处。过去，我们比较重视、强调作家在政治倾向上的分歧，以及"文艺与政治的关系"这类最能显示作家政治倾向的文艺观念上的分歧，这是一定历史条件所造成的，有它的必要性，而且在今后我们也不必有意地掩盖这种分歧。但是，应该承认，文艺观点也是多侧面、多层次的，作家们可以在一些文艺观点上存在分歧，在另一些文艺问题上又有共同之处，而且即使在"同"中也有"异"。而我们把二十世纪中国文学作为一个整体来考察，重视与强调中国现代作家在文学启蒙作用这一基本点上认识的一致性，恐怕是必要的。

陈平原：这与传统文学强调文学的教化作用有什么区别呢？

黄子平：中国现代作家强调文学的启蒙作用，是渗透着一种十分强烈的现代意识的，这包括重视人民的历史作用的现代民主思想，强调"人"的自我价值、自我觉醒的个性解放思想等等。这些在传统的文学教化作用里都是不可能有的，有的恐怕倒是相反的封建专制思想、愚民政策等等。

钱理群：这就使得二十世纪中国文学与民族的主体——人民大众始终保持着密切联系，这可以说是二十世纪中国文学的一个突出优点。

陈平原：二十世纪中国文学贯串着一个中心主题："改造民族灵魂"。形成了两大题材：知识分子题材——他们是思想启蒙运动的主要承担者；农民题材——他们是民族的大多数，思想启蒙的主要对象。这都是由文学的启蒙性质所决定，同时也最能显示文学与人民及人民生活的密切联系。

黄子平：文学形式也受着文学启蒙性质的制约，并且产生了一些基本矛盾……

陈平原：这个问题留到以后再谈吧，我们还有专讲文学形式的题目呢。

黄子平：好吧，暂时不谈。不过，我还想谈一点——问题的另一面。二十世纪中国文学历史地承担起了对于它自身来说也许是过于沉重的思想启蒙任务，这就使它不能不加入了许多非文学的成分，不能不处处"照顾"我们民族过于低下的平均文化水平——这种情况，越是在历史转折时期越是严重，以致二十世纪中国文学在发展的历史过程中，曾多次向一般的"宣传"工具方面摆动（例如，抗战初期、解放战争时期、新中国成立初期等），这种情况不能不影响到文学自身审美品格的发展……

陈平原：我们是不是可以这样说，就整体而言，二十世纪中国文学的认识价值是高于审美价值的。

黄子平：大概如此吧。这与其说是一个弱点，不如说是一种特色。一切特色，都是一定的历史条件造成的，都是历史老人的"产儿"，我们的责任只是面对历史，正视历史。

（《读书》1985年第12期）

文 化 角 度

陈平原：对于二十世纪中国文学的研究，我有一个想法，就是既要"走进文学"，又要"走出文学"……

钱理群：你又要"标新立异"了！

陈平原：其实一点也不新。"走进文学"就是注重文学自身发展规律，强调形式特征、审美特征；"走出文学"就是注重文学的外部特征，强调文学研究与哲学、社会学、政治学、民族学、心理学、历史学、民俗学、文化人类学、伦理学等学科的联系，统而言之，从文化角度而不只从政治角度来考察文学。

黄子平：说得准确些，"文化角度"包含了"政治角度"，但又不止于"政治角度"，文化的内涵要更宽阔，更丰富。

钱理群：中国的现、当代作家大都具有比较强烈的政治意识。政治性强，恐怕是二十世纪中国文学的一个历史特点。真正用科学的态度与方法，从政治学的角度去研究二十世纪中国文学未尝不是一条路子。

陈平原：问题在于，第一，不能将"政治学"庸俗化，变成庸俗社会学；第二，不能局限于政治学的角度。一部作品的思想内容，不仅指它的政治倾向性，还有哲学的、伦理学的、心理学的等多种内涵，因此，在理论上用"文化"这个概念来概括，路子就会宽得多。

钱理群：这样，我们就会遇到一个自身知识结构过于狭窄的困难。强调从文化角度研究文学，可我们本身对文化没有多少研究，这是很可悲的。提倡不同学科的朋友共同来研究文学的某一课题,可能是一个办法。

黄子平:整个文化史研究的落后,跟当代作家、评论家日益强烈的文化意识,形成了一种令人惶惑不安的"逆差"。我们现在来谈文化,是一件相当危险的事情,随时都可能犯"常识性错误"。

陈平原:现在谈文化的人多,谈什么是文化的人少。文化似乎成了一个无所不包的大口袋,什么都可以往里面装。装是装进去了,可口袋也给胀破了。

黄子平:在近现代中国,谁最早给文化下定义的?

陈平原:很难说。不过梁启超1922年就借用佛经术语给文化下了这么一个定义:"文化者,人类心能所开积出来之有价值的共业也。"

黄子平:这似乎接近某些国外文化学者的意见,文化即人类物质文明与精神文明的总和。

陈平原:如此说来,从美国的航天飞机到北京街头的冰糖葫芦小风车都是文化?

钱理群:文化似乎可分为大文化与小文化,或叫广义的文化与狭义的文化。广义的文化包括人类一切创造物,狭义的文化专指精神产品。

黄子平:还可以分出注重共时性的民族文化与注重历时性的历史文化。当然,两者往往互相渗透。

陈平原:如果扣紧二十世纪中国文学,则是注重地域文化的"乡土文学"与注重历史文化的"寻根文学"。

钱理群:过去我们习惯于笼统地谈外国文学与民族文学,实际上俄苏文学与印度文学、欧美文学,各有不同的文学传统。传统中国文学也不是铁板一块,这么大的疆域,这么多的民族,这么悠久的文化传统,不同地区的文学不可能完全一致。应该说,外来文化与中国本土文化都是多元的。

陈平原:古代学者也讲南北文化有别。但讲的多是欧风东渐以后。这里面似乎有点微妙的因果关系,在比较中西文化差异的同时,比较中国文化的不同传统。王国维讲北方文学重情感,南方文学重想象,两种文学融合,产生了大诗人屈原。刘师培讲南北文学传统在不同时期的分合。梁启超讲得最多。他讲先秦诸子如何形成南北两大文化传统,到唐代则文化大一统,尔后又龟裂成若干小块。他甚至设想不同地域作家、学者应如何根据自身文化特点,形成独特的风格。

黄子平:这跟泰纳的文化地理学派有没有关系?那时候泰纳他们正红着呢。

陈平原:没有直接材料证明梁启超受泰纳影响,但梁启超专门介绍过文化地理学派的研究方法。

钱理群:在现代,周作人也专门谈过浙东、浙西学风相差很大,各有各的师承,各有各的传统。不了解这些各具特色的文化传统,硬套规范化的儒家传统,真的以为天下一统,未免过于简单化。比如鲁迅、老舍、郭沫若、沈从文,他们接受的传统文化就有很大差别,这对他们以后的文学发展道路影响很大。

黄子平:作家的文化修养与作品的表现内容,透出强烈的地方色彩。重要的还不是题材的地方性,而是作品中强烈的地方味与"文化味"。同样写四十年代的保长形象,沙汀写的就有"文化味",写出了川西北的地理文化特点。

陈平原:我们可不可以稍微理一下文学中"文化味""地方

味"比较强的作家群。讲流派过于勉强。而且有些稍具流派规模的又没有什么文化味,不在我们论述之列。还是老老实实摆文学现象,先别急于作归纳、概括。

钱理群:自觉地表现北平生活的文化底蕴的,首先当然得推老舍。曹禺的《北京人》,对现代北京人的心态也有相当精彩的描摹。

陈平原:有两部表现北平生活的用英文写的作品,一是王文显的《梦里京华》,一是林语堂的《京华烟云》,可惜北京味不足。

钱理群:倒是丁西林的某些作品,如《北京的空气》有点北京味。

黄子平:新时期文学中,邓友梅、刘心武、陈建功都着力于表现北京市民生活,受老舍影响很大。反过来,又正是这些作家照亮了老舍。有趣的是,这些作家都不是道道地地的老北京。

陈平原:同样被新时期作家照亮的还有沈从文。通过汪曾祺为中介,新时期作家学沈从文的不少,但学他直接从楚文化中汲取灵感的则是崛起的湖南作家群。

钱理群:我的同学凌宇从西方文化与中国传统文化、汉族文化与苗族文化的双层撞击中,考察沈从文的创作,很有意思。

陈平原:讲地方色彩与文化底蕴,三四十年代的东北作家群很有特点。萧红的《呼兰河传》、萧军的《过去的年代》、端木蕻良的《科尔沁旗草原》、骆宾基的《幼年》……

钱理群:对。过去我们注重表现抗战的《八月的乡村》《生死场》,这自然没错,但相对忽视了这一批表现作家"历史的沉思"、挖掘东北地方文化的"根"的作品。从文化角度,或者从艺术角度看,这一批作品也许更有价值。

黄子平：新时期作家中郑万隆近来写了一组《异乡异闻》，东北地区的读者说他写出了真正的"黑龙江味"。

钱理群：西南作家如沙汀、李劼人也算一个，艾芜算不算还得研究。关键看他们反映的生活是不是源于一个共同的文化母体。

黄子平：西北呢？三四十年代延安集中了那么多作家，有没有形成特殊的着力于挖掘西北生活的文化底蕴的作家群？

陈平原：似乎没有。延安作家来自"五湖四海"，文化背景复杂。最重要的还不是表现的生活，而是贯串其中的文化精神。

钱理群：新时期作家写上海生活的不少，可我就觉得唯有王安忆的小说上海味说不出地足。

陈平原：上海这块地方很值得开掘，对于了解中国的近现代文化很有意义。除了三十年代的新感觉派、四十年代的张爱玲，着力于表现东西文化夹缝中的上海市民的心理变迁的，实在不多。当然，借上海为背景写其他生活的可就多了。

黄子平：从文化角度考察鸳鸯蝴蝶派作品，肯定很有意思。表现都市文化心理，尽管畸形，却有很高的文化史的价值。

钱理群：最近的"寻根热"，很值得重视。跟以往的"乡土文学"不同，自觉追求一种文化意识与哲学意识。

陈平原：意识到民族文化的多元，着眼于民族文化的重构，这场"寻根"有可能取得大的突破。不过要注意两点，一是现代意识在重构中的指导意义，避免由寻根转为复古，二十世纪中国文学这样的教训太多了。一是地域文化的独立性是相对的，特别是在现代中国。如果有作家提倡齐鲁文化派，我真不知道他如何在现代生活中辨析齐鲁文化与以儒家为主要代表的汉文化的区别。

黄子平：传统是在文化隔离的条件下形成的。沈从文笔下的湘西文化与新时期作家贾平凹追求的秦汉文化，都得益于地理环境的隔绝引起的心理状态的封闭。至于吴越文化对当代生活的影响，我有点怀疑。起码我到杭州，感受不到吴越文化的味道。

钱理群：鲁迅跟吴越文化似乎有关系。

陈平原：很勉强。鲁迅感受吴越文化，主要借助于古籍而不是现实生活。晚清留学生出于反满的民族情绪，纷纷发掘本地先贤，鲁迅寻找越中先贤，也是基于同一目的，并非为了强调地域文化。经过秦汉的文化大融合，再加上近代西方文明的冲击，先秦时代的吴越文化的因子到底还剩下多少，我也持怀疑态度。

钱理群：鲁迅喜谈鬼神，像目连戏里的无常、女吊，很有特色。还有诙谐与复仇精神。

陈平原：周作人也喜欢谈鬼。我不懂中国鬼神的分布及其系统，不过萧红的《呼兰河传》中的跳大神跟我们广东一样。一南一北，相距几千里，好多祭祀、戏弄鬼神的办法居然一样，似乎汉族地区阴间也有大一统趋向。当然具体步骤千差万别。

钱理群：鲁迅笔下的鬼善于复仇，这有没有地方特点？

陈平原：我们现在对鬼没研究，不敢说定，但我怀疑别地的鬼也不是老实好欺负的。

黄子平：我们家乡的鬼也会找替身。这是个很有趣的题目，说鬼自然是为了说造鬼的人,可惜我们的知识准备不够。

钱理群:周作人说过绍兴的师爷笔法的来源,一是"法家秋霜烈日的判断",一是"道家的世故"。研究绍兴文化对鲁迅的影响,从精神到语言到思维……

黄子平:对。不用吴越文化这样的概念,而用现当代那块地方的文化特点,来说明鲁迅的特点,也许更合适。

陈平原:研究鲁迅的《故事新编》时,我曾经想用墨学精神作一条主线,大禹——墨翟——侠,一脉相承。这跟十九世纪末二十世纪初的墨学复兴有关系。老钱一提鲁迅与吴越文化,我就悟出墨子精神也好,吴越文化也好,都只是鲁迅接受传统文化的一个侧面。

钱理群:鲁迅无疑是综合的。

黄子平:严格地讲,所有当代作家接受的文化都是综合的。战国以后汉文化融合很厉害,各地风俗大同小异。

钱理群:连笑话也差不多。周作人校订的《明清笑话四种》很有可读性。

陈平原:大一统国家,再加上科举制度,一代代士子就啃那么几本书,各地文化分别不太大。

黄子平:还有战乱等原因引起的人口大迁徙,对各地文化融合起了很大作用。我们客家就是从中原迁到广东去的。

陈平原:陈寅恪曾从音韵学角度论述南北朝时期的人口迁移引起的语言的融合。士族操北语,庶人操南语,语音代表等级,吴地士子也力避用吴音作诗。

钱理群:这很有意思。1949年前,一般上海人瞧不起江北人。一听江北口音,就意味着祖上或本人不是拉板车就是当售票员。即使衣冠楚楚,很有钱,一口江北话,没错,准是暴发户,没文化,没修养。这当然是偏见,可代表了一种社会心理和价值取向。

黄子平:《红楼梦》中主人公贵族身份得自北方,财富与民主思想却又来自南方。北方人打到南方,南方人到北方做官,客观上都促进了文化融合。

陈平原:现在作家们寻根,一寻就寻到先秦,大概就因为先秦以后汉文化大融合,地域文化差别不大。

黄子平:这里还有现代主义的味道,反叛传统,寻找原始艺术的野性与质朴。

钱理群:还有拉美魔幻现实主义的影响。这一点跟现代文学史上的乡土作家不一样。乡土作家中自觉追求野性的原始艺术风格的,并不很多。

陈平原:延安作家学习民间艺术倒是值得注意。

钱理群:那也是一次文学的寻根。根据地正好地处民族文化摇篮的黄河流域。不过他们所注意的主要是民间艺术——更确切地说,他们是到民族的主体农民群众那里去"寻根",到农民的艺术传统那里去"寻根"。这对于主要借鉴外来文化而产生的新文学,是一次不可缺少的"补课",其意义不可低估。我读过一篇李季的文章,谈他在古长城边,听着赶脚的陕北乡亲唱信天游,在冬天的炕头边听妇女唱情歌,他的灵魂受到了震动……

黄子平:可惜后来写成作品时过滤得太干净了。怕丑化劳动人民,写出来的是"洁本"。我读过李季搜集的两千首信天游,棒极了。最好的他都没有引进他的《王贵与李香香》。特别是那些情歌……

陈平原:可能各地民歌中最好的都是情歌。又符合人性,又有地域文化的特色。小时候读《潮州歌谣》,印象很深。你的"本家"黄遵宪搜集的客家山歌,很精彩。

黄子平:现在作家开始注意这些民间艺术。张承志、张贤亮在小说中偶尔插上几首真正的民歌,你会觉得很新鲜,充满生命力。

钱理群:周作人曾经发起搜集绍兴儿歌和猥亵歌谣,登了广告,可响应者寥寥。那时候他们是想借助民歌来创造新诗。三十年代以后他兴趣低落,认为"五四"时对民歌估计过高,现代诗很难从民歌中找到出路。

陈平原:但他谈笑话,读野史,从民俗学角度考察中国传统文化心理,很有些新鲜见解,说了不少只读"正经书"的人说不出的"妙语"。

钱理群:其实,《语丝》这方面很有特点,登过不少谈民俗的文章,现在研究"语丝派"的人很少注意这一侧面。

陈平原:老钱,你本来应该抽空写一篇论周作人与民俗学的文章,即使只是排列材料也很有意思。

钱理群:我原来是准备在《周作人评传》中列专章来写。包括他对童话、儿歌、民谣、神话、笑话、民间故事的见解。那是高度自觉地借鉴民间文化艺术。目的是为了建立以人为中心的知识体系,以求了解幼年时期的人类,旁及医学史、巫术史等等。他在绍兴时甚至翻译介绍过日本人写的《儿童玩具研究》。

黄子平:梁启超也是这样,四面开花,全面发展。全才。

钱理群:主要是介绍,而不是研究,当然有点浅。但问题是别人还没意识到民俗的研究价值。这就是先驱者的特点,把事情点破,后来人跟上去研究。

黄子平:我倒觉得,我们现在对近代、现代文化挖掘得太少,当代作家对当代文化也注意得不够。像流行歌曲、时装、小报,都值得注意。他们只在深山老林里发现文化,而忽视了在当代日常生活中发现文化。

陈平原:或者说,注意在平静的农村中发现古典美,而忽视在喧闹的城市中发现现代美。

钱理群:我在贵州住了好多年,近几年闭塞的贵州也发生了很大的变化。穿衣服是紧跟上海,上海时装一出现,贵阳马上就有,比北京还快,当然学得有点走样,不大好看。这次去敦煌,那么偏僻的地方也动起来了。作家写敦煌,不单要注意古老的壁画,而且要注意满街的牛仔裤。也许不伦不类,有点滑稽,可这正是历史微妙变化的表征。

黄子平:张辛欣和桑晔的《北京人———一百个普通中国人的自述》,很精彩。现在评论界只注意形式上的新鲜,讨论"口述实录文学"算不算文学之类。其实那是对当代文化的一次"打捞",面儿铺得很广。比如北京澡堂子的那位退休老师傅,满嘴阶级斗争的词儿,充满了自豪感。又比如上海"下只角"嫁到"上只角"去的那位新娘子,有另外一种自豪感。这就是文化啊,非常有代表性的当代文化。既是传统文化积淀下来、传承下来的东西,又融进了三四十年来新的社会历史运动造成的那些形态。要研究中国当代社会,《北京人》这本书在某种意义上比专家学者编写的书还有价值。

钱理群：我很注意其中一篇，是第一代红卫兵的自述。"红卫兵"恐怕也是中国当代生活中一个重要文化现象，首先是"政治—文化"现象。

陈平原：我们较少从现代文化与古老文化的撞击来表现当代生活。把这两者分开来写，那就没劲了。

钱理群：我很关心贵州文学的发展。何士光的《种包谷的老人》把贵州老农民的神韵表现出来了，这显然跟贵州地方文化的熏陶有关。

黄子平：《种包谷的老人》很容易使人联想到罗中立的油画《父亲》，不过没夹圆珠笔的。

钱理群：不完全是。贵州生活比四川更封闭、停滞，用何士光习用的语言说，是"悠长""闲散""宁静得像一个古老的梦"，民风要温和些，有点韧劲。最近有人写文章说贵州文学阴柔之美太多，提倡阳刚之美，恐怕有困难。

陈平原：作家创作受制于表现对象的特质、自身的文化修养与气质，在江南水乡提倡阳刚之美或在普通日常生活中呼唤史诗感，很危险，很可能变成矫揉造作。

黄子平：在这么一个曲折复杂而不是呼啸前进的时代，出现的阳刚之美、男人风格、铁腕手段等等，往往带有专制横暴的味道，不宜大力提倡。也许阴柔的东西更能表现生活的底蕴。至少这种"两分法"有点简单化。

钱理群：新时期作家也有关心近代文化的，冯骥才的《神鞭》就是表现清末民初的生活。

黄子平：还有邓友梅和郑万隆等人，大写清末民初。

陈平原：从生活形态讲，外来文化的大量渗入，开始打破平静,是十九世纪末二十世纪初开始的,作家选这一段有眼光。

黄子平:跟我们的概念刚好有点暗合。

钱理群:沈从文根据佛教故事改编的《月下小景》意义不大,真正有价值的作品也是表现二十世纪初的生活形态,不过他更多着眼于现代的古风遗俗,一种滞留的历史痕迹。

黄子平:按说郑万隆写的也是历史小说,他并没有在那个时代生活过。真不知道他是怎么弄出来的,好多细节还挺精彩。

钱理群:不过内行人看来也许有些细节不真实。就像吴组缃先生说茅盾的《春蚕》细节失真,而在我们一般读者看来还挺精彩的。

黄子平:马可·波罗的游记给中国人看也许是荒诞不经,而在欧洲却引起很大轰动。

陈平原:文学创作跟民俗调查不同,关键是心理真实而不是物理真实。

钱理群:讲传统文化对二十世纪中国文学的影响,不能不讲儒释道吧。

陈平原:从戊戌到"五四",思想界有一种趋向,扬佛、墨,抑儒、道。这跟西方思想的输入有关。借助西方文化反观传统,重新选择传统,注重平等观念与科学精神,当然选中佛、墨。这对第一、二代作家影响很大……

黄子平:这还是留着你作专论吧。不过,扬佛、墨,抑儒、道,那儒、道是否真的给"抑"下去了?

陈平原:"五四"反儒,可儒家精神对二十世纪中国文学仍有不小的影响,最主要的是那种执着的追求精神与入世态度,"天行健,君子以自强不息"。接受那么多世纪末的东西,没有颓废,很少"唯美",坚持以天下为己任,为人生而艺术。尽管反对儒家的政治理想与伦理理想,但继承其人生准则……

钱理群:鲁迅反儒,唯有"知其不可为而为之"是继承儒家精神。

黄子平:中国现代作家自杀的多不多?

钱理群:很少。只有朱湘、王以仁等寥寥几个。

陈平原:朱湘是因为生活无着投水自杀;王以仁失踪,据说是因为恋爱;只有王国维可能是基于理想幻灭而自杀。还只是"可能",因为学术界争议颇大。总的来说,中国作家因哲学上的原因自杀的不多,这跟日本近现代作家有很大差别。大概中国人自我平衡能力特别好,而且少作形而上的玄思。

黄子平:看来中国人的焦虑也是有限的。理性精神强,接受二十世纪外国文学很少走向极端。

钱理群:萨特、马尔罗的积极上进,力图超越局限,跟中国传统精神有点接近,他们关心中国,不只是好奇。

陈平原:从哲学层次来把握文化,我们没把握。

钱理群:本来研究对象就没有多少哲学意识。大部分人是解释甚至图解流行的思想,没有自己独立的历史哲学。

陈平原:有人从佛道弄了点东西来,也给伦理化、心理化了,很少上升到形而上的层次。从章太炎、梁启超到鲁迅、许地山,借鉴佛经,也是把它政治化与心理化,实践意识很强,本体论的思辨很弱。

黄子平:写中国近现代思想史易,写中国近现代哲学史可就难了,关键就在这。

钱理群:还是注重作品吧。鲁迅杂文的价值就在提供了大量现代中国人的心理:处于动荡社会的各阶层微妙的心理变迁。

黄子平:所谓"国民性"本身就是一个文化人类学概念,一个心理学的概念。

陈平原:也就是说,我们是试图把以前的社会背景的研究推进到社会心理的研究。过去是描述变革的社会现实,现在注重这些变革引起的社会各阶层的心理反应……

钱理群:这是更符合文学本身的特点的。文学就是写人,写人的灵魂、人的心理的。

黄子平:借用李泽厚的术语:社会历史如何积淀到心理之中。不过,"十七年"的文学更多的是用抽象的激情冲淡心理内容,真实的心理内容没有很充分地表现出来。

钱理群:这一点是现代文学的长处。从社会心理学角度来分析各种人物在不同时期的心理反应,很有意思。

陈平原:可以利用文学所提供的材料,写一本二十世纪中华民族心理发展的历史。我们说的这一时期文学"认识价值高于审美价值",指的就是这一点。文学中这种社会心理的认识价值比政治学的、经济学的认识价值要高。

钱理群:现代中国社会学、心理学、民俗学、伦理学这些学科没有得到充分发展,这里面的原因很复杂。但也正因为如此,在中国现、当代文学作品中所提供的思想材料就特别可贵,这是我们提倡多学科综合研究的一个基本依据。我们可以按文学中各种形象体系来研究,把握各阶层的特殊心态。如小说中就集中了许多中国现代知识分子的心理变迁……

陈平原:赵园不是写了一本《艰难的选择》么?

黄子平:还有诗歌。诗歌是社会心理最敏锐的表现。像舒婷的诗就通过个人情绪表现整整一代人的感情反应。

陈平原：这一点我们跟国外部分汉学家有点区别。同样重视认识价值，他们感兴趣的是社会表层的变革，我们更注意这种变革如何积淀在普通人的心灵中。他们从社会学角度谈得多，我们更注重社会心理学，也许是文化隔膜，他们很难直接进入中国人的内心……

钱理群：毕竟我们生活在共同的文化氛围中，很容易感应、共鸣、理解。注重从社会心理角度考察文学的思想内涵，不单适合二十世纪中国文学的特性，也为我们的知识结构所允许。

黄子平：文学作品中，社会心理可看作一个中介，它跟社会现实有联系，跟哲学有联系，跟形式、美感也有联系。

陈平原：对。我们不同于文化学家之处就在于，我们并不是研究文化本身，而是研究整个文化氛围与作家创作的关系，因此特别注重社会心理的中介作用。

钱理群：咱们最好举个例子说明这种从文化角度出发的文学研究。二十世纪中国是个新旧交替的过渡时代，各种文化意识互相碰撞。二十世纪中国文学有个很有意思的母题：现代文明通过种种方式，如军队、革命者、地质队员、旅游者，被带进古老偏僻的农村，引起一系列心理振荡，并造成各种悲喜剧，不过喜剧少而悲剧多。例如丁玲三十年代的《阿毛姑娘》，写一个山区姑娘通过旅游者接触到现代文明，产生了新的渴求，得不到满足后，形成了心理的病态，最后自杀了。四十年代又出现了于逢的《乡下姑娘》，这回写的是由于抗日战争军队路过边远山区，军队走了，它所带来的现代文明的影响却没有消失。它闯进了一个农妇古老而平静的生活中，引起她感情的波动,她的命运从此发生巨大变化,再也无法回到原来的轨道……

黄子平:新时期文学中不少写知识青年来了又走了,留下惆怅与忧伤;或者植物学家走了,姑娘思念的痛苦。《雾界》《爬满青藤的小屋》都是这一母题的变体。

陈平原:还有《黄土地》《野人》。不过这一母题最早起于何时,我们没底。

黄子平:这一母题俄罗斯文学里不少。

钱理群:我觉得比较有意义的恐怕还是《爬满青藤的小屋》这样的变体:现代文明的传播者——小说中的"知青"现在成了被改造(某种程度上的被专政)的对象,而那位代表了原始的愚昧的看林人却成了主人,尽管如此,仍然阻挡不住现代文明的影响,看林人的老婆最后爱上了"知青"。这是历史的嘲弄,也显示了一种历史的必然性。把从《阿毛姑娘》到《爬满青藤的小屋》这一系列产生于不同时代的作品联系起来,考察同一母题的演变,挖掘其内在的社会、历史、政治、心理、伦理等的内涵,就可以使我们对作品思想内容的研究深入一步。

陈平原:四十年代以后强调知识分子接受工农再教育,改造的母题取代了这种文化撞击和启蒙的母题。

钱理群:启蒙的母题有很丰富的文化内涵,改造的母题取代启蒙的母题这一转变过程也有很丰富的文化内涵。就看你怎么理解了。实际上,二十世纪中国文学中,这样的贯串几个年代的共同的文学母题是很多的。从作品的实际出发,归纳出一些文学母题,从文化角度进行多层次的母题研究,也许是一种可行的研究方法。

黄子平：当代文化中还有一个很重要的因素：大众传播媒介。报纸、广播、电视、杂志等等，对文化的塑造起极大的作用。前些天想起来要到报摊上买一批各种各样的小报，研究当代大众心理，可是已经买不着了，销声匿迹了。

钱理群：大报代表另一种文化心理，跟晚报就很不一样。比如《文摘报》摘我们发表在《文学评论》第5期上那篇《论"二十世纪中国文学"》，是这样摘的：黄子平等人撰文谈二十世纪中国文学的"不足"。然后把文章里最不重要的几段话连在一起，给人一种错觉。什么叫"不足"？特点就是特点，在文学里，长处和短处都是融在一起的，构成一种特色。

陈平原：这样的摘法真让人哭笑不得。

黄子平：摘什么，怎么摘，都代表了一种观点，一种文化心理。按照"接受美学"的理论，这样摘过以后的观点，就不属于我们了，而是属于《文摘报》的了。像"不足"这种词儿，我们从来不在这样抽象的意义上使用。这种用法暗示了一种思想方法，仿佛有某种"完满的""十全十美"的理想文学存在着，我们可以拿各个时期的文学现实去跟它作比较——像古希腊神话里那张要命的床那样。

钱理群：从新闻媒介里挖掘文化心理，这已经超出我们的"本行"了。不过这也说明了一个问题，如果文学注意从文化心理去摸索，可以表现的领域是非常广阔的。从横向看，文化心理渗透了社会生活的所有方面。从纵向看，文化心理又是千百年来这块土地上的社会历史实践的"积淀"。

(《读书》1986年第1期)

艺 术 思 维

陈平原：现在很多人都在讲文学研究借鉴"三论"，那固然不失为一条路子。但我想，从文学表现的媒介——语言入手，也许更能切近文学本身的特点。

黄子平：之所以发生这种"舍近求远"的现象，恐怕跟我们的批评研究常常忘记"文学是语言的艺术"有关。把语言作为外在于文学的体系来看待，文学也外在化了。

钱理群：语言远远不只是一种表达工具，它跟一个民族的文化心理、思维方式有着密切的联系。语言本身就是社会和文化的产物，语言体系其实就是一种社会价值体系。

黄子平：说语言创造了一个"真实的世界"，或者像林语堂那样断言中国人要是在语言中保留较多的词头词尾，那么传统的政治结构早就被打破了，这可能是一种"幽默"。不过每个人的思维方式，的确跟他所使用的语言有关系。作家用本民族语写作时可能意识不到语言模式的限制，可是翻译家却能很敏感地意识到语言模式的存在。

陈平原：这种语言模式既是一种限制，又是一种自由。无所谓高低贵贱，关键在于能否基本满足特定社会结构中人们思维和表达的需要。应该研究汉语如何帮助、成全了中国作家，又如何限制、束缚了中国作家。但这种研究难度较大，要求对中国语言、中国文化、中国人的思维方式有较深入的了解。照搬雅克布逊他们用语言学方法分析诗歌得出的结论肯定不行，印欧语系的屈折语和汉语这么一种词根语有很大差别。我想困难还不在于描述一种语言的内部结构,而在于了解这种语言结构对文化发展的潜在的影响。

黄子平:文学语言学把握住"语言"这一关键性的中介,来揭示文学自身的规律,同时也就揭示了文学与社会、与心理、与哲学、与历史等诸种复杂的关系,从而沟通了文学的外部研究和内部研究这两个原先被割裂的领域。

陈平原:谈文化意识时我们抓"社会心理"这个中介,谈艺术思维时我们抓"文学语言"这个中介,目的都是为了切近文学自身特性,强调文学研究的主体意识,避免跟一般的文化学、思维学"打架"。

黄子平:还有,文学语言不只是一种通讯性语言,更主要的是一种表现性或造型性语言,这一点过去我们常常忽视。

陈平原:只能说研究者忽视。好多作家并没有完全忽视文学语言的"自我表现"特性,当他们自觉追求艺术形式创新的时候,往往从语言入手。

钱理群:"五四"文学革命从诗歌入手,诗歌又以语言为突破口,这是相当明智的。胡适的最大功绩就在于找到这么一个最佳突破口。

陈平原:他的《文学改良刍议》提出从"八事"入手改良文学,是既讲内容又讲形式的,可响应者、反对者注目的都是他的最后一"事":"白话文学之为中国文学之正宗,又为将来文学必用之利器,可断言也。"

黄子平:新内容刚出现时往往比较抽象,倒是新形式使人敏感到它的"别扭""古怪"。当文学形式的陈腐成了文学进一步发展的主要障碍时,"形式革命"便成了主要矛盾。当然,这种

"形式革命"的最深刻原因仍然是内容变革引起的。

陈平原:不能把形式看成单纯的表现技巧,而应当看成积淀着丰富内涵的"有意味的形式";同样,内容也总是形式化了的。对于文学作品来讲,内容与形式全都统一在其独特的语言结构中。因而形式革命也就不是单纯的形式变更,而是联系着思维方式、社会心理和审美理想的转变。只有打破内容与形式关系上的二元论,才能真正理解"五四"白话文学运动的历史意义。

钱理群:晚清白话文运动的提倡者,只是把白话文作为开启民智的工具,用文言文为自己人写作,用白话文为老百姓写作。经过梁启超输入新词语,鲁迅、周作人等输入新的表达法,"五四"作家提倡欧化的国语,白话文才真正成为二十世纪中国作家的表达媒介。

黄子平:承认白话文不但浅白易懂,而且有较高的审美价值,这一着很厉害。中国文学的内部结构因此得重新调整,小说、戏曲成了文学的"正宗"。不过胡适据此写作《白话文学史》,把寒山、拾得等白话诗人捧为第一流诗人,则未免言过其实。

陈平原:傅斯年为了说明文言文的僵化没落,说了一句外行话。他认为中国人思考时用白话,表达时才翻译成文言。因而遭到吴宓的嘲笑。可是论证文言文不但是表达工具,而且可以是思维工具,那更说明文言文对中国文学发展的巨大阻碍。鲁迅强调文言文语法不精密,说明中国人思维不严密;周作人指出古汉语的晦涩,养成国民笼统的心理;胡适提出研究中国文学套语体现出来的民族心理;钱玄同、刘半农则从汉语的非拼音化倾向探讨中国文化的特质……这一系列见解,不见得都十分准确,但体现一种总的倾向:"五四"作家是把语言跟思维联系在一起来考虑的,这就使得他们有可能超越一般的语言文字改革专家,而直接影响整个民族精神的发展。

钱理群:四十年代反对党八股,也是从语言入手,目的是冲击僵化的教条主义、主观主义思维模式,而不仅仅是改变表达方式。研究延安文学不能只着眼于去掉学生腔,学习工农语言;更重要的是改变对世界的感受方式,用"另一套"语言符号、用另一种眼光来观察世界,思考世界。

黄子平:现在大家十分反感的"大批判语言",实际上也是一种思维方式。习惯于"独具慧眼"地鸡蛋里挑骨头,随时随地都能无限上纲,甚至连文章的结构也是固定的,还有"何其相似乃尔""是可忍孰不可忍"这样一批套语,以及一大串"难道是这样的吗"之类的反问句,表面上还十分雄辩呢。

陈平原:这也是一种"思维定式",自有一套"现成思路";只要输入一个信息,马上能推演出一大套令人啼笑皆非的理论。真没办法。为了避开这种"现成思路",有时不得不创造新的术语,新的表达法。

钱理群:"五四"作家主张用白话取代文言,是从诗歌入手。胡适主张写诗如作文,既包括散文的语言,又包括散文的思维。他的诗明白易懂,可实在没有诗味,不过当时影响很大。倒是周氏兄弟的诗,语言是散文的,思维却是诗的……

黄子平:你是说鲁迅的《他》和周作人的《小河》?

钱理群:对。后来成仿吾在《诗的防御战》中批评早期白话诗过分理智,不重情感。郭沫若创造写诗公式:诗=(直觉+情调＋想象）＋（适当的文字）。明确提出直觉，这就涉及艺术思维方式。沈从文评闻一多的诗最大的特点是运用想象的驰骋，把毫不相关的事物联结到一块，这才是诗的思维。最值得注意的是早期象征派诗人穆木天的《谈诗》，明确提出诗和文不但有不同的表现领域，而且有不同的思维方式，主张"用诗的思考法去想，用诗的构成法去表现"，写"纯粹的诗"。

陈平原：冯文炳比较了中国旧诗与现代新诗认为，前者是用诗的语言写散文，后者则是用散文的语言写诗；最接近现代新诗的不是白居易，而是温庭筠、李商隐。强调诗的"蒙太奇"手法与跳跃性思维特征，无疑比语言的文白之争更切近诗的本质。

黄子平：也就是说，新诗抛弃了旧诗严格的格律和典雅晦涩的文言，但注重意境，注重诗的象征、暗示与抒情，以及意象的组合，跟旧诗的思维方式有不少接近之处。实际上在戴望舒、卞之琳那里中国古典诗和西方现代诗令人惊异地消融在了一块。也许在这些诗人的创作中最能看出东西方艺术思维在二十世纪撞击之后闪出的火花。这也难怪八十年代以来人们读到年轻一代的诗作（所谓"朦胧诗"）时，突然发现这些遗忘已久的名字"浮"到文学史的"前景"上来了。诗从来就是艺术思维向前探索时最锐敏的尖兵，诗歌发展道路的有关论争在二十世纪中国文学中可以说是最持久又最激烈的。

陈平原：如果说用白话写诗到目前还不是很成功，用白话写小说则是绝对成功。也许这是两种不同艺术形式本身特点决定的。小说要求表现广阔的社会人生，要求心理描写的精细、人物语言的个性化与叙述角度的多样化，僵死的文言显然无法胜任……

黄子平：更主要的是小说要求直面人生，不能只凭神秘的直觉与想当然的猜测，这就要求作家接受一定的逻辑思维训练……

陈平原：作家讲艺术感觉，讲直觉，这没错，但不应该否认直觉中积淀着理性因素。完全否认创作中存在某些理性思维成分，这恐怕说不过去。

钱理群：这可能是长期"党八股""帮八股"肆虐造成的后遗症。人们对训人说教的作品烦了，对创作中的逻辑思维反感，就特意夸大直觉的作用。

黄子平：真正"彻底"地讲顿悟、讲直觉、讲神秘，连语言都不能用，最好学禅宗的当头棒喝。其实"帮八股"思维很多也是不讲逻辑，胡搅蛮缠，连诡辩水平都达不到。

陈平原：现代中国人的思维逐步从类比到推理、从直觉到逻辑、从模糊到精确，主要跟整个科学思潮有关，但似乎跟从文言到白话的转变不无关系。很难设想现代中国人能用两千年前的概念和句式来准确地把握世界并表达现代人复杂的内心感受。

钱理群：可惜我们对中国语言文字的特点与中国人的思维特征没有研究，无法深入探讨。闻一多提倡诗歌的"音乐美、绘画美、建筑美"，是从汉语的特点出发的，这很值得深思。

陈平原：中国有悠久的白话小说传统，再加上小说语言弹性大，容易吸收外来语和表达法。像人称代词性别的区分、拉长的定语、新兴的插语法、"叠床架屋"的复句……在"五四"小说中，你随时可以找到传统文学里所没有的新的语言结构。

黄子平：鲁迅主张直译，即是想在输入新的思想意识的同时，输入新的表达方法。

钱理群：研究鲁迅作品的语言很有意思。鲁迅小说的语言与散文诗的语言、与杂文的语言有很大区别，同时又互相渗透；同是小说语言，《怀旧》的语言同《呐喊》《彷徨》的语言及《故事新编》的语言也有很大差别。人们常提到鲁迅小说的白描笔法，这跟传统语言有关系，跟所反映的生活形态有关系——他所表现的是相对平静、停滞的乡村生活。

黄子平：但《伤逝》的语言结构相当复杂。

钱理群：那是因为《伤逝》表现的是城市的现代生活，现代人的思想感情。把鲁迅的小说语言和茅盾的小说语言对照起来看，很容易看出各自的语言特色，除个人文化修养外，跟他们所表现的生活形态有关。我就有点怀疑用白描的手法来表现茅盾笔下的现代城市生活能否成功。最近王安忆在《上海文学》上发表文章，提出研究上海这"与大自然远离的世界"所提供的不同于农村社会的新的思维方式，并由此而寻求上海作家自己的结构方法和叙述方法。这说明作家们已经注意到了生活形态、思维方式、文学语言、结构之间的内在有机联系，这是一个很重要的"信息"。

陈平原：现代作家中，废名用写绝句的方法来写小说，把方言、文言糅进白话中。当代作家何立伟也有这种倾向。但总的来说，小说家中作这种尝试的还不太多，散文家却很普遍。外来语感情层次浅，积淀的文化因素少，所引起的形象联想也很有限。提到"玫瑰"，一般中国人大概只能联想到少女、爱情；可一谈起"梅花"，稍有文化的中国人都马上能联想到清幽、孤傲、高尚、纯洁等精神性特征,再背几句"疏影横斜水清浅,暗香浮动月黄昏""零落成泥碾作尘,只有香如故"之类的古诗词,更增加这一意象的情韵。这就难怪散文家喜欢借用传统的意象,使用传统的语言表达方法,甚至直接引用古代诗词。

钱理群:冰心就自觉地把"白话文言化""中文西文化",创造出一种被称为"冰心体"的语言风格。她有一篇散文叫《山中杂记》,当她从外部色彩、动态与静态等方面比较山与海的不同时,全部使用白话,可一进入表现人置于山与海之中的不同感受时,白话似乎就说不清了。最后只好引两句古诗"南山塞天地,日月石上生",才把那种精细复杂、可意会难以言传的主观感受表达出来。

黄子平:小说、诗歌、散文三种文体对语言有不同的要求;但这种差别是相对的,好的作家往往能出奇制胜。

钱理群:周作人曾试图从语言方面区分小说、戏剧、散文三种文体。他认为小说、戏剧使用纯粹的口语体,小品文则以口语为基本,加上外来语、古文、方言等成分,杂糅调和成一种带涩味的语言,这才耐读。

黄子平:小说中的对话当然以口语为主,叙述语言可就不一定了。废名的小说语言古朴而又文雅,跳跃性很大,显然不是纯粹的口语。当代作家林斤澜在语言上变了很多花样,挖掘了不少新东西。王蒙也是。

陈平原:从翻译角度来探讨汉语的特点、民族心理与东西文化的交汇碰撞,大有文章可作。我们需要的不只是一部资料翔实的翻译史,而且是翻译中体现出来的中国人的语言模式、文化模式、思维模式。

黄子平：傅雷曾说过，用普通话翻译没味，普通话积淀的文化因素少；可用某一地区的方言翻译又不妥当，你很难说约翰·克利斯朵夫该讲上海话还是广州话。

陈平原：研究外国文学对中国文学的影响，得把翻译过程中必然的"损耗"与"创造"考虑在内。往往各种有意无意的误译误解，包含十分深刻的心理原因。有位日本学者考证梵文"完美"之义译成汉语变成了"圆满"，这跟古汉语倾向于抽象观念作具体表达有关。林语堂误解了克罗齐"表现即艺术"的命题，可跟道家人生哲学结合起来，却产生了"生活的艺术"……

钱理群：现在语言学界也研究外来语，研究现代汉语语言结构的变迁，但较少从文化心理层面探讨。比如说研究鲁迅的语言，把"女士们用枝细黑柱子将脚跟支起，叫它脱离地球"这句话概括为"大词小用"，把"雄兵解甲，密斯托枪"概括为"东西杂用"，当然都有道理。可只从修辞学讲，不从思维方式和审美意识考虑，总觉得不够味。

黄子平：王得后的《鲁迅思想的否定性特色》，就是从思维方式入手研究鲁迅，有些地方很精彩。但他未能把思维方式与语言结合起来研究，又似乎是一个缺陷。

陈平原：谈到语言与思维，不能不涉及"语言的谬误"。古今中外不知有多少人对语言表示不信任，可又都不得不依靠语言来表达这种不信任。要完全"不涉理路，不落言筌"是不可能的，只能尽量避开各式各样的"语言陷阱"。每当看到人们用不同的语码解读同一个概念，然后乱打一气的时候，总有点惊心动魄的感觉。最笨拙的办法当然是增加一系列限制性的定语，用铁丝网把这概念的范围圈定，以"谢绝"各种各样善意恶意的误解和歪曲……

黄子平：可这仍然"不安全"。我曾经发挥过一个命题，叫"深刻的片面"。有的朋友也承认"有点意思"，但在他看来，只讲"深刻的片面"而不讲还有"肤浅的片面"，这太危险了。片面之"深刻"与否要"时时以全面来加以检验"，而且片面要成为"深刻"，还必须"牢牢瞄准着全面，以全面的'代理人'身份出现"。这种心理和立论我觉得非常有趣。离开了具体的历史气氛来谈论"片面"和"全面"的对立统一，可以讲得头头是道，可是那不仅烦琐，而且无聊。鲁迅对这种"无聊的全面"是非常反感的。是的，确实有所谓"肤浅的片面"，既然"肤浅"，就不会构成对"全面"的威胁，因此当"全面"的"代理人"出来扑灭"肤浅"的时候，瞄准的、扼杀的往往正是历史所需要的深刻。这是已经为二十世纪以来的中国文学史所证实了的。

钱理群：中国人喜欢"圆满""完美""十全大补"，患有鲁迅所说的"十景病"。总觉得"片面"就是不好的，"全面"的才好。于是出来两种貌似对立其实是"同出一炉"的观点：承认其片面，就否定其深刻；承认其深刻，就千方百计证明它其实是一种"全面"，比如说，"在当时那种情况下……"如何如何。

陈平原：如果把"全部历史情况"都加进来，任何片面都可以论证成一种"全面"。历史就被想象成模糊一片的进军了。

钱理群：求全责备、害怕打破平衡、爱好中庸，这种种文化心理使得"五四"新文化的先驱者们的创举至今仍不为人们所理解。这也许就是我们今天谈论"二十世纪中国文学"的艺术思维时，总是不由自主地把注意力集中到"五四"，集中到白话文运动和"文学革命"等问题上的缘故吧？

黄子平：艺术思维的现代化由语言结构的变革体现出来，而"语言结构"是有很多层次的，我们只谈了语言语义层次，其实，比如小说中的视角变化，叙述方式的更替和丰富，诗歌意象的融合和出新（如"工业性比喻"的出现），以及人物、情节、场景这些我们习用的"要素"也可以作为一种"语言造型"加以研究，那么我们可以看到这是一个至今仍在顽强推进的"文学史进程"，近几年来所取得的进展可能更值得我们重视。

钱理群：这本来应该是你这个搞当代文学的人多谈的，你却跟着我们大谈"五四"文学革命……

黄子平：（笑）我不是"从一九七九看一九一九"么？我老想来点"历史感"什么的。不过老钱最近拼命读了不少当代作品，包括最新的一些小说，感觉怎么样？

钱理群：我的一个最突出的感觉是，最近一两年作家文体自觉意识大大加强，这几乎已经形成了一股很好的文学势头。如果说前几年只有汪曾祺、林斤澜等少数中、老年作家苦心经营语言结构，现在已经有一大批青年作家在自觉进行文学语言结构创造的试验，阿城、张承志、王安忆、贾平凹、何立伟，还有最近在《上海文学》发表《一天》的陈村都是。这使我想起当年有人称赞鲁迅为 Stylist（文体家，旧译"体裁家"），鲁迅感到自己遇到了知音，十分高兴。而现在将要涌现出来的文体家恐怕就不是一两位。这是艺术思维现代化、文学现代化的一个重要发展。这使人感到，创作实践已远远走到我们研究工作的前面了。

（《读书》1986 年第 2 期）

方　　法

钱理群：1985年据说被文学理论界称为"方法年"。有人把方法分成三个层次：第一个层次是构成世界观的方法论，对我们来说就是唯物辩证法；第二个层次是一般科学方法，如系统论、控制论、信息论；第三个层次就是具体科学方法，比如说归纳法、演绎法呀等等。

陈平原：方法分层次当然是对的，但也不能过于机械和绝对。层次之间的过渡是"圆滑"的，层次之间也有个互相渗透、互相转化的问题。比如说归纳和演绎就曾构成认识论上很深刻的对立，两派对世界本质的看法就很不一样。

黄子平：苏联人五十年代批判控制论是"伪科学"，因为控制论讲"目的"，而目的论会引向神学（"创世记"）。后来发现不对了，把层次搞混了。但是现代自然科学并没有放弃对"目的"这个范畴的探索和思考，比如近十年来"人择原理"的提出，就认为我们所处的这个宇宙之所以时空是四维的，万物之间有引力，都是由于人类只能存在于这些物理参数、初始条件取特定值的宇宙之中，因而与人类生命存在这一目的性相暗合。恩格斯说过，自然科学的每一个划时代的发展，都会引起唯物主义形式的变革，二十世纪的科学世界图景由于一系列划时代的新发现而大大地改变了，因此有人提出来，由马、恩在十九世纪创建的"经典唯物辩证法"已经发展为"现代唯物辩证法"……

陈平原：在每一个层次上，方法都不可能是凝固不变的。但是我们现在谈论的"二十世纪中国文学",涉及的恐怕多半还是具体科学方法,即文学史的研究方法。

钱理群:在我们这里,"文学史理论"在某种程度上还是一块"未开垦的处女地"。尽管每一本文学史专著的绪论、导言里头都要讲一讲研究方法,讲一讲文学史分期的依据,但是真正把"文学史理论"作为专题深入探讨的文章,好像还没有见到。所以尽管这个问题很有意思也很有意义,讨论起来也是有困难的。

黄子平:法国的结构主义文学理论家托多罗夫曾经列举过一些不同的"文学史模式",而且他说这些模式都可以用一个"隐喻"来表示。第一个最普遍的模式是植物。文学机体也像一个有生命的机体一样诞生、开花、衰老并且最终死亡。第二个模式在二十世纪西方的文学研究中很普遍,就是所谓万花筒。它假定构成文学作品的各种要素是一开始就有的,文学变化的关键在于这些同样的要素的新组合。第三个模式称为白天和黑夜。变化被看成昔日的文学与今日的文学之间的对立运动。他说这些模式都不是很充实的,而且也不是天衣无缝的。

钱理群:我们的概念多半还是属于第一个模式的范围内的,即把文学史看作有机体的发生发展。比如说我们用了"脐带式的断裂"这样的隐喻。

黄子平:但是我现在有点喜欢托夫勒用的那个隐喻——"浪潮"。他说,"浪潮"的观念,不只是把极其广泛非常深刻的不同情况组织在一起的手段,而且有助于我们洞察猛烈转变的现象。浪潮与浪潮之间既有明显的区分,又有冲突交错重叠,充满了紧张和矛盾,所有机体的缓慢生长更能说明二十世纪文学的变化情况。当然每一种隐喻都可能走样变形,都是"跛足"的。

陈平原:"浪潮"这个隐喻并不是什么首创,我们也经常使用"文学思潮""文学流派"这样一些术语,还有"主流""支流"啦等等。但多半只注意到思想史方面,或局部的风格衍变和创作方法是否占主导地位,没有把它作为"文学史研究的模式"来运用。

钱理群:这个模式可以把多种情况综合起来考察:历史的、社会的、文化的、心理的;本土的、世界的;表面的、深层的。可以考察浪潮的前锋,浪潮的撞击,浪潮的顶点,浪潮的征兆(风起于青萍之末),"二十世纪中国文学"就呈现为一个咆哮不安的、动荡深邃的大海一样的图景了。

黄子平:我觉得,文学史就是文学系统的变换。当然什么是文学系统,哪些要素构成了文学系统,这些需要进一步界定。"二十世纪中国文学"就是一个不同于古代中国文学的文学系统。因此文学史的分期应当以文学系统的变换为依据。比如说"二十世纪中国文学"里头再细分,就要以里头的子系统的变换为依据。

陈平原:像十九世纪末到二十世纪初那样由一种"浪潮前锋"而产生深刻的断裂,文学系统的变换比较容易阐明。系统内部的子系统的变换比较模糊含混,进一步的分期就相当麻烦。

钱理群:这需要非常细致的考察研究,不能靠主观臆测来定。我们进一步的研究可能要解决这个课题。

黄子平:我想是这样的,"二十世纪中国文学"这个文学系统中的种种要素是基本恒定的,不恒定就不成其为系统了。但是在每个不同的历史时期,这些要素的功能发生了变化,因而有些突现在前景,有的隐伏在背景,由此产生了子系统的变换。比较明显的变换显然是十年浩劫造成的"没有文学"转换到新时期文学,至于具体的功能变化和"前景/背景"变化,说起来就费口舌了。

陈平原:我们现在一般文学史的写法好像是沿用了苏联的模式,文艺思想斗争史加作家作品论,一时代背景、二作家生平、三思想内容、四艺术特色。可能因为大多是为了作为教材,所以采取了这种模式。

黄子平:一个恰当的隐喻或许是七巧板,拼来拼去就是万能的那么几块。有一位西班牙留学生,在北大学文学史,汉语没怎么过关,一学期记不下多少笔记,问她考试怎么办,她就笑了。她说不难不难,思想内容有两条,第一条是反封建,《诗经》是反封建,《离骚》是反封建,李白、杜甫都是反封建;第二条嘛,同情劳动人民。艺术特色也有两条,小说是"白描",诗歌是"情景交融"。当然她这是半开玩笑,但也多多少少击中了要害。我们把写到爱情的作品一律冠以"反封建",也未免太省事了。至于"同情劳动人民",那时候做官的几乎都写过一点"悯农诗"什么的,连乾隆皇帝都写过好几首呢。我最近看到一篇文章就说这作为一个封建帝王真是"难能可贵"。够天真的。

钱理群:恐怕是思想方法上的问题,先把文学现象、文学作品孤立起来看,然后用一两个通用的标签、套语把它们分类、排队。文学史要讲文学的历史发展过程,讲重要文学现象的上下左右的联系,讲文学发展的规律性。但是文学史研究文学规律跟文学理论研究文艺的一般的普遍的规律又有所不同。文学史必须分析具体丰富的文学历史现象,它的规律是渗透到现象中的,因此文学史必须找出最能充分体现规律的"重要现象",从文学现象的具体面貌来体现规律,不能抽象地用理论术语来代替。

陈平原:王瑶先生在1980年包头开的中国现代文学研究会年会上讲过这个问题。

钱理群:对。王瑶先生举了鲁迅的一些例子,他认为在文学史的方法论方面,鲁迅的许多具体实践可以说是研究文学史的典范。比如说鲁迅把六朝文学的一章定名为"酒·药·女·佛",这四个字指的都是重要的文学现象,酒和药同文学的关系,鲁迅在《魏晋风度及文章与药及酒之关系》一文里已讲得很清楚了,女和佛当然是指弥漫于齐梁的宫体诗和崇尚佛教以及佛教翻译文学的影响。这四个字既和时代、思潮、文化心理有联系,又和文人的生活方式、作品有联系,一下子就把中古文学史的特征点出来了,又准确又生动。鲁迅把讲唐代文学的一章取名为"廊庙与山林",就是根据作家在朝或在野而对现实取不同态度而影响及文学来概括的。这些章节安排大概是他在广州中山大学拟就的,鲁迅跟许寿裳谈过大意,可惜这项工作并未完成。

黄子平:最近傅璇琮写了一本《唐代科举与文学》,就是抓住科举这个环节来探讨唐代文人的生活方式、心理状态、思维特点与文学的关系的。

钱理群:鲁迅写成的文学史著作有《中国小说史略》,在方法论上的启发也是值得重视的。比如"清末之谴责小说"这一章,其基本论断以及这个名称,一直为各种文学史所沿用,说明它已得到学术界的普遍承认。他先讲谴责小说是在人民认识到

"政府不足以图治"而想抨击它的情况下产生的,但过于迎合社会趣味,"辞气浮露,笔无藏锋",缺乏艺术力量,必须很细心地把它与讽刺小说区别开来。他分析了几部有代表性的作品之后,就指出这种小说后来怎样演变为"黑幕小说"了。这是典范性的文学史写法。不光是罗列文学现象,而且总结出许多有益的经验教训,这些经验教训就带有一定的规律性的意义。

陈平原:那一代学者治史很善于抓住这种最鲜明的"总体特征"。比如王国维写《宋元戏曲史》,他就认为宋元的戏曲是活的,明清的戏曲是死的,所以写到宋元就可以了。那么他当然要着力去讲宋元戏曲为什么是活的,活在哪里。也许他的看法有偏颇,但写出来的文学史却很有特点。陈寅恪的《唐代政治史述论稿》也是这样,抓住"进士集团""牛李党争""南衙北司之争"等几个典型现象,一下子就把那个时代的政治的特征点破了。

黄子平:我们研究"二十世纪中国文学",也是要吸取这些方法的。既不能事无巨细地堆砌作家作品、文学现象,又不能用一些似是而非的、非文学的标签去拼七巧板。要善于取舍,删繁就简,又保持其生动的、逼真的基本面貌,使规律蕴含于现象的描述之中。

陈平原:我们现在提出来建立"二十世纪中国文学"的概念,发表一些基本构想,也就是试图抓住这种"总体特征",使重要的文学现象能够"凸现"出来,被把握住。比如说,"世界文学中的中国文学""改造民族灵魂的总主题""悲凉""艺术思维的现代化",等等。抓得准不准是一回事,方法上我想还是对头的。

钱理群：好些朋友对概念的基本设想是赞同的，提出来的质疑主要都在这些概括准确不准确上，这说明大家都力图寻找最恰当、鲜明、准确而又不简单化的概括，使"二十世纪中国文学"的总体特征能够凸现出来。这是很令人高兴的。

黄子平：我认为可以有多种不同的概括并存。可能在某一方面他比较准确，别的方面你比较准确，但做到绝对准确是不可能的。而且这些概括还会随时代的推移而变化，每一代文学史家都会加上自己新的理解，这样构成一个"累积性的过程"。

陈平原：还有一个"涵盖面"的问题。比如说"悲凉"美感，有的朋友就问了，到底能涵盖多少作品？

黄子平：我觉得这里有一个区分不同的质的问题。有所谓"自然质""功能质""系统质"之分，就文学作品而言，作品本身具有"自然质"，它产生的效果、作用是"功能质"，它的"系统质"则是由于它纳入了整个文学系统通过总合性、整体性、系统作用等等的集成属性才表现出来的规定性。

钱理群：你这样讲太抽象了，能不能展开来讲一讲？

黄子平：我们在学习政治经济学的时候，觉得商品的"使用价值"很好懂，"价值"就很难懂。一把斧头是铁打的，它可以用来砍柴，自然质和功能质（"常态的质"）都是"可触摸的"，明明白白。但是它的价值就不是由它自身决定的了，而是由"社会平均劳动时间"决定的了。我们日常生活养成的"素朴的成见"就没法理解这一点，老是问这么个问题：那我打这把斧子花的劳动时间越多，就越值钱了么？马克思揭示出一种新质，一种"超越的质"，它们不属于对象，而属于对象的系统，它们只是由于属于这个系统的整体才在对象中显示出来，而且显得特别奇怪的是,它们不依赖于具体现象本身的变化而变化着。大卫·李嘉图和亚当·斯密他们就没弄明白这一点,马克思说他们的国民经济学没有从"实物崇拜"中摆脱出来。人们经常感到困惑,二十吨鞋油为什么能够跟一座宫殿画等号呢?马克思还从历史的、发生学的角度论述了这个问题,先是具体的物物交换,然后出现了货币,货币先是贵重金属,后来是纸币,价值以一种抽象的符号形式体现出来,现在可以是电脑里的一条指令来表示。系统质是伴随着系统的历史发展而发展的,这一点对我们文学史研究的方法论应该是有很大启发的。

陈平原:举出一些具体的作品来否定文学的总体特征也许是并不困难的,但这些总体特征并不是由作品本身而是由"二十世纪中国文学"这个系统来决定的,只有借助于把握了整个系统的科学分析才能揭示它。

黄子平:我觉得"悲凉"美感,依据的就是二十世纪中国文学所"意识到的历史内容"来概括的。某些作家作品,它没怎么意识到,或者某个文学时期,历史内容暂时"隐伏"了,很难被意识到,它就完全可以不悲凉,它很昂扬,很明亮,但不改变总体特征。举个例子说吧,孙犁的"荷花淀"小说,当然是很清新明丽的。后来孙犁写过一篇《关于〈山地回忆〉的回忆》,讲到其实在严酷的战争年代里他经历了很多险恶,直到晚年还残存在印象意识之中。近年来他写的"芸斋小说",就颇为"悲凉"了。历史内容在那儿摆着呢,一旦意识到了,你就没办法。

钱理群:那些昂扬的明亮的作品,历史内容其实也在它背后起作用的。郭沫若的《女神》,有狂飙突进式的诗,也有表现某种迷茫、孤独感的诗,有些人弄不明白这两种诗怎么可能是同一位诗人写于同一时期的东西,于是采取一种很省事的一分为二的办法来论述。其实正是这两者的统一构成了由历史内容规定的一种独特的美感氛围。

黄子平:"大跃进"民歌,没有一首是悲凉的。但你细心品味一下六十年代初的一些作品,一些历史小说如《陶渊明写挽歌》,历史剧如《胆剑篇》,甚至一些散文,你还是能触到那个顽强的历史内容规定了的美感核心。更不用说后来出现的《剪辑错了的故事》《犯人李铜钟的故事》这些作品了。

陈平原:这可能也是我们所要强调的文学史研究上的一个方法问题,即从宏观角度去研究微观作品。有些朋友误解我们只要宏观研究,不要微观研究,其实我们提出宏观的尺度正是为了促进微观研究,使之跳出就作品论作品、就作家论作家的窠臼。很多重要的文学作品,需要放到新的概念中去细细地重新读几遍,一定能有一些新的"发现"。

黄子平:我倒是挺赞成李泽厚的那个观点,就目前的研究状况来讲,"见林"比"见树"更要紧。

钱理群:我把近几年的现代文学研究称作"现象论阶段"的研究,即详尽地搜集占有材料,进行"分类解剖"。大量细致的工作取得了很大的成果。这两年逐渐转入了"实体论阶段"和"本质论阶段",实际上很多研究者都从不同的角度提出了综合化、系统化的要求,也就是说,意识到了"见林"的迫切性。

黄子平:我还觉得我们刚才讨论到的系统质的问题,顺便也说明了"二十世纪中国文学"这个概念里头,"历史感"(深度)、"现实感"(介入)、"未来感"(预测)三者统一的问题。因为系统质是以一种"不可见"的形式存在于过去的作品之中,同样也以这种形式存在于现在的作品和尚未产生的作品之中,只要它们是属于同一个系统的话。道理很简单,比如说人的系统质是由人类社会、生物圈等诸系统决定的,并不因为个体的死亡和诞生而发生变化。文学史的研究者凭什么参加到同时代人的文学发展之中来呢? 就凭他对文学系统的这种"超越的质"的把握、阐发……

陈平原:有的朋友说:"二十世纪还没完呐!"其实也只剩下十五年了,一眨眼就过去了。对近百年来纷纭复杂的文学现象组成的文学系统,我们再不着手加以把握,而是推给后人去干,未免也太说不过去了。何况,历史是由人们自己创造的,当我们对系统加以把握的时候,这个系统就把这种把握也包容了进去。文学史就有可能变为一门实践性的学科了。

钱理群:但是,对当前仍在发生着的历史加以把握确实是相当困难的,看不到这些困难是不对的。近距离的观察可能比较亲切,但又可能分不清哪是重要的,哪是不重要的。不过困难只说明了克服困难的必要。方法就是把当代的文学现象纳入二十世纪文学系统中去考察。

黄子平:恩格斯说过,"概括叙述当前事变的一切条件都不可避免地包含有产生错误的源泉,然而这并不妨碍任何人去写当前事变的历史"。恩格斯是在《马克思〈1848 年至 1850 年的法兰西阶级斗争〉一书的导言》里说这番话的,那时已是马克思写这本书四十五年之后了,恩格斯说由于马克思对法国历史的"深知",因而能够"半先验地根据远不完备的材料"对当前的活的历史具有卓越的理解,而且对于事变所作的解释,所确定的种种因果关系,所作出的预言,后来要改动的地方是很少很少的。

马克思的《法兰西内战》是最后一批公社社员牺牲后的两天宣读的。恩格斯在二十年后的单行本导言里说,这部著作把巴黎公社的历史意义用简短有力的几笔描绘得如此鲜明而真实,以至后来所有关于这个问题的全部浩繁文献都望尘莫及了。就历史科学的方法论来说,这都是些经典性的范例。

陈平原:后人不一定比同时代人更具洞察力。十本《中国新文学大系》的"导言",总结的是"五四"新文学运动头十年的历史,其中好些篇至今读来都还是很精辟的。

钱理群:王瑶先生就认为鲁迅的"小说二集序"用的就是史家笔法,并且写出了历史过程的复杂性,是一种文学史的写法。

陈平原:在同一个文学系统里头,历史、现实和未来都是互相照亮的。

钱理群:我觉得"二十世纪中国文学"这个概念还要求一种综合研究的方法,这是由我们的研究对象所决定的。现代中国很少"为艺术而艺术"的纯文学家,很少作家把自己的探索集中于纯文学的领域,他们涉及的领域是十分广阔的,不仅文学,更包括了哲学、历史学、伦理学、宗教学、经济学、人类学、社会学、民俗学、语言学、心理学,几乎是现代社会科学的一切领域。不少人对现代自然科学也同样有很深的造诣。不少人是作家、学者、战士的统一。这一切必然或多或少、或隐或显地体现到他们的思想、创作活动和文学作品中来。就像我们刚才讲到的,是一个四面八方撞击而产生的文学浪潮。只有综合研究的方法,才能把握这个浪潮的具体的总貌,才不会像恩格斯所批评的那样,"丢掉了事物的总的概貌,过于经常地陷入一种几乎是无休止、无结果的对枝节问题的妄想中"(《致施米特的信》)。

黄子平：但是这里也隐伏着一个陷阱，也就是说怎样把这两类不同的研究区分开来，一类是从别的多种学科的角度来进行的文学研究，一类则是以文学作品为例证而进行的别的学科的研究。综合的前提是分化，我们常常感到困难的是文学史与思想史、版本史、史料史、作家传记等等细致地区分开来，文学史的独立品格没有得到发展。把众多方面的综合作为参照系是一回事，煮成一锅粥是另一回事。各门学科之间可以互相配合、互相渗透，而且学科之间的特殊性也不再成为方法、范畴一体化的障碍，但是它们"过继"给文学史之后，必须"姓文学史"才行。

陈平原：还有另外一个问题。现在科学发展的分化越来越细，每一个人的知识结构不可能再像我们的前辈那样，成为多才多艺和学识渊博的巨人。也就是说，文学史的研究者知识结构相对狭窄，与老钱你说的多学科综合研究的发展要求之间，存在尖锐的矛盾。

钱理群：所以我想到"二十世纪中国文学"这个概念客观上要求的方法，跟我们自己实际上所能够运用的方法，确实是有距离的。我们的知识结构、视野、经历、兴趣、思维特点，都在制约着我们对课题的深入。上海的吴亮关于这一点是讲得很好的，他说方法不是摆在百货公司柜台里的商品，扳手啦榔头啦，谁愿意拿来就可以用的。我觉得多学科的综合研究，不仅要求现有的研究人员不断扩大知识面，改变自己的知识结构，而且要求在人才培养方法、研究工作组织形式上要有相应的变化。比如说招文学史研究生不光要从中文系毕业的学生中招，还可以考虑从哲学系、历史系、外语系、心理学系、社会学系中挑选有志于中国文学研究，具有一定文学修养的学生进行专业训练。组织方式也可以采用诸如"研究中心"这样的社会化形式,吸收其他专业对文学史课题有兴趣的研究人员,交流协作或向他们咨询。不过,这些在目前恐怕都是"空想"罢了。

(《读书》1986年第3期)

1990年初春 黄子平即将去国远游,在老钱家为其送行时摄。

附录一 关于"二十世纪中国文学"的两次座谈

一

时　间　1986年7月2日下午
地　点　北京大学五院
主　席　孙玉石(北京大学中文系教授、现代文学教研室主任)
参加者　严家炎(北京大学中文系主任、教授)
　　　　谢　冕(北京大学文学研究所所长、教授)
　　　　张　钟(北京大学中文系当代文学教研室主任、副教授)
　　　　洪子诚(北京大学中文系副教授)
　　　　佘树森(北京大学中文系副教授)
　　　　方锡德(北京大学中文系博士研究生)
　　　　封士辉(北京大学中文系讲师)
　　　　林基成(北京大学中文系助教)
　　　　张颐武(北京大学中文系硕士研究生)
　　　　钱理群(北京大学中文系副教授)

陈平原(北京大学中文系博士研究生)

整　理　陈平原

孙玉石　今天现代文学教研室和当代文学教研室联合开一个座谈会,讨论钱理群他们三人提出的"二十世纪中国文学"这个概念。去年第 5 期《文学评论》发表了《论"二十世纪中国文学"》这篇论文,紧接着《读书》杂志又连载他们的"三人谈",确实在学术界引起一些注意。三人中黄子平现在在国外,只有老钱和陈平原跟我们一起讨论。老钱你是不是介绍一下情况?

钱理群　能讲的我们大体上都讲了,没有什么新的理论发现。今天主要来听听同行的意见。中文系讨论我们的文章有它特殊的意义。有些批评意见涉及"北大学风"的问题。我们在"三人谈"里讲到社会科学研究中想象的作用,讲到建立理论模式、假说对文学史研究的意义,讲到不能搞材料的"爬行主义"。但我们并没有否定在研究中搜集材料的重要,阅读、辨别、鉴定材料的重要。然而这仅仅是基础,不能限于这一步,必须寻求飞跃,否则就谈不上什么"理论思维"。材料的全面掌握,当然没错,可是什么叫"全面",很难定量分析,只能相对而言。北大学风里头是不是只有考据和严谨,是不是还应该提倡一下创造性思维? 论文出来之后有些反响是意料之外的,有时候甚至产生了不被理解的悲哀……

孙玉石　学术界还有什么反应?

陈平原　反应不少,可是好多是情绪性的。

有几位朋友到南方各大学查研究资料,转了一圈,接触的主要是现代文学研究界的人,带来一些反应,说好说坏的都很情绪化。现代文学研究几十年,形成了一些基本的价值观念,触动一下很容易引起情绪化。我们希望有一些平等的学术讨论,形成真正的理论对话。要不,真像老钱说的,感到一种不被理解的悲哀。倒是一些来自专业以外的反响很是令人鼓舞。不久前北大研究生会博士部开了一个跟今天性质相似的座谈会,参加者主要是文科理科不同专业的博士研究生,对"二十世纪中国文学"这个概念感兴趣的是它的总体特征。他们引申开来谈二十世纪中国哲学、政治、经济、伦理、科学学等等的整体特征。座谈会开得很成功,可惜很少涉及文学,但是启发很大。至于文学界,有几种批评意见。一是对二十世纪中国文学的美感特征能否用"悲凉"来概括表示质疑。一是担心时间跨度太大,研究容易大而无当。一是认为"悲凉"意识是存在主义概念,不可取。可能还有一些意见。总之,有反响是令人高兴的事。

张颐武 我觉得,提出"二十世纪中国文学"主要不是贡献一个完美的研究结论,而是提供一个新的参照系统。不是如何打通近代文学、现代文学、当代文学,而是如何建立一种新的文学史理论,重新奠定研究的基点。"二十世纪中国文学"的理论核心是文化学的文学理论。这是理论的增殖,而不是理论的更替。文学史理论应该多元化。从不同角度使用不同方法看待文学现象,研究结论当然不同。我从他们的理论得出启发,从农民文化的命运这个角度来透视二十世纪中国文学,也得出一些有趣的结论。(谢冕:张颐武的文章题目是《中国农民文化的兴盛与危机》。)理论概括到一定程度,不同于具体事实的机械积累,而接近整体特征的直观把握。理论的价值在于给予重新解释现象的权利和方法。我觉得钱老师他们的文章做到了这一点。

谢　冕　先谈读过他们文章后所受的一点启发。根据他们的构思,新诗史研究中的一些难题可以解决了。1949年建国前后的诗歌本身并没有什么大的区别,有变化的只是政治背景。"五四"前后是新诗的诞生期;三十年代出现新的景观,一直发展、延续到"文革"结束;新时期诗歌又是一个飞跃。"二十世纪"在这里不是个物理时间,这个概念基本抓住了文学发展的主要脉搏,以前的好多分期不是着眼于文学。用"悲凉"来概括这一百年文学史的总体特征,很大胆,很有见地。"十七年"文学恰好是离开这"悲凉",显得浅薄,一味单纯的乐观主义。(张钟:正是这乐观主义孕育着巨大的悲剧。从政治到文学莫不如此。)对!一百年的中国历史、中国文学,始终在痛苦中挣扎、前进。说到北大的学风,我觉得必须重新估计。治学严谨、材料翔实,无疑是好事。但搞研究是为了积累材料,还是通过积累进而超越材料实现研究目的?在积累材料方面,我们系的游国恩先生是不可企及的,几万张卡片,先秦史料滚瓜烂熟。可是什么是历史?只能是现代人眼中的历史。学术研究需要全景把握,要尽量占有材料;但更重要的是对占有的资料要有新的见解,要注重创造性思维,敢于大胆表述。要不,会被材料拖得寸步难行。北岛以后的诗歌如何概括?自称流派的成百上千,自费出版的诗集成千上万,只能根据自己的学术眼光大胆归纳,无情地舍弃。在这么一个急剧转变的文学时代,没有一个自己的固定的立足点,只能随大流团团转。我搞诗歌研究,可单是刚出版的诗歌都读不过来,还有其他艺术门类的作品呢?你说怎么办?如何"全面"占有材料?

洪子诚 我只读过《论"二十世纪中国文学"》,就谈这一篇。很有气魄,学术"想象力"丰富,文章本身也写得机警,一些难讲的问题避开了。可以说提供了一种新的文学史理论和研究方法,有突破性进展。把研究的立足点从"政治"深入到"文化",过去争论不休的一些问题变得不甚重要了。但在具体论述中,可能会碰到不少困难。强调文学的独立性,努力把文学史从政治史的附庸中解放出来,这一点文章贯彻得较好。关于现、当代文学要不要分家可以讨论。1949年以后文学基本上是三十年代革命文学的发展,可是1949年这条线仍然很重要,起码文学的领导方式变了,这一点对"十七年"文学影响很大。"文化大革命"文学则是1949年后主流文学的极端发展。

佘树森 从中国现代散文的发展来看,也有必要进行二十世纪全方位的观察。五十年代的散文有必要上溯到三四十年代。另一方面,西方文艺思潮对中国文学的影响,主要集中在二十年代和八十年代两次大的冲击。我用两条线三大块来概括。

孙玉石 在1985年这个"方法年"里,《论"二十世纪中国文学"》无疑是重头文章,可能引起很深的思考。首先,打破了近、现、当代文学的观念,从中西文化接触点来考察文学的嬗变,得出一些新的结论。其实,王瑶先生的《新文学史稿》也不限于建国,一直写到1952年的作家代表大会。其次,过去习惯于强调文学与政治斗争的关系,现在大胆突出文学自身发展规律。再老一套地从时代背景讲到人物形象,实在已经不行了。讲文学流派、讲美学思潮,眼光变了。还有,文章突出方法论,强调创造性思维,这是有意义的;但否定得不对。八十年代当然要突破五十年代的研究方法,但游国恩先生、高名凯先生的朴学研究方法仍然有价值。你们的文章可以说是中国文学研究从微观转入宏观的代表作,既有宏观研究的优点,也有宏观研究的缺点。下面我谈几点意见。第一,我不同意二十世纪中国文学的总主题是"改造民族灵魂"。我认为对人的价值的重视、对人的解放的思考才是二十世纪文学的总主题。鲁迅的"主人"的思想,周作人的"人的文学"的主张,都是纲领性的。巴金的作品、解放区文学,一直到新时期文学,都贯串这一主题。沈从文的《边城》也是写人性的美。不单从阶级压迫、民族压迫,而且从人的自我压迫中解放出来。第二,强调"悲凉"是二十世纪中国文学的总体美感,是一个发现,但缺少民族特色。俄国文学、被压迫民族文学都带悲凉特色,得讲出中国式的"悲凉"。第三,"爬行主义"问题,不能不看材料,单靠直觉、想象就写研究文章。你们的文章写得漂亮,其实也不单靠直觉。你们讲林庚先生研究中"直觉"的作用,可是他关于《天问》的考证极见功力。当年听他讲"无边落木萧萧下",杜甫为什么用"木"不用"叶",一口气引几十句诗作证。最后,不能同意"深刻的片面"的说法。有些"历史的片面性",可以理解。但要讲辩证些。学衡派不是辩证,是中庸,不能以反中庸为片面性张目。

洪子诚 对二十世纪中国文学整体特征的概括基本上是准确的。当然,舍弃了一些不该舍弃的东西。比如,三十年代左翼文学就没很好地概括进去。

孙玉石 文学形式的变革有重大意义,不能忽略"五四"在文学史上划时代的作用。另外,你们很少讲文学与时代的关系,连一战、二战这样的大事似乎都跟文学毫无关系。

钱理群 王瑶先生也批评我们忽略了十月革命对二十世纪

中国文学的深刻影响。

封士辉 我对"断裂"这个词很不感冒。梁启超提倡小说救国并不是什么创造,《琵琶记》的楔子就表达过这种愿望。至于说强调文学性,《诗大序》《文心雕龙》也是就文学谈文学。只不过历来政治家总要求文学为政治服务就是了。历史是不能割断的。"二十世纪中国文学"这个概念我认为可以成立。"五四"作家主要接受西方古典文学,很少接受西方现代文学。这种选择有社会原因,也有文学传统的牵制。在中国现代派不可能成功。

林基成 对二十世纪中国文学总主题的概括,我更倾向于孙玉石先生的意见。我把它概括成"从人的发现到人的实现"。二十世纪的中国哲学、政治、伦理等各个领域,都发生了根本变化。西方价值系统移植到中国来:《天演论》考虑人与自然;尼采考虑人与社会;柏格森、弗洛伊德考虑人自身;实用主义则提出对人作用价值尺度的怀疑。当然,人的实现受时空的限制。一方面其时"现代化"的价值在西方正受到怀疑,二十年代东西文化论争的复杂性症结就在这里。另一方面,二十世纪的中国因受外来民族压迫才萌发现代化的愿望,民族意识与人类意识、社会解放与人的解放的矛盾,始终纠缠着鲁迅、郭沫若等二十世纪中国知识分子。

方锡德 提倡"二十世纪中国文学",这口号既新又旧。二十年代创造社和早期共产党人就大谈二十世纪中国文学的特点。他们是从突出十月革命、提倡无产阶级革命文学角度提出这口号,是从革命从政治出发考虑的。现在从文学史研究的需要着眼,淡化文学与政治的关系,是一个进步。你们的文章有郭沫若式的想象力与激情,但也有其片面性。

张　钟　整个文学研究的格局正发生大变化,老钱他们的文章反映了这一点。把二十世纪中国文学放在世界背景下来考察,一下子把思路打开了;从注重政治转移到注重文化,也很有眼光。使文学独立出来是必要的,但不能把文学孤立起来。你们的论文没有很好地把二十世纪中国文学与中国社会的内在变化联系起来考察。无论如何,马克思主义在中国的传播,对文学影响很大。抗战时期现代主义思潮消沉下去,跟作家的社会责任感有关。关于二十世纪中国文学总主题,我同意孙玉石老师的意见。新时期文学的基本主题是人的解放。"改造民族灵魂"这条线没断过,但理论涵盖面不如"人的解放"大。至于北大学风,我也觉得值得好好反思。我认为这几十年来北大的优良传统是富于创造性,而不只是重材料、重考据。"五四"时陈独秀等人提出多少富于创造性的见解。1949年以后北大还有没有"五四"那代人的创新精神?马寅初的人口理论,无疑是创造性成果。可是1958年马先生的综合平衡思想受到批判。这些年来创造性思维被扼杀。文科学术委员会似乎更注重考据。不否认研究中材料的重要,更不否认考据的价值,可是今天更应强调创造性思维,北大才会有生机。

严家炎　老钱你们的文章是好文章,有很多新见解发人深思,我不再重复老师们的意见,只是给你们挑挑刺,促进你们理论研究的深入。我主要谈谈研究方法。你们的文章精彩,可太空,例证少,琢磨工夫不够。"三人谈"把这一缺陷进一步发展,比如批评"爬行主义",谈论"深刻的片面"。从五十年代起,大家就知道游国恩先生的研究方法有缺陷。可是朴学家做学问的精神是可取的。吴组缃先生、林庚先生的研究并不只从灵感出发，灵感是建立在对大量材料的感受基础上的。有些人钻在材料堆里出不来，是理论修养不够，而不是材料太多。材料越多越有助于理论的飞跃。我认为，研究方法可以多种多样，但必须贯串严谨与创新相结合的精神。陈垣先生说做学问对材料要"竭泽而渔"，这种精神可取。当然研究现、当代文学不可能做到这一点，但起码要注意各种有代表性的材料。现在学术界学风不严谨的实在太普遍，不能容忍。常出常识性错误不说，研究中常常实用主义地取舍材料，不合我结论的材料视而不见。研究中必然会有假设，但还要小心求证。要努力解释你所持理论不能涵盖的材料，充分考虑对立面的材料。我这番话当然是引申开去，并不是针对你们的论文。

钱理群　文学史研究的框架不是一成不变的，范畴的"前景""背景"关系会随着现实发展产生调整。我们现在想把民族、文化、审美意识、形式这些因素推到前景来。但作为一种文学史理论，我们还没考虑成熟。我们充分意识到自身理论修养和知识结构的局限，很可能只是起过渡的中介作用。目前文学的创作理论、批评阐释理论都很热闹，但是文学的发展理论，也就是文学史理论，相当落后。我们希望有更多的人来关心现状，从这里入手来革新研究的格局。至于我们的理论设想，当然还要深入下去。还是希望出现更多的理论模式，以便真正对话。也许，光出现了，影也就该消失了。这是我的思想准备。

孙玉石　记得六十年代严家炎老师和张钟老师关于《创业史》的争论引起全国的关注；七十年代末谢冕老师的新诗"崛起"说也曾风靡全国；如今钱理群、黄子平、陈平原关于"二十世纪中国文学"的设想也受到学术界的重视。但愿咱们北大中文系经常出现这一类震撼性的重头文章。

(根据记录整理,未经发言者审阅)

二

时　间　1986 年 10 月 25 日下午
地　点　北京大学临湖轩
主　席　孙玉石(北京大学中文系教授)
参加者　竹内实(京都大学人文科学研究所所长)
　　　　　丸山昇(东京大学教授)
　　　　　伊藤虎丸(东京女子大学教授)
　　　　　木山英雄(东京一桥大学教授)
　　　　　李欧梵(芝加哥大学远东语文系教授)
　　　　　王　瑶(北京大学中文系教授)
　　　　　钱理群(北京大学中文系副教授)
　　　　　陈平原(北京大学中文系博士研究生)
　　　　　黄子平(北京大学中文系助教)
整　理　黄子平

孙玉石　日本的四位研究中国近、现代文学的汉学家,这次到中国来参加纪念鲁迅逝世五十周年的国际学术讨论会。会后趁便来北大,想同我们中文系的三位比较年轻的研究者,就他们写的《论"二十世纪中国文学"》这篇文章搞一次对谈。这是一个很好的交流的机会。李欧梵先生也是参加纪念鲁迅的讨论会的,本来今天要飞到上海去赶月底由中国作协召开的当代文学国际学术讨论会,给飞机票耽误了。他在北京也还有许多朋友要见见面,但是听到有这么一次对谈,也一起来参加了。

李欧梵　我是"因祸得福"!

伊藤虎丸　我们来之前,我们那里研究中国文学的年轻人,比如说尾崎文昭他们,(孙玉石:尾崎是明治大学文学部的专任讲师,曾经在北大进修过三年现代文学。)要我们到北京来多接触一下年轻一代,特别是你们三位,"三人帮"——我们四位是"四人帮"(笑)。我们那里的年轻人对你们的文章,很有同意的地方。我想,在他们和北大的年轻人之间,有心灵上的相通,这是很重要、很宝贵的。因为,我做学问的目的是很简单的,我年轻的时候受马克思主义的影响,政治第一,学问第二,做学问的时候最重视政治。现在深入一点,深入到文化了。对我来说,重要的就是中日友好。我们这三十几年来研究中国文学,是"没有到过中国的中国文学研究者",我们开始研究的时候,邦交还没有建立,没有机会到中国来学习,只能在日本读王瑶先生的《新文学史稿》。我们的年轻人很幸运,能够亲自来向先生们请教。所以我们的年轻人和北大的年轻人之间的这种互相理解是非常重要的,是为了今后的友好,是文化上的互相理解。

对我来说,最重要的,是怎样克服划分"先进/后进"这样的观点。这很难,很难。明治时代好像是日本先进,中国后进;后来中国是社会主义了,日本还是资本主义,所以在我们看来,中国先进,日本后进;现在谁先进谁后进好像有点模模糊糊了,看法不一致了,很难说了。我想,这样的看法很可怕。有这样的看法，不能成为真正的友好。我的目的是把握中国现代文学和日本现代文学的共同目标、共同课题。我对你们的《论"二十世纪中国文学"》感到有兴趣的也就在这里。如果按照你们的观点把中国现代文学看作二十世纪文学，那么跟日本现代文学之间能发现共同的课题。你们的观点和我的看法是不完全一致的，但也可能有相接近的地方，所以很想跟你们年轻人谈谈。

钱理群 我在鲁迅逝世五十周年的纪念会上看到伊藤先生的文章。我没有看完，因为在会上只发了三十份，我是向别人借来看的。我看了以后感觉到，有些问题我们之间是有类似的想法，是可以互相讨论的。比如伊藤先生文章里也谈到，在近代以来中日两国的文学发展中，碰到的一个共同问题就是怎样看待西方的撞击，怎样看待本国的传统文化。在鲁迅纪念会上，对这个问题大家也讨论得很多，提出了很多不同的见解。伊藤先生的文章里，谈到二十世纪初日本的"尼采观"和鲁迅的"尼采观"之间的关系。我们感兴趣的是，在现代文学中，鲁迅周作人周氏兄弟分别是两大潮流的领导人，以及创造社这些人，还有茅盾，他们都曾到过日本，正是这些人形成了中国现代文学的主流派。作家在不同的国度留学受到的文化影响很不一样，反映到他们的创作、文学观念中也很不一样。二十世纪初以及后来一些在美国留学的人比如胡适、梁实秋，他们的政治倾向暂且不提，从文化构成上来说，他们接受的更多是浪漫主义或新古典主义的东西，而不是当时的现代主义的东西。而周氏兄弟他们在日本，反而接受了现代主义的很多东西，包括创造社早期也如此。我们通常说日本是中国了解西方文化的一个窗口，那么鲁迅、郁达夫这两人在日本留学时当地的文化背景是怎样的呢？我们现在在这方面了解得很少。过去只注意个别作家之间的关系，比如说鲁迅点明的，他与夏目漱石的关系。当然这是很不够的。需要搞清楚当时他们所处的整个大的文化背景、文化氛围。这方面，日本汉学界是有更便利的研究条件的。以后我们可以就这方面进行一些更具体的合作和探讨。比如日本自从明治时代以来，处理外来文化和传统文化的经验教训等等，怎样影响了日本的近现代文学，这些都是我们感兴趣的。

伊藤虎丸 具体地说，我们看中国出的文学史的时候，首先感觉到的是，现代文学是从 1919 年开始，近代文学是从 1840 年开始。这跟日本文学史的分期是完全不一样的。日本对近代、现代的看法是很不同的。日本以外的亚洲各国，近代对它们来说不是一个好的时代，是一个被殖民地化的时代。因此，中国文学史这样的分期，对我们日本有很重要的意义。我上课的时候，对日本的学生就是这样说的。

这几年来，我思考亚洲各国的文学是怎样接受西方文化的冲击的。从这个角度看中国文学、日本文学、朝鲜文学，一个观点能不能成立。也就是说，比如中国近现代文学的起点，是接受西方的冲击，从物质文明进到精神文明之时，洋务运动的时候，中国近现代文学的问题还没有被触及，虽然人们看到西方的科学、技术、制度，但是还没有看到西方的精神文明。那就是说，洋务运动的时候，中国近现代文学还没有开始。这是我的看法。日本的近代文学的产生，跟中国有"同时代性"的观点看来可以成立。我觉得，亚洲各国从文化上接受西方的历史，文化的核心是什么，是"人"。尤其是有知识的青年把"人"看成什么样，什么是"人",这是我考察文学史的着眼点。梁启超的政治小说里面的"人"的性格,和日本的政治小说里面的"人"的性格有相同的地方。日本人的"人"的观念有变化。日本的"尼采形象"的变化,跟日本的"人"的观念是什么关系?鲁迅的"尼采形象"和郭沫若的"尼采形象"是不一样的。郭沫若的跟日本大正时代的"尼采形象"有相同的地方。鲁迅的跟日本明治三十年代的"尼采形象"有相同的地方。可是,明治三十五年以后日本最后出现的"尼采形象"也与鲁迅的不一样。我觉得,"人"的性格是比较重要的,在性格背后有时代的气氛、时代的精神,很有相同的地方。

我现在的看法是很表面的。但是我们以后共同探讨下去,有没有可能把握一种我们共同的"文学史"?

钱理群 进化论传到日本,影响到日本的思想界,是什么时候?

伊藤虎丸 大概是明治十一年左右,1878年。

王　瑶 相当于我们的太平天国年间。

伊藤虎丸 严复翻译进化论的时候,他故意不用日本现成的译本。

钱理群 不过鲁迅受到进化论的影响,还是看了日本的译本的。

王　瑶 当然最早看的还是严复的译本。

竹内实 很想听听你们三位写《论"二十年纪中国文学"》这篇文章的"动机",为什么想到写这篇文章?

王　瑶 最简明扼要地把你们的想法介绍一下,有很多人还不太明白你们的主要意思。

钱理群 其实这些我们在《读书》杂志上发表的《三人谈·缘起》里边,已经大致讲过了,再谈难免重复。我们三个人搞的课题是不同的。我是搞现代文学的,陈平原也是搞现代文学,但更偏重"五四"和"五四"以前的文学,黄子平是搞当代文学。而且我们国家的研究现状是把近代、现代、当代文学分开来。但是我们从不同的研究课题里发现了一些共同的东西,尤其是"新时期文学"跟"五四"文学有很多"重复"——更高阶段上的重复现象。我们都意识到这方面可能有一种"整体性"。我们逐渐从政治层面(列宁说"二十世纪是亚洲崛起的世纪")深入到文化层面,认识到必须把二十世纪中国文学放到东西文化撞击和汇合的大背景上来考察,看到它是汇入了"世界文学"之后的中国文学。我们就进一步反复讨论这个"二十世纪中国文学"的一些总体特征——总主题、基本美感、形式演变等等,想大致把这个概念的轮廓勾画出来。

黄子平 这几年来文学史的研究有较大的突破,我想这跟研究者经过"十年浩劫",对中国在二十世纪的命运也有了深入的反思有很大关系。中国的重新开放给文学带来巨大的影响,这很容易让人想起十九世纪末二十世纪初的那次被迫的开放。对文学史的看法有了改变,我们寻找文学史本身的整体性,而不是社会政治史的简单比附。这大概是产生"二十世纪中国文学"这个概念的比较深层的原因。

陈平原 他们两位主要从整个文化背景和政治背景讲的,我想补充一点,我跟着王瑶先生研究,主要以"五四"文学为课题范围。我发现"五四"文学的产生有很长的渊源,它的很多变化不是从"五四"才开始的,当然"五四"是一个根本的转折点。

我对文学形式注意得比较多。从1840年到戊戌变法,介绍进来的外国作品,我现在找来找去,只找到一部长篇小说、三部短篇小说,诗歌呢,三首左右,而且几乎毫无影响。文学明显地接受西方文化的撞击,是十九世纪九十年代末。而文学在东西方文化的冲突中发展,是一直继续到现在的进程。现在有一批作家,试图以外来文化为参照背景,去找自己文化的根,有可能创造一种跟近百年来的文学全然不同的新的中国文学。不再把这两种文化看作互相打架的东西,而是创造出新的文化来。这也是我们寄希望于二十世纪中国文学的一点。

竹内实 可是我想,中国"五四"以后的小说,接受的多半是俄国十九世纪小说的影响。我们叫作二十世纪文学的话,就是海明威啦、萨特啦这些作家。跟他们能对比的作家,中国现在还没有。"二十世纪文学"大的观念是好的,可是在中国方面找例子很困难。这是我们老一辈介绍中国文学的人感到很困难的一个问题。第二次世界大战以后,想介绍世界文学。有一本杂志就叫《世界文学》,那么这里面插进去中国文学代表作的话,还是感到有差距的。他们讨论世界文学、地方文学或区域文学,讨论了这样一些概念。世界当然是一个整体,但是要参加这个"世界文学"的时候,拿什么作品来参加呢?也许有点冒昧,但这是一个问题。

钱理群 我不太了解,那么日本讲"世界文学"的话,是不是以西方为标准的?

竹内实 是呀,认为二十世纪的世界文学,除了西方的以外,没有代表作品。

木山英雄 可能有点误会。在我看来,是他们认为已经进入了"世界文学"的时代,在这个文学里,文学都带有世界性,是这个时代里的中国文学了。

竹内实 那么跟王瑶先生以前讲的有什么区别的地方呢?"世界文学"是一个概念,"二十世纪世界文学"是另一个概念,这里边的内涵是有分别的。

王　瑶 他的意思是说中国"五四"以后的文学,主要接受的是浪漫主义、现实主义的文学,跟世界文学在二十世纪的主要趋向没有可比的东西。

竹内实 我们并不是因为这个作品是西方的我们才欣赏它,而是因为它的内容是二十世纪的,引起我们的共鸣,认为它是二十世纪文学。

黄子平 是有这么一个问题。因为二十世纪世界文学确实面临一种对人类普遍处境的哲学思考,像萨特那样的一些作家,表现了那样深重的焦虑,这跟两次大战带来的西方文化价值观念的崩溃是有关系的。而像中国这样的一些国家的文学,它关注的问题是另外一种焦虑。夏志清先生有一个经典性的说法叫"感时忧国"。这当然是跟西方的文学主题很不相同的。中国文学关注的焦点不是普遍人类,而是民族。但是如果我们换一个角度来考虑的话呢,那么二十世纪也确实是一个民族主义的时代。因为东西文化的撞击,很多东西不是拿来的,像鲁迅所说的汉唐时代是拿来的,二十世纪是用船坚炮利送来的,这种接受是带着耻辱感的,不能不激起强烈的民族自尊心。那么当然文学思想的焦点有所不同。以这一面为标准来考虑,就会觉得西方文学的思虑有点空泛,当然以西方为标准就看出这一面的思考有点狭窄。我研究当代中国文学,尤其是"新时期文学"。它是一场大灾难之后产生的文学,这场浩劫所引起的思考逐渐由政治而深入到文化层面,慢慢地深入到人的本性探讨,这就发现这场浩劫不单是十亿中国人的灾难。像巴金他就讲:这是人类的灾难,如果中国人不承受这个灾难,别的国家也可能搞"文化大革命",也会受这个苦。这样呢,就把对文化革命的思考,跟人类的命运问题联系在一起了。就跟原子弹轰炸了日本的两个地方以后,全世界都认为那不单是日本的悲剧,而是全人类的悲剧。这样一种思考逐渐体现到中国作家的创作里,中国文学就有可能从哲学上提高到了跟当代世界文学同样的水平。

竹内实 "跟着船坚炮利来的",这是一种思考的模式。当然我们翻看历史的话,外国的文化是跟着军舰大炮来的。但是我看呢,他们的军事行动和他们带来的文化应该分开来分析,不然一切文化都会不得不看成帝国主义的文化。

钱理群 当然这是可以分析的。不过我想这正是东方接受西方文化感到困惑和矛盾的地方。刚才已经讲到这跟汉唐时代的接受是很不一样的。这里有双重性,拒绝吸收外国文化的人常常打着爱国主义的旗帜,而吸收外国文化的人常常在民族心理上被认为是投靠国外。这是考察二十世纪中国文学时不得不注意到的矛盾现象。

另外我还想补充一下,关于世界文学与西方文学、中国文学的关系。除了对世界文学的整体图景有不同的理解之外,从表面层次看,二十世纪中国文学跟西方文学在思想上是有一定的距离的,也很明显。但是你从更深层次来看,特别是中国那些更深刻的作家,他们是跟二十世纪的世界文学比较相通的。我研究鲁迅,就感觉到鲁迅在很多地方是属于二十世纪的。就拿刚才讲到伊藤先生关于对"人"的认识来看,二十世纪"人"的看法有很大的变化,对人文主义那种认为"人"的本质是多么高贵,产生了怀疑的困惑。我们说鲁迅深刻,不仅肯定人的价值,而且他的怀疑精神贯穿到了对人的看法,对人的那种至高无上的怀疑,看出人的无可避免的局限性。我认为这种看法是属于二十世纪的。这种看法当然是只有少数作家才达到的深度。但是"新时期文学"里头越来越体现出这样的趋向。

伊藤虎丸　我看你们先有了"世界文学"这个概念。你们认为初步形成了世界文学是在十九世纪八十年代末,然后才有"二十世纪中国文学",是进入了"世界文学"阶段的中国文学。你们是不是这个意思?可以这样理解吗?

陈平原　我明白伊藤先生的意思。你觉得我们应该先界定"世界文学"这个概念,才能讲清楚进入了"世界文学"的中国文学。但是这比较难。比较文学讲了那么多,对总体文学这个概念仍然有很多争论。我们考虑得比较多的,是欧美文学从十九世纪中叶开始的对自身传统的一种怀疑,从东方文化、非洲文化、拉美文化吸取了很多东西来反叛自身的传统。而与此同时,在大致相近的年代里,世界各国的文学也接受了欧美文化的撞击。我们觉得这跟马克思所说的世界市场的形成是有关系的。

钱理群　当然,这也引起了一种批评,那天我跟李欧梵先生也讲起过,就是说你们中国文学想进入世界文学,而世界文学是否承认你进入了呢?这里是不是有一个时间差的问题?我想二十世纪虽然是东西方文化的撞击、融合,但目前来看,东方文化向西方文化的吸收是比较明确的、自觉的、积极的、大量的,而西方的吸收是不那么自觉的不那么积极的,当然比较敏感的一些艺术家吸收得比较多,我们可以举出不少例子来说明。可是这里还是有一个不平衡的现象。

李欧梵 我是不是可以插两句?因为我现在开始了解到了一点。我想这个"二十世纪文学"的概念,从中国文学史来考察是非常有意义的。因为这代表了他们这一代的中国知识分子从中国本身的文学里头探讨出来一种世界意义。从这个意义上来讲,我觉得它是一种文化探索的表现,学术变成了文化探索的表现。正像日本学者从鲁迅论到一种东方文化或者中国文化的意义,是异曲同工的。可是刚才竹内先生已经提到了,从整个世界文学的领域里头来看,大家一想到二十世纪文学的话呢,就会想起现代主义的文学,想到海明威啦福克纳啦卡夫卡啦,不管你认为这是对还是不对。那么广义的现代主义文学是从哪里起来的呢?有人说是从维也纳,世纪末啦,法国的象征诗啦,一直到第一次世界大战以后,等等。如果以欧陆这个文学作一次考察的参照系统的话,那么你就看得非常清楚,基本上由于十八世纪启蒙主义以后对人的信念,进步的信念,时间的观念,他们逐渐得到一种幻灭的感觉。这种幻灭感到第一次世界大战集大成,对欧洲的德国、法国、英国这三个国家的知识分子的影响非常大。所以他们说二十世纪的哲学背景是怀疑的哲学,怀疑十八十九世纪的所有信念,包括"人"的信念。所以才会探讨到语言的问题。二十世纪的文学评论最主要的就是语言问题。就是说,你为什么说"这个是那个"——名和实不符了。所以探讨到人为什么会成这样子,文学本身也成了一个语言指涉的问题,语言探讨语言。于是新小说也出来了,各式各样的怪的东西也出来了。

这种注重语言而反对十八十九世纪以人文为主的信念的文学,有人认为是非人文的文学,你不能说它是非人道主义的文学。我以为这种非人文的文学到现在已经发展到"后期现代派"的危机了,因为它的语言互相指涉,指涉到后期变成什么了,也可能是一种非常虚无的尽头。我个人在海外提出"世界文学"的概念完全是从自己看的小说提出来的。我以为目前拉丁美洲、非洲或者第三世界的文学,开始对欧美的文学有一种冲击了。西方的文学没有生命力了,他们在拉丁文学里头找到了神秘的世界,找到了人的生命,找到了历史。二十世纪后期的西方文学,产生了一个新的转折期,可能使它走向一个比较广义的世界文学,包括拉丁文学,包括非洲文学——今年得了诺贝尔奖的是一个非洲作家。也许中国文学可以进到这里面来。这是一个分析的线索。

而日本文学就非常特别了。因为日本文学从三十年来、四十年来大量翻译成英文以后,也变成了英美文学的一部分。大家都知道的,像川端康成啦、三岛由纪夫啦。

可是从另一个方面来讲,从中国本位来看,把钱理群的观念我们再发挥一下,为什么当时列宁会提出二十世纪是亚洲崛起的世纪,这是一种国际主义的看法。罗曼·罗兰是非常典型的例子。他觉得二十世纪以后,全世界人民在争取自由的立场上有共同性,所以他对中国人民特别关注。同时这也牵扯到一个民族主义的文学传统。这点在英、美、法国可能没有印证,可是在东欧可以印证。东欧从十九世纪末起到二十世纪并没有断层的现象,虽然他们吸收了很多西欧现代主义的东西,但是他们的民族传统的东西仍然非常强。这些国家都是二十世纪初建立共和国的,这一点和中国很像,你甚至可以把墨西哥也放在一起。当时他们写的东西是有很强烈的民族主义的。我举一个例子,就是捷克的《好兵帅克》,那是1928年写的。东欧虽然非常民族主义,可是也多多少少受到法国为主的现代主义的洗礼。也就是说,现代主义的艺术和民族主义的心情结合在一起了。我觉得中国差的,关键的一步就是三十年代,三十年代是有人研究类似海明威那样的观念的,可是他们没有什么影响力,而这些作家是相当有学问的,他们接受的东西也不是那么皮毛的。由于中国历史的演变,他们没有结合起一种传统。我现在想的是,为什么一种强意识的艺术形式不可以与一种非常浓厚的民族感情或者乡土感情结合起来?现在也许新文学里面有可能结合起来,文学里头又是现代派了,又是"寻根热"了,这里是不是就产生了一种可能?当然这种结合不是百分之三十加百分之五十,而是在作家心灵里面找出一种新的看法。我觉得中国文学在某种层次上是可以跟拉美文学交谈的,因为在谈反帝、反殖这方面,可以继续讨论如何用自己的语言把它表现出来。所以我非常赞同你们三位所探讨的这个出发点。可是这个出发点以后到底会进到什么情况,我就很难讲,恐怕还要靠我们大家的努力。

木山英雄 我从"文化大革命"以后,失掉了看当代文章的习惯,到现在还没有恢复。但是我从《文学评论》里看到我熟悉的一个人名,引起我的关心,就看了这篇《论"二十世纪中国文学"》的文章,有很新鲜的印象。文章一方面是受近代文学史的启发,另一方面是对目前的文学现状的反省。我不熟悉中国当代文学的情况。三位把当前的文学跟"五四"时期的文学直接联系起来看,使我感到这是贵国文学史研究中很大的变化。这是一个感想。同时也有一些费解的问题。你们所说的"二十世纪中国文学"的最大特征是"民族化"这样的观念,是什么含义呢?是否不光是"反帝反封建"的意义,而且还有"干预中国现实"的意思?比如闻一多曾经在评论郭沫若的诗的时候用过"地方色彩"这样的概念。横的方面,他用"时代精神",指一种世界的同时性;纵的方面,他用"地方色彩"。闻一多在生活上尽管充满热烈的爱国主义精神,但是他提出的这个"地方色彩"并没有包含"民族主义"那样的含义。你们的概念里是不是还有"民族主义"的意思呢?如果从"干预现实"的角度,像萨特那样"介入生活",用"民族"的概念的话,在政治上也好,在文化上也好,有一种被动的、抵抗的意思,是中国文学对西欧文学的一种抵抗。总之,世界上的一切事物都不再能孤立地存在,这就是二十世纪发生的事情。也是从东方民族的立场来看,这并不是像马克思所说的世界市场的成立,马克思是完全站在西方立场上说的。既然是被动地(而不是独立地)被西欧拉进了世界文学,我觉得1903到1906年那个时期,对中国文学是很重要的。那几年也不能简单地说只是东西方文化的冲突,因为王国维已基本上接受了西方文化的范畴。对"二十世纪中国文学"来说,应该有一个"文化主体的形成"的问题。在你们的文章里谈得较少,这是我感到不满意的。还有,如果深入到文化的主体问题,那么章太炎的文学复古也应该考究一番。在思想史上一般谈到革命派、改良派时对革命派评价较高,如果是文学史,也可能会有相反的评价。至少在关于文学改良的问题上,改良派比革命派落实得多,而且革命派主将章太炎在文学上大搞复古。所以你们的概念里可能会对章太炎那样的人评价低了。另外,用"民族"这样的概念来覆盖文学的特征的话,那么二十世纪里边有一个很重要的问题,就是"国家"的问题。资本主义也好,社会主义也好,"国家"这个集团的力量极端庞大,是我们都能感受到的。在"民族"这个概念里,"国家"的问题不容易浮到历史上面来。在我自己,没有很好地解决怎样对待当代世界的民族主义的问题。中国文学对于被压迫的民族可能容易了解,而对别种国家强调民族主义其结果就不一定好。刚才我提到闻一多,他的爱国诗("三一八"事件时他写的评论强调了文艺爱国)里并没有民族主义的意思,而是从世界的普遍意义来谈爱国的。

丸山昇 对三位的文章还要再仔细地读一遍。你们主张的各部分,有很多地方我也有共鸣,你们的见解对我是一个很大的刺激。可是作为一个整体,我还是有不明白的地方。你们的"三人谈"里讲到的民族性、世界文学、艺术思维、方法等等,一个一个来看是很有乐趣,很重要的问题被提出来了,可是它们之间的关系是怎样的呢?作为整体的结果是怎样的呢?我还不能说是非常了解。

二十世纪文学的问题是很多的,可是主要的问题、中心的问题,还是一个社会主义的问题。我们以前这样想,人类到了社会主义阶段,资本主义社会存在的问题自然而然地就解决了。所以我们期望过,对中国怀有很大的期望和向往。最近我们感到奇怪的是,到日本来留学的一些中国学生,似乎觉得资本主义社会是比社会主义社会进步的社会。我感到很奇怪。我们在资本主义社会里生活,当然这种社会有很大的优点、很大的方便,可是每天我们都能感觉到资本主义社会的可恶的地方。当然我们一边享受着资本主义,所以这是很难说的事情,很难辨。日本经济界的领导人说资本主义和社会主义哪个强的问题已经解决了。听到这样的话的时候,我还是生气。在文学里头我也还是想坚持,资本主义存的问题,必须在人类进入社会主义的过程中解决掉。当然,像中国现在的领导人指出的那样,社会主义应该是什么样子,现在还没有解决。以这个看法为前提,我还是以为,"二十世纪文学"的最大问题之一是社会主义。我很想听听你们在这个问题上的见解。

钱理群 我没有到过国外,一直生活在社会主义的国家里,但是对资本主义社会的弊病也有间接的了解,当然不像各位先生那样有自身的直接的感受。记得马克思讲过这样意思的话,他说历史的发展,最后的形式总是把过去的形式看成是向着自己发展的各个阶段,所以说是对过去的形式作片面的理解;资产经济阶段只有在资本主义社会的自我批判已经开始时,才能理解封建社会、古代社会和东方社会。我想,社会主义社会只有发展到具备情理的自我反思的条件时,才能对资本主义、封建主义作不那么片面的理解。我们经过"文革"以后,可能产生了这种条件,我想单就文学来说,二十世纪的文学对社会主义、资本主义的认识,也显然比十九世纪的文学要深刻得多。

伊藤虎丸 我想补充我的意见。刚才说了,我跟你们的文章里有一致的地方,比如说文化的观点,东西方文化撞击带来开放各国文学的变化,等等。我觉得鲁迅的问题是文化的问题,而不是他接受"尼采主义"或别的主义的问题。我跟你们不一致的地方可能有两个。说十九世纪末二十世纪初形成了世界文学,我不能赞成这样的观点。我认为是西方成立了一个具有世界性的文学征服了全世界的过程。不管你承认不承认,是西方的文化侵略,我们(日本、中国、朝鲜等等)被动地接受西方文化的过程。第二点,可能是由于中国是文化上的大民族,日本是文化上的小民族,才会出现一种感觉上的差异吧——我觉得你们文章里有一种强烈的民族情绪。我不知道我的感觉是不是准确,你们的文章似乎有一种"汉唐气魄"!(笑)

黄子平 这里有几个问题。首先这个"民族"的概念的问题。一方面确实是一个客观的存在,从十九世纪末以来东方各国都有一个形成现代民族的过程,这个过程还在继续,这不能不反映到文学里来;另一方面,在这个概念里头也有不同层次的理解的问题,刚才木山先生也讲到闻一多的爱国诗和"地方色彩""时代精神"这些不同的含义。我觉得高层次的爱国主义是建立在"爱"的基础上,而狭隘的民族主义则是建立在"恨"的基础上。当然这样讲仍然是非常抽象的。而中国文学那些比较深刻的作家作品,都是在较高层次上处理这个问题的。但是作为一种文学现象的理论概括,一方面对各个层次都要能够涵盖到,同时我们这个"概念"里头并不是毫无分析地肯定所有层次的理解的。

再一个是二十世纪中国文学与社会主义这个中心问题的关系。当中华民族受到资本主义形成的西方文化的撞击的时候,自己固有的,从政治层面上来说是封建性质的文化暴露出了很多问题,知识分子(包括作家)都跑到西方去寻找真理。结果很多最早觉悟的人像梁启超他们,到欧洲去转了一个圈以后,都成了保守派。就像俄国十九世纪的很多"欧洲派"比如屠格涅夫,真的到欧洲跑一圈回来,就成了"民粹派"。民粹主义的路子当然是没有走通的。中国的社会主义道路走到今天,有它的必然性。文学在促进这条道路方面起了应有的作用。刚才钱理群也已经讲到只有在历史的最后阶段产生自我批判的时候,才能正确理解过往的历史。马克思还讲过,无产阶级革命经常自己批判自己,十分无情地嘲笑自己的不彻底、弱点和不适当的地方,在自己的雄伟目标面前再三往后退,却为了新的跳跃直到退无可退的时候为止。我觉得中国文学(当然不光是文学)对"文化大革命"的反思就是这样一种情况。本来以为别人都是封资修了,唯有这里是人类前途的希望之所在,却遭到了最大的幻灭。这也就成为中华民族以及世界进步人类走向新的起点的一个转折的契机。为什么我觉得新时期文学有可能出比较深刻的作品?就是想到文学的"十年浩劫"的反思如果跟人类前途的大背景联系起来,就可能对二十世纪人类共同关心的问题提出自己独到的、有深度的见解。

钱理群 这里有很多自我反省,充满了痛苦,这是可能出优秀作品的根本条件。

黄子平 再就是我们文章里的"民族情绪"的问题。这倒是我们没有料到的效果。在我来说,我是很喜欢中国文化的。前几天我们在跟八四级中文系的同学座谈的时候,我就讲到自己搞这个当代文学是不是"误入歧途",因为我实在喜欢中国的古代文学。但是我相信,从文化层面深入下去,总是会触及人类共同的东西。因为文化就是人的生活方式的总和,包括物质生活和精神生活。从文化角度我常常感觉到人类相通的地方更多。但是这往往不是一个理智上就可以完全解决的事情。比如我到迪士尼乐园去,看见有各种文字的路标、说明,有英语、法语、德语、日语、西班牙语,就是没有汉语。有一个全世界各国儿童的部分,其中的中国儿童梳着清朝的辫子。这时候你的民族文化意识就没法不强烈起来。这种强烈我觉得是有道理的,并不能说只是一种非理性的道德情绪。因为你会强烈地感受到中国的文化如果不加以改造,以它的现代面貌加入到世界民族之林的话,那是永远不行的。所以我们的文章里提出"改造民族的灵魂"是二十世纪中国文学的总主题,这里强调的不光是"民族",还突出了"改造"和"灵魂",这仍然是以世界文化为背景的前提下对民族文化的一种认识吧!

孙玉石 我们中文系的现代文学教研室和当代文学教研室联合开过一次座谈会,讨论过他们三位的文章。以前我们的文学史从政治的、阶级的、思想的角度谈论的比较多,他们想深入到文化的、民族的、审美的和语言形式的角度来探讨,把这四个问题推到前景来考察。今天他们三位跟日本的四位汉学家,还有芝加哥大学的李欧梵先生一起,讨论了跟文章有关的一些问题。可惜时间有限,今天的会就到这里。谢谢大家!

(根据录音整理,未经座谈者本人审阅)

以上文字根据两次座谈会上的发言记录或录音整理而成。原打算作为"附录"收入《"二十世纪中国文学"三人谈》(人民文学出版社)那本小册子中,后因故被撤下。其中由我整理的第二次座谈记录曾以《世界文学·中国文学·日本文学》为题,发表于香港《八方》文艺丛刊第5辑;经《八方》编辑部同意由内地刊物转载。承《当代作家评论》的美意,全文刊载这些已成

"史料"的文字,供关心这些讨论的学术界朋友参考。在此,再次向主持这两次座谈会的孙玉石教授、向与会的海内外学者致意。

黄子平　谨识

1989年3月17日

(《当代作家评论》1989年第5期)

2000年4月　去国多年的黄子平回北大讲演，重提"二十世纪中国文学"。

附录二　关于"表现即艺术"的讨论

关于"表现即艺术"

李景阳同志在《"表现即艺术"不是克罗齐的美学命题》(载《读书》1986年第7期)一文中,批评我们"林语堂误解了克罗齐'表现即艺术'的命题……"一段话概念使用不准确,现作如下答复:

"表现"可以是羞愧则脸红、恐惧则颤抖之类自然科学意义上的"表现",也可以是借物质媒介把审美活动外射于作品的一般文艺学意义上的"表现",还可以是克罗齐所理解的等同于直觉、心灵的创造、审美的活动、"内在的"艺术创作等的"表现"。照克罗齐看来,第一、二种"表现"不是艺术,而第三种"表现"则是艺术。说"表现即艺术"是克罗齐的美学命题并没错,只是得牢牢记住克罗齐"表现"一词有其特殊含义。至于为什么使用容易引起误解的"表现即艺术",而不使用更明晰的"直觉即艺术",理由很简单,1929年林语堂选译、介绍克罗齐的《美学:表现的科学》(本应译为《美学:表现与普通语言学的科学》)时,大谈特谈的是"表现即艺术"而不是"直觉即艺术"。另外,林语堂的失误正在于他混淆了三种不同含义的"表现",推出一切人类情绪的自然流露都是艺术的结论,"把一个心灵的事实混为一个机械的事实"。有趣的是,这种误解没有很快被淘汰,反而因为道家人生哲学的浇灌,获得某种独特的生命。最后,"误解"成了"创造"。林语堂也由于这一缘于"误解"的"创造"——"生活的艺术",而被一些欧美读者尊为"东方哲人"。我们更感兴趣的不是外国理论家提出的命题自身,而是中国作家如何由于潜在的文化模式的限制,有意无意地创造性地误解这些命题。关于这个问题,可参阅我发表在《中国现代文学研究丛刊》1985年第3期上的《林语堂与东西方文化》和发表在《文艺研究》1986年第3期上的《林语堂的审美观与东西文化》(此文编者作了删节)二文。

陈平原
(《读书》1986年第10期)

附:

"表现即艺术"不是克罗齐的美学命题

陈平原等三人文章《"二十世纪中国文学"三人谈》(载《读书》1986年第2期)中有一段话:"林语堂误解了克罗齐'表现即艺术'的命题,可跟道家人生哲学结合起来,却产生了'生活的艺术'……"应当指出,关于克罗齐的艺术命题,该文所使用的概念是不准确的。

在克罗齐的美学著作中没有出现过"表现即艺术"的命题。他说过,"直觉是抒情的表现",此观念通常被简单表述为:"直觉即表现"。朱光潜先生曾用"直觉即艺术"来概括克罗齐的美学观点。朱先生又用推论的方法概括克罗齐的基本美学观点为："直觉即表现亦即艺术"。"直觉即表现"的意思是克罗齐明确表示过的，朱先生由此推出"直觉即艺术"或"直觉即表现亦即艺术"也是对的，但单截取"表现即艺术"这一段，并抽掉"主词"——克罗齐美学思想的核心（"直觉"），这不仅偏离了克罗齐原本的思想，而且恰恰与克罗齐的思想相反。

克罗齐的思想本质是否定"表现"的，他实际上是企图以"非表现"取代"表现"，具体地说，就是企图以纯属内心状态的"直觉"来取代一般意义上的艺术的表现。他把他的唯一的美学专著定名为《作为表现的科学和一般语言学的美学》，其"表现"一词是有特定含义的。

克罗齐的美学观点的核心是"直觉"论。他企图用"直觉"来解释艺术的一切现象，并非只是"表现"。在他看来，艺术即存在于人的心灵中，无须凭借物质媒介的外在的表现。艺术家完成了心中的构思，便实现了艺术创造的全过程。至于借物质媒介给作品以外观的形式，只不过是把乐调灌到留声机片上，所得到的是艺术作品的"备忘录"，这是一种"物理的事实"，属实践活动而非艺术活动。由于艺术品只在人的心中完成，因此艺术家与平常人只有量的区别——大艺术家与小艺术家的区别，"人是天生的诗人"。一句话，在克罗齐看来，艺术的全部秘密在于直觉，通常人所说的什么艺术的表现、创造、欣赏之类根本不存在。

由此可见，当我们用"表现即艺术"来概括克罗齐的基本美学观点时，就把克罗齐的所谓表现与我们通常理解的表现混淆起来，掩盖了他实际上是取消表现的真实思想，至少由于表现一词在概念上的模糊性而使我们无法确定地了解克罗齐的真正美学观点是什么。而且，这种规定恰恰舍弃了克罗齐思想中的精髓部分——"直觉"论。因此，当我们想用一个简单的公式来概括克罗齐的基本美学观点时，应使用"直觉即艺术"，或"直觉即表现"。

北京　李景阳
（《读书》1986 年第 7 期）

附录三 有关"二十世纪中国文学"种种反响的综述

近年来,随着现代文学史研究的深入,学术界对文学史研究的体系、格局等重要问题进行了种种探讨。其中,黄子平、陈平原、钱理群在1985年提出的新的文学史理论概念——"二十世纪中国文学",引起了广泛而热烈的反响。现将有关情况综述如下。

发表《论"二十世纪中国文学"》一文的《文学评论》编辑部,在1985年第5期的《致读者》中说:

> 《论"二十世纪中国文学"》阐发的是一种相当新颖的"文学史观",它从整体上把握时代、文学以及两者关系的思辨,应当说,是对我们传统文学观念的一次有益突破。

正像《文学评论》编者所注意到的那样,吴福辉也把"二十世纪中国文学"观念的提出放到中国现代文学研究的发展趋势中来衡量,他在《现代文学研究面对新的格局》一文中写道:"一个时期以来,中国现代文学研究就在酝酿着新的变动。要求把学科领域拓宽、拓深,要求革新文学史的理论观念和方法,以至从建设现代意义的中国文学总体出发,来把握现代文学的特质,提出崭新的文学史模式。"在这样的学术背景和理论氛围中,黄子平、陈平原、钱理群"三人的观点,超出了一般关于文学史分期的讨论,而是把'二十世纪中国文学'作为一个不可分割的新概念来理解。他们认为本世纪的中国文学与世界文学一样,是在东西文化的大撞击、大交流中生成,并最终完成由'古典'向'现代'的过渡的"。吴福辉认为,"这个概念可能会引起不同意见,但它确实标志了旧的现代文学格局的突破"。(见 1985 年 11 月 30 日《文艺报》第 1 版)

黄子平、陈平原、钱理群所提供的是一种把"二十世纪中国文学"作为一个具有内在关系的有机体的文学史理论,而不是像某些关于文学史分期问题讨论的文章那样,仅仅着眼于把目前存在着的"近代文学""现代文学""当代文学"的三段式研究格局加以贯通,而在量的增加方面造成研究领土的扩大。"二十世纪中国文学"这个概念所蕴藏的内涵超出了文学史分期问题的范围,它可能引起文学史理论方面的重大变化。赵园在题为《1985:徘徊、开拓、突进》的文章中认为,《论"二十世纪中国文学"》是发表于 1985 年的"最有分量"的有关论文之一。她说:

> 黄子平、陈平原、钱理群提出"二十世纪中国文学"的概念,试图使"整体研究"置于更坚实的理论基础上。……他们的文章以宏大气魄,由"二十世纪中国文学"与世界文学总体格局的关系,"二十世纪中国文学"包含的现代民族意识(包括审美意识),以及文学作为"语言的艺术"其艺术形式在二十世纪的演进发展等方面,有力地论证了"二十世纪中国文学"的有机整体性特征。文章突破了"文学史分期"问题的固有思路,提出的是"文学研究观念"的调整

等远为重大的问题,其间精彩的议论层见叠出。该文总体构想大胆且富于理论深度,尽管有着新概念提出难以避免的疏漏、片面,毕竟因所涉问题的重大,而有益于开发思路,引出论争,使有关问题的思考与讨论走向深入。

(《中国现代文学研究丛刊》1986年第2期)

一位当代文学批评者着重注意黄子平、陈平原、钱理群提出的"系统质"概念,他认为,"《论'二十世纪中国文学'》一文,首次在文学评论范围内提出'系统质'概念。所谓'系统质',即不是由实体(文学作品、文学现象)本身决定,'而是由实体之间的关系来决定的一种质'。可以说,对'质'的这种新理解,正是今天一些青年评论家敢于抓住文坛新手,从'历时'与'共时'纵横两个方面进行大胆评说的一种尺度。这是一种超越部分的整体性尺度"(周介人《新尺度——评一年来的〈文学评论〉》,《读书》1986年第10期)。"整体性",确已成为不同学科的研究者共同追求的一种学术境界。近年来,现代文学研究在取得了重大突破之后,学科意识和研究主体意识不断增强,人们仍在不倦地思索、追求,渴望有更深远的发展和更大幅度的掘进。对"整体研究"和"宏观研究"的日益深入的思考与越发响亮的呼唤,便反映了这种相当普遍的学术热情。在1985年5月召开的"中国现代文学研究创新座谈会"上,关于如何建立中国现代文学研究的新格局的问题,成了与会者的一项重要议题。1986年9月在京召开的"中国近代、现代、当代文学史分期问题讨论会",更是把文学史分期问题作为中心议题而进行了热烈的讨论。一位研究者指出,这种对于"全面""整体"和"宏观"的执着追求,"所要求决非仅止于疆域的扩展,更有观察角度、研究工具的更新",其"理论背景"是新时期广泛而深刻的"文学观念的变动"。(赵园《变动中的现代文学研究格局与个人选择的多样性》,《文学研究参考》1986年第9期)

樊骏也从这一点考察"二十世纪中国文学"这一概念,他撰写的《既有理论价值又有实践意义的探讨——关于讨论近一百年文学历史分期的几点理解》中有这样一段话:

> 恰巧是新时期文学的兴起,它的崭新的时代特点,它对"五四"以来的文学探索的呼应,两者之间的联系和区别等,在促使我们回顾过去的文学历史,意识到需要重新给近一百多年来文学历史分期方面,起了特殊重要的作用。看黄子平、陈平原、钱理群论二十世纪中国文学的文章,看陈思和论新文学研究的整体观的文章,都使人感到他们的这些思考和结论,直接受到新时期文学思潮和流向的启发与推动,甚至可以这样推测,如果没有新时期文学,他们不一定会有这样的思考和结论。在那些把现、当代文学统一起来划分历史阶段的主张中,也可以看到是新时期文学的鲜明特点和突出成就,使人们着重考虑中国文学现代化的历史进程,特别是曾经走过的曲折道路。进入新时期以后,创作界和理论界关于文学与政治的关系,文学与人的觉醒、思想启蒙、精神文明建设的关系,打破封闭状态还是汲取外来营养,争取多样化还是坚守单一化等一系列课题的讨论和实践,无不促使我们以前所未有的热情总结这一百多年的文学历史和寻找其中所包含的经验教训。

(《文学研究参考》1986年第12期)

新时期文学的繁荣和文学观念的发展更新,使人们重新认识和评价过去的文学历史进程有了足够的信心和条件,赋予人们以重新认识和评价过去文学史的新观念和新眼光。"每一个时代,在其获得新的思想时,也获得了新的眼光,这时它就在旧的文学艺术中看到了许多新精神。"(海涅《北海集》,转引自柏拉威尔《马克思和世界文学》)新时期文学观念的一个重要变革,就是文学摆脱了过去那种单纯从属于、依附于政治的附庸地位,确立了自身的主体性,文学的独立品格和特殊规律得到承认和尊重。这一点如前边援引的樊骏的文章所说,过去我们把鸦片战争以来的中国文学分为"近代文学、现代文学、当代文学三大段,相当于旧民主主义革命时期、新民主主义革命时期、社会主义革命和建设时期,实际上是完全按照一百多年来中国社会中国革命的历史进程划分的。再拿现代文学史内部的分期来看,也是大多按照新民主主义革命的历史阶段划分的。包含其中的文学观和文学史观,是文学不但直接决定于政治和直接地为政治服务,而且文学的发展始终和社会、政治特别和革命运动同步"。这种划分标准与方法不仅在我国,而且在西方也是不乏其例的。韦勒克、沃伦在合著的《文学理论》一书中说过,"大多数文学史是依据政治变化进行分期的。这样,文学就被认为是完全由一个国家的政治或社会革命所决定"。他们认为,"不应该把文学视为仅仅是人类政治、社会或甚至是理智发展史的消极反映或摹本。因此,文学分期应该纯粹按照文学的标准来制定。……我们的出发点必须是作为文学的文学发展史"。文学历史的描述"只能参照一个不断变化的价值系统而写成,而这一个价值系统必须从历史本身中抽象出来","即我们必须从实际存在的事物中发现它"。"二十世纪中国文学"这一探索性的理论构想,无疑在这方面能诱发人们的思考。

"二十世纪中国文学"的一些呼应者所集中关注的是,这一概念提供了一种具有新的理论功能的文学史模式,以帮助人们重新认识和观照包容着丰富复杂的文学现象的文学演变过程。张颐武的题为《中国农民文化的兴盛与危机——对二十世纪文学的一个侧面的思考》(《山西文学》1985 年第 11 期)的论文,在"二十世纪中国文学"理论的启示下,对一个重要文学现象进行了深入思考。文章从中国农民文化进入二十世纪后始终存在着的深刻的内在矛盾出发,阐述了农民文化的文学表现及其现代命运,揭示出农民文化对二十世纪中国文学深刻而广泛的影响,可以看作对黄子平、陈平原、钱理群文章的一个侧面的补充。由呼应到补充"二十世纪中国文学"这一概念的,还有发表于《江汉论坛》1986 年第 5 期的《"二十世纪中国文学"走向世界文学的基点问题》,作者李俊国、张晓夫认为:

> 黄子平、陈平原、钱理群的《论"二十世纪中国文学"》(见《文学评论》1985 年第 5 期),打破了传统的文学史研究格局,在二十世纪"世界文学"的时空背景中,将文学现象的描述与历史哲学的思辨结合起来,提出"二十世纪中国文学"的崭新概念,并给以明确的质的规定,标明它如何走向世界文学的历史进程。

他们由这一概念出发,进一步探讨了二十世纪中国文学的品格及其走向世界文学的基点问题,认为:"二十世纪中国文学走向世界的历史,实际上就是二十世纪中国文学寻求它走向世界文学时代的基点的历史过程。也就是说,它从中国社会的时代课题出发,对外,中国文学逐渐形成了以东北欧文学为主要接收对象而面向整个世界文学潮流的文学接收系统;对内,中国文学在世界新潮的影响下,通过对民族文化的批判性认同,在扬弃中更新民族文化,重新塑造民族文学品格。'二十世纪中国文学'正是从这内外双向运动中逐渐形成自己的文学品格,逐渐寻求自己走向世界文学时代的基点。"

还有一些研究者是在各自文学研究的摸索和选择中,与黄子平、陈平原、钱理群的观点达到了某种"契合"。陈思和在《中国文学发展中的现代主义》(《上海文学》1985年第7期)、《中国新文学发展中的忏悔意识——关于人对自身认识的一个侧面》(《上海文学》1986年第2期)、《中国新文学发展中的现实主义》(《学术月刊》1986年第9期)等一系列文章中,显示出一种"史的批评"方法的执着追求。他认为,这种方法"要求把批评对象置于文学史的整体框架中来确认它的价值,辨识它的文学源流,并且在文学史的流变中探讨某些文学现象的规律和意义"。他致力于"或在文学史的宏观研究中阐述具体理论问题,或以具体作品的价值来重新审视文学史中曾经存在的一些现象"。陈思和表示:"把二十世纪的文学(或称作中国新文学)视为一个不可分割的整体,是目下许多同行们所感兴趣的课题,黄子平、陈平原、钱理群、王晓明、李劼人等同志正在这方面进行着极有意义的工作,我愿意加入这一行列,对这门可能根本性改变现当代文学研究现状的探索性学科作出自己的努力。"(《批评的追求》,《上海文学》1986年第2期)

实际上,还有很多人都在进行着同一目标的探索。比如,新进的中国现代小说史家杨义最近完成了一部专著《文化冲突与审美选择》,主要从中西方文化冲突的视角,考察二十世纪中国小说生成与发展的历史进程。他认为,黄子平等人就中国文学与世界文学总格局相融合的过程,提出新的文学史理论,"其意义在于向一般的社会政治发展史要求文学史的相对独立性"(转引自李葆炎、王保生《认真求实,共同探索——中国近、现、当代文学史分期问题讨论会纪实》,《中国现代文学研究丛刊》1987年第1期)。此外,著名美学家李泽厚也撰写了题为《二十世纪中国文艺一瞥》(载于《中国现代思想史论》一书)的文章,对近一百年来中国的文学艺术进行了宏观的描述。

肖君和的主张与"二十世纪中国文学"有所不同,他认为,"走向世界的中国大众文学"才是一个"真实的文学进程"。他在题为《论"走向世界的中国大众文学"——兼评"二十世纪中国文学"》(载于1987年7月11日、21日《文论报》)的文章中,较为系统地提出了自己的主张。他断言,"走向世界的中国大众文学"的文学进程,"开始于上世纪三四十年代,可能要到二十一世纪二三十年代甚至更晚一点才能结束"。他具体写道:

> 中国文学的走向世界,汇入"世界文学"的总体格局,就起始于十九世纪三四十年代鸦片战争前后,龚自珍、魏源时期的"滥觞"之微。
>
> ……从鸦片战争前后(十九世纪三四十年代)到五四运动以前的文学是一个整体系统——"旧民主主义革命时期文学"的整体系统。这个整体系统可划分为三个层次:

(1) 1840—1894年的资产阶级启蒙文学,(2) 1894—1905年的资产阶级改良主义文学,(3) 1906—1919年的资产阶级革命民主主义文学。这三个层次的自然区分,有力地说明从鸦片战争到五四运动前的中国文学,是一个一步步地走向世界的自然系统,不能人为地把它腰斩,不能因为要适应"二十世纪中国文学"概念的需要而将龚自珍、魏源时期的文学创作、太平天国时期的文学创作,都推向中国古代文学的范畴!

他认为,"二十世纪中国文学"概念的提出者们认为这个进程的结束时间是二十世纪末二十一世纪初,这也是不可能的。他从两个方面论证了自己的这一观点:首先,"既然世界文学的形成是个漫长的过程,是'遥远未来的图景',那么,中国文学在二十世纪内就汇入'世界文学'的说法,就未免过于乐观了!须知,二十世纪只剩下十四年的时间了"。其次,"预测中国文学走向世界并汇入'世界文学'总体格局的进程时,应该充分注意它的历史惯性和封闭保守性,应该充分估计进程中的种种艰难挫折"。由此,他断定——

> 中国文学走向世界并汇入世界文学的进程,其始点和终点都不在二十世纪内,也不在二十世纪的临界点上。这个进程所跨越的时间比二十世纪要大得多。因此,"二十世纪中国文学"的概念是不科学的、不符合事实的。

肖君和还根据列宁《关于民族问题的批评意见》一文中的有关论述,阐述了"是什么样的中国文学正在走向并汇入什么样的'世界文学'"的问题:

> ……根据列宁的"两种民族文化"学说,我们所说的

"中国文学",只能是中国"民主主义和社会主义的文化"的一个组成部分,即中国的"民主主义和社会主义的文学"。这种中国的"民主主义和社会主义的文学"可以概括为"中国大众文学"。民族文学一分为二,作为民族文学推广形态的"世界文学"也必然会一分为二。因此,中国大众文学所走向并汇入的世界文学,就不是一般的"世界文学",而是作为"民主主义的全世界工人运动的国际文化"一个组成部分的大众文学。这就是中国文学乃至整个中国文艺的发展方向。

他分别从三个侧面归纳出中国大众文学的特点。第一,"自我意识"。伴随着无数次走向世界的中国大众文学如何看待自己的论争的展开,"走向世界的中国大众文学的发展,从总体上出现了'华夏中心主义'(民族化)——'欧洲中心主义'(欧化或世界化)——世界文学中的中国文学(民族化和世界化的融合)的否定之否定式的过程"。具体而言,"华夏中心主义"影响的时间大约是二十世纪三十年代之前,"欧洲中心主义"大约是二十世纪三十年代之后,中国大众文学走向世界这一进程的否定之否定阶段是在二十世纪七八十年代开始出现的。第二,"目的任务"。"'二十世纪中国文学'概念的提倡者认为'二十世纪中国文学贯串着一个中心主题:改造民族灵魂。'这是一个具有部分真理性的比较偏颇的观点。说它具有部分真理性,是因为中国大众文学在走向世界的进程中,有那么一个阶段确实是以改造民族灵魂为自己的目的任务或中心主题的。这个阶段是从龚自珍、魏源到鲁迅的阶段,历时一百多年。""然而,以'改造民族灵魂'这一目的任务、中心主题涵盖整个走向世界的中国大众文学(或者如'二十世纪中国文学'概念提出者那样,涵盖二十世纪中国文学),又是偏颇的、不确切的。新中国建立前夕以及新中国建立后的相当长的一段历史时期里(特别是本世纪五十年代以及六十年代上半期),中国大众文学就不是以'改造民族灵魂'为目的任务和中心主题。""以什么东西取代'改造民族灵魂'而成为中国大众文学、社会主义文学的目的任务、中心主题呢？改造客观世界。""不过,上述阶段不是永恒的,它很快就被第三个阶段所取代。这第三个阶段以本世纪七八十年代为开端,将持续相当长的历史时间。这是综合'改造民族灵魂','改造客观世界'这两者为目的任务、中心主题的否定之否定阶段。"第三,"美感特征"。"'走向世界的中国大众文学'的美感特征,总的来说是悲怆的。""然而,这种悲怆或悲伤特征也经历着一种否定之否定的过程。先是悲凉,后是悲愤,第三个阶段则是悲壮。""从龚自珍、魏源开始到鲁迅时代,一百多年的时间里,悲凉感成为中国大众文学的总体特征";"从延安时期(甚至可以上推到红军时期、井冈山时期)到五六十年代的中国大众文学,则以悲愤为美感特征";"七八十年代为开端的这个阶段的中国大众文学,不再以悲凉或悲愤为美感特征,而以悲壮为美感特征"。最后,肖君和作出了如下概括：

> 由此可见,"走向世界的中国大众文学"不是一个僵化凝固的模式,而是一个否定之否定的动态的过程。正是这个在自我意识、目的任务、美感特征等方面都有所体现的否定之否定的动态过程,打通了近代、现代、当代文学的界限,实现了"历史感"(深度)、"现实感"(介入)、"未来感"(预测)的统一。

也有人对"二十世纪中国文学"持有与前述论者完全不同的看法。首先要提到的是何新的《当代中国文学中的存在主义影响——再论当代文学中的荒谬感与多余者》一文,作为《当代文学中的荒谬感与多余者——读〈无主题变奏〉随想录》(载于《读书》1985 年第 11 期)的续篇,这两篇文章的基本观点是完全一致的。后者把徐星的《无主题变奏》、刘索拉的小说和张辛欣的《我们这个年纪的梦》等作品定性为"写荒谬感和多余人的文学",从创作上论证了当代文学所受到的西方现代主义思潮的影响,前者则从理论上论证了当代文学所受到的存在主义的影响。作者认为:

> 近期人论二十世纪中国文学,认为其基本精神是"忧患意识"。但我颇怀疑这种非常宏观的概括,其价值恐怕很难判定。实际上,"忧患意识"这个词,作为一个哲学和美学范畴,是一个外来观念。在国内美学中,较早引了这个概念的是高尔太。他认为中国传统文化的基本精神,是"忧患意识"(?)。而这一说法,又只是在大陆学术界才显得有点新鲜。但在六七十年代港、台文化学者的著作以及报刊中,早就是人熟能详的老生常谈。尤可注意的是,"忧患"一词虽可在《易传》"作《易》者其有忧患乎"一句中找到语源,但正如"文化""文明""形而上学"等词在古文献中虽有语源,其现代语义学却是外来的一样,作为文化整体范畴的"忧患意识"一词,其实来自克尔凯郭尔和海德格尔的著作。克尔凯郭尔关于存在主义的经典著作题名《忧患的概念》(Der Begriff der Angst,钱锺书先生四十年前所著《谈艺录》曾引此书,见新版第 312 页)。海德格尔认为,对人类生存意义的思考,可以归结为人类自我意识的三大阶

段:即:(1)忧患意识,(2)恐惧意识,(3)死亡意识(*Seln Und Zeit*)。丹麦文 Angoot(忧患)经海德格尔的推广,遂成为存在主义哲学的一种重要范畴。这个词在汉译文中,有时亦译作"忧烦""烦恼"或"焦虑",其实质是一样的。海德格尔认为,忧、畏、死这几个概念最足以表征人类生存的基本情态。由这种语源学的追索,我们可以注意到当代文学中一个很可注意的现象,就是在许多观念上,颇受存在主义哲学、美学和文学的影响。(只是在我们这里,海德格尔的普遍人生"忧患意识",其外延先被缩小为"中国文化"所特有的,又被缩小到据说只是二十世纪中国文学所特有的。而这一观点,还被看作85年文艺理论的一种创新。)

(《文学自由谈》1986年第3期)

此外,还有一篇署名余飘的《周恩来同志与解放区文艺》的文章,作者认为——

……周恩来同志对于解放区文艺的高度评价和精心培育,是和广大中国人民与国外朋友对解放区文艺的鲜明态度息息相通的。但是也有一些人对于解放区的文艺持有不同的看法。这又分为两种情况:一种是极少数对于中国共产党和社会主义中国抱有敌视态度的人。他们说:中国现代文学后三十年不如前三十年,左翼作家不如右翼作家;大陆文学不如台湾文学。这显然是极大的歪曲和颠倒,应予以严肃的科学的批判。另一情况,则完全是人民内部不同意见的争鸣,与上述歪曲颠倒是根本不同的。例如发表在《文学评论》一九八五年第五期上的《论"二十世纪中国文学"》(以下简称《论》文）。这篇文章,用"世界文学"的"坐标系"考察包括解放区文艺在内的二十世纪中国文学。所得出的结论:不是"缺少伏尔泰式的尖刻和卢梭式的坦率勇敢",就是"陀思妥耶夫斯基的灵魂的拷问几乎没有";不是"对人性的挖掘显然缺乏深度",就是"自我反省""往往停留在政治、伦理层次上的检视";不是"深层意识的剖析远未得到个性化的生动表现",就是"大奸大恶总是被漫画化而流于表面",其原因则是"政治压倒了一切,掩盖了一切,冲淡了一切"。

《论》文在洋洋两万言中,仅仅提到孙犁、赵树理两位解放区作家的作品,而且还是从抒情小说和故事小说的形式的角度来评论的。这显然是和上述周恩来同志关于解放区文艺的评价不同的。我们认为《论》文的看法,首先是不符合实际情况的。……

现在,包括《论》在内的一些论者没有看到解放区文艺起到的认识、教育与审美作用,没有看到它和人民的血肉相联的关系,没有看到它在新文艺发展史上的特殊重要的地位,当然是不符合历史的科学的观点的。……

《论》文由于没有到群众中去进行调查研究,从一个抽象的"世界文学"的模式出发,忽视和贬低了我国解放区文艺的思想和艺术价值,显然是文艺研究中的失误。

……《论》文抱怨包括解放区文艺在内的我国二十世纪文学缺乏"伏尔泰式的尖锐","卢梭式的坦率勇敢","陀思妥耶夫斯基的拷问",等等,原因正在于忽视文艺批评民族化的标准。

(《延安文艺研究》1986 年第 4 期)

1986年7月2日，本书作者所在工作单位北京大学中文系举行座谈会，就"二十世纪中国文学"这一命题，现代文学与当代文学教研室的部分教师和研究生进行了热烈的讨论。张颐武认为，"'二十世纪中国文学'的理论核心是文化学的文学理论"，提供了一个新的参照系统，重新奠定了文学史研究的基点，"这是理论的增殖，而不是理论的更替"。谢冕则认为，根据"二十世纪中国文学"的理论，新诗研究中的一些难题可以解决。他说，用"悲凉"来概括这一百多年文学史的总体特征，是很大胆、很有见地的。孙玉石谈了他对"二十世纪中国文学"理论的三点不同意见：第一，不同意"二十世纪中国文学"的总主题是"改造国民灵魂"，"对人的价值的重视、对人的解放的思考才是二十世纪文学的总主题"；第二，强调"悲凉"是"二十世纪中国文学"的总体美学特征，是一个发现，但缺少民族特色；第三，不同意"深刻的片面"的说法。林基成也不同意对"二十世纪中国文学"总主题的概括，他把它概括为"从人的发现到人的实现"。洪子诚、张钟等在肯定"二十世纪中国文学"的基本概念与框架的同时，建议作者在进一步研究与论述中，加强文学与时代的关系的探讨，注意把"二十世纪中国文学"与中国社会的内在变化联系起来考察，注意"一战""二战""十月革命"对"二十世纪中国文学"的影响。严家炎主要从研究方法的角度对作者们的缺陷提出了批评，他指出，论"二十世纪中国文学"的"文章精彩，可太空，例证少，琢磨的工夫不够"。（根据座谈会录音整理稿，未经座谈者本人审阅）

1986年10月25日，来京参加纪念鲁迅逝世五十周年学术讨论会的五位外国学者，专程前往北京大学，与黄子平、陈平原、钱理群等进行对话。日本东京女子大学教授伊藤虎丸首先谈到,《论"二十世纪中国文学"》一文在日本的中国文学研究界引起了反响,一些年轻人对文章提出的观点表示赞同。他说,日本的学者之所以对《论"二十世纪中国文学"》感兴趣,在于它对人们思考"怎样把握中国现代文学和日本现代文学的共同目标、共同课题"是有启发意义的。他认为,亚洲各国接受西方历史、文化的核心是"人",因此可以由此考察亚洲各国文学是怎样接受西方文化的冲击的,从而找到一种共同的"文学史"。日本京都大学人文科学研究所所长竹内实指出,中国"五四"以后的小说,接受的多半是俄国十九世纪小说的影响,而二十世纪文学是以海明威、萨特等为代表的,所以在谈到"二十世纪中国文学"的时候,要注意"世界文学是一个概念,二十世纪世界文学是另一个概念,这里边的内涵是有区分的"。美国芝加哥大学远东语文系教授李欧梵认为,"二十世纪中国文学"的概念对于中国文学史的考察是非常有意义的,它代表了中国这一代知识分子从中国"本身的文学里面探讨一种世界意义的愿望",所以,"它是一种文化探索的表现"。另外两位日本学者分别谈了他们认为被"二十世纪中国文学"论者所忽略的两个问题。东京一桥大学教授木山英雄感到,"文化主体的形成"对于"二十世纪中国文学"来说,是很重要的,应该予以充分论述。东京大学教授丸山昇认为,二十世纪文学的最大的问题之一是社会主义,这是应当引起重视的。(根据座谈会录音整理稿,未经座谈者本人审阅)

萧 思

后　　记

　　这里收录的六篇"学术对话录",是我们讨论、写作《论"二十世纪中国文学"》这篇论文时的"过程性产物",根据当时的录音整理的。感谢《读书》杂志分六期(1985年第10期—1986年第3期)连载了它们,使这个新萌发的"文学史概念"产生了一些专业和专业以外的影响。

　　人民文学出版社的编辑乐意把它们集辑成书出版,这当然令我们感到高兴。我们深深体验到了一种关注学术进展、鼓励理论探讨的良好风气,这风气越来越显得无比珍贵。它关系到整个民族的当代性格、心态能否健康发展,民族的创造性能否在本世纪、下一世纪得到正常的发挥。

　　我们把《论"二十世纪中国文学"》一文也收入本书,使读者能够把"正经八百"的学术文章跟比较放松的"神聊"相对照。这篇论文最早载于《文学评论》1985年第5期,后来《新华文摘》1985年第12期和《评论选刊》1986年第1期均全文转载。在这里我们一并向这几家刊物致谢。

　　附录有两份资料,一是曾在《读书》上发表的,与读者关于"表现即艺术"的一些讨论,二是有关"二十世纪中国文学"种种反响的综述,这些实际上都是我们的"学术对话"的继续。我们诚挚地希望有更多的朋友参与这一对话。

收入书中的各篇,除改正一些明显的错字病句外,保留了第一次发表时的原貌。其中定有不少疏漏,祈请方家教正。

1987 年元月 13 日

漫说文化

2004年1月　参加在汕头大学举行的国际会议，三人再聚首。

漫说"漫说文化"(代序)

陈平原

据说,分专题编散文集我们是始作俑者,而且这一思路目前颇能为读者接受,这才真叫"无心插柳柳成荫"。当初编这套丛书时,考虑的是我们自己的趣味,能否畅销是出版社的事,我们不管。并非故示清高或推卸责任,因为这对我们来说纯属"玩票",不靠它赚名声,也不靠它发财。说来好玩,最初的设想只是希望有一套文章好读、装帧好看的小书,

《漫说文化》书影

可以送朋友,也可以搁在书架上。如今书出的很多,可真叫人看一眼就喜欢,愿把它放在自己的书架上随时欣赏把玩的却极少。好文章难得,不敢说"野无遗贤",也不敢说入选者皆"字字珠玑",只能说我们选得相当认真,也大致体现了我们对二十世纪中国散文的某些想法。"选家"之事,说难就难,说易就易,这点

如鱼饮水,冷暖自知。

记得那是1988年春天,人民文学出版社约我编林语堂散文集。此前我写过几篇关于林氏的研究文章,编起来很容易,可就是没兴致。偶然说起我们对二十世纪中国散文的看法,以及分专题编一套小书的设想,没想到出版社很欣赏。这样,1988年暑假,钱理群、黄子平和我三人,又重新合作,大热天闷在老钱那间10平方米的小屋里读书,先拟定体例,划分专题,再分头选文;读到出乎意料的好文章,当即"奇文共欣赏";不过也淘汰了大批徒有虚名的"名作"。开始以为遍地黄金,捡不胜捡;可沙里淘金一番,才知道好文章实在并不多,每个专题才选了那么几万字,根本不够原定的字数。开学以后又泡图书馆,又翻旧期刊,到1989年春天才初步编好。接着就是撰写各书的前言,不想随意敷衍几句,希望能体现我们的趣味和追求,而这又是颇费斟酌的事。一开始是"玩票",越做越认真,变成撰写二十世纪中国散文史的准备工作。只是因为突然的变故,这套小书的诞生小有周折。

对于我们三人来说,这迟到的礼物,最大的意义是纪念当初那愉快的学术对话。就为了编这几本小书,居然"大动干戈",脸红耳赤了好几回,实在不够洒脱。现在回想起来,确实有点好笑。总有人问,你们三个弄了大半天,就编这几本小书,值得吗?我也说不清。似乎做学问有时也得讲兴致,不能老是计算"成本"和"利润"。唯一有点遗憾的是,书出得不如以前想象的那么好看。

这套小书最表面的特征是选文广泛和突出文化意味,而其根基则是我们对"散文"的独特理解。从章太炎、梁启超一直选到汪曾祺、贾平凹,这自然是与我们提出的"二十世纪中国文学"概念密切相关。之所以选入部分清末民初半文半白甚至纯粹文言的文章,目的是借此凸现二十世纪中国散文与传统散文的联系。鲁迅说"五四"文学发展中"散文小品的成功,几乎在小说戏曲和诗歌之上"(《小品文的危机》),原因大概是散文小品稳中求变,守旧出新,更多得到传统文学的滋养。周作人突出明末公安派文学与新文学的精神联系(《杂拌儿跋》和《中国新文学的源流》),反对将"五四"文学视为欧美文学的移植,这点很有见地。但如以散文为例,单讲输入的速写(Sketch)、随笔(Essay)和"阜利通"(Feuilleton)固然不够,再搭上明末小品的影响也还不够;魏晋的清谈,唐末的杂文,宋人的语录,还有"唐宋八大家"乃至"桐城谬种,选学妖孽",都曾在二十世纪的中国散文中产生过遥远而深沉的回音。

面对这一古老而又生机勃勃的文体,学者们似乎有点手足无措。"五四"时抬出"美文"的概念,目的是想证明用白话文也能写出好文章。可"美文"概念很容易被理解为只能写景和抒情;虽然由于鲁迅杂文的成就,政治批评和文学批评的短文也被划入散文的范围,却总归不是嫡系。世人心目中的散文,似乎只能是风花雪月加上悲欢离合,还有一连串莫名其妙的比喻和形容词,甜得发腻,或者借用徐志摩的话:"浓得化不开"。至于学者式重知识重趣味的疏淡的闲话,有点苦涩,有点清幽,虽不大容易为入世未深的青年所欣赏,却更得中国古代散文的神韵。不只是逃避过分华丽的辞藻,也不只是落笔时的自然大方,这种雅致与潇洒,更多的是一种心态、一种学养,一种无以名之但确能体会到的"文化味"。比起小说、诗歌、戏剧来,散文更讲浑然天成，更难造假与敷衍，更依赖于作者的才情、悟性与意趣——因其"技术性"不强，很容易写但很难写好，这是一种"看似容易成却难"的文体。

　　选择一批有文化意味而又妙趣横生的散文分专题汇编成册，一方面是让读者体会到"文化"不仅凝聚在高文典册上，而且渗透在日常生活中，落实为你所熟悉的一种情感，一种心态，一种习俗，一种生活方式；另一方面则是希望借此改变世人对散文的偏见。让读者自己品味这些很少"写景"也不怎么"抒情"的"闲话"，远比给出一个我们自认为准确的"散文"定义更有价值。

　　当然，这只是对二十世纪中国散文的一种读法，完全可以有另外的眼光另外的读法。在很多场合，沉默本身比开口更有力量，空白也比文字更能说明问题。细心的读者不难发现我们淘汰了不少名家名作，这可能会引起不少人的好奇或愤怒。无意故作惊人之语，只不过忠实于自己的眼光和趣味，再加上"漫说文化"这一特殊视角。不敢保证好文章都能入选，只是入选者必须是好文章，因为这毕竟不是以艺术成就高低为唯一取舍标准的散文选。希望读者能接受这有个性有锋芒因而也就可能有偏见的"漫说文化"。

1992 年 9 月 8 日于北大

岁月无情又多情

钱理群

今年的北京除夕夜总觉得有些异样:陡然失去了鞭炮繁响的掩饰,生命的流逝感便于一片沉寂之中直逼人的心坎。何况面前正放着子平、平原从异国他乡寄来的追念"当年"的文章,单是那题目"十年一觉",就搅得人不得安宁。

……我坐在书桌前,凝视窗前的黑夜,以及远处的灯光。那闪烁不定的,仿佛是一组生命的数字:"1988 年夏——1989 年春——1990 年秋(1992 年春)——1993 年冬(1994 年初春)",正是"编书——写序——出书——为'序'作序"的日子。一套"漫说文化"丛书经历了几度春秋,而且,无论对国家,对个人,又都是如此不平凡的岁月!我于是重又跌入历史的隧道,在艰难的迂回中爬行……

这段心灵的历史的开端仿佛充满了温馨:1988 年的春夏,对于我们三人都是令人怀想的岁月。大家安心地做自己想做、愿做的事情:平原在写出了奠定他的学术地位的博士论文后,又完成了《二十世纪中国小说史》的第一卷,子平那些脍炙人口的当代文学评论,我的《周作人传》中最有灵气的部分,都写于这个时节。当时我们颇有一种自由感与松弛感,能够以洒脱、从容的心态来品味文学史上有文化意味的"闲话"风散文,并且有了编"一套文章好读、装帧好看的小书",供自己与三五好友赏玩的"雅兴",如子平、平原所回忆,"漫说文化"丛书的最初动议就产生于这种宽松、宽容的文化氛围之中。但从1988年冬天开始,文人的心态开始浮躁,气氛也日趋严峻起来。我们三人都身不由己地卷入浪潮中,却又感到了几分惶惑。1989年5月我在为编入"文丛"的《说东道西》写"序"时,情不自禁写下了这样一段文字:"我于是发现我们的'学者'都文学化、情绪化了;我又想起了鲁迅的话:文学需要热,学术研究则是需要冷的。那么,我们现在还不是潜心做学问的时代。'放不下一张平静的书桌',不仅指外在客观环境,更指我们内心的不平静。这既可悲,而又无可奈何。自然,我们只能在绝望中挣扎。因此,我们一面不能不不断地陷入时代情绪的漩涡中,一面又不断呼唤理性与冷静。"但政治的逻辑远比文人的呼唤更有力量,也更严峻。我的序言竟被勒令重写,而且终于有了这一天:我和我的妻子,平原、晓虹夫妇,得后、赵园夫妇,聚集在蔚秀园我那间狭窄的书房里,与"去国远游"的子平、玫珊和他们的孩子话别。我至今仍保留着当时摄下的照片:我们依旧笑着,却也掩不住内心的凄然与茫然。我们絮絮地谈着闲话,小心地避开沉重的离别,又在偶尔的沉默里,感受到心灵的相应与相契:坚信自己与对方都会坚守住某一块精神的圣地。我们果然谁也没有停笔:平原写出了他的《千古文人侠客梦》,我写了《丰富的痛苦》,子平则出版了论文集。当读到子平新书上"幸存者的文学"赫然几个大字时,我甚至受到了灵魂的震动;几乎同时,子平在听说我患病仍不肯放弃写作时,也感到鼻酸:尽管远隔重洋,我们竟有如此的心灵的感应,还有什么比这更可珍贵的呢?

后来,"漫说文化"丛书终于出版,而且成了畅销书,而且"引"出了无数花花绿绿的这"丛书"、那"选本",在"文化市场"上很是热闹了一阵子。有人说我们是"始作俑者"。我们反而越发不安,甚至感到是"命运"又一次开了一个残酷的玩笑。当看到我们心血的结晶为了商业的需要而惨遭凌迟——序言被删,煞费苦心的编排被任意打乱,其中一本连编者的名字也干脆挖去……我们真是哭笑不得。当年编书的雅兴,理想主义的天真,如今化成了自我解嘲。

如今又煞有介事地为编辑成册的序言写篇"序言",至少在我是出于一种"顽童"的心态:既表现老天真的痴心不变,又要戳一个洞,与"时尚"闹点小别扭,如此而已。

1994 年除夕写毕于南郊寓所

十 年 一 觉

陈平原

  一场秋雨,一层凉意。东京大学校园里的银杏开始飘落,进校门便是一地金黄。如果恰逢正午的太阳,景色更为壮观。报载北京前两天下雪,想来北大校园里的银杏早已凋零。银杏有大小,一地金黄的时间也有先后,可两座校园确有不少相似之处,难怪刚来时老有梦里曾相见之感。

  客居异国,不免思乡。忽忆起杜牧诗句:"十年一觉扬州梦,赢得青楼薄幸名。"并无牧之之才气和艳遇,也难得"烟花三月下扬州",只是凭空觉得"十年一觉"四字惊心动魄。

  屈指算来,从我第一次到北大寻梦,到今秋东渡访学,刚好十年。人生能有几个"十年"?更何况适逢从"而立"走向"不惑"!倘若不是此次偶然的出游,造成一种时空的距离和陌生化效果,或许不会如此清醒地"追忆逝水年华",也不会如此真切地感受到十载燕园梦的飘逝。

  就好像秋风注定扫落叶一样,一旦意识到梦境的存在,也就意味着其即将隐去。明年秋天还会重见北大银杏的辉煌,可那已经是新一轮生命的开始。每念及此,不无伤感。即使人生真的如戏,可以重排一场,大概也不会有什么奇迹出现。但静夜凝思,仍然无法平静地接受十载燕园梦已经永远飘逝这一事实。

这自然只是一种"凡人的悲哀"。既不能"知天命",也就没必要故作达观。趁着梦境还未完全消失,不时重温一下"过去的好时光"——其实,过去的时光未必真的那么美好,只不过一去不复返的东西总是让人牵肠挂肚。

十载燕园梦,自是以读书为主。在《我的读书生活》中曾分析四种类型的学友,论及"学友间各有所长,见识大致相当(学术观点不同无所谓),或合作,或竞争,谁也不欠谁,谁也离不开谁"的"互补型"时,举的例证便是在北大时与钱、黄二兄的合作。这段描述只是举例说明,不免略去"前因后果"。说起"燕园雅集",主要应归功于钱、黄二兄。不只是当年我见识无多,聊天时多带耳朵少带口;更因我之进北大,全靠二位"提携"。

1983年初春,我第一次坐上北行的列车。那时并没打定主意进北大,只是觉得北京的初春很有魅力:刚来时万木萧疏,才几天工夫,路边的柳树便日新"夜"异,迎春花也不甘寂寞起来,一切都显得那么生机勃勃。相形之下,南国的四季常青反而乏味。当然,北京令人心醉的,还有琉璃厂的古书和故宫的红墙绿瓦。

这年的深秋,我第二次跨长江过黄河,目的是为毕业后进京工作探路。当时联系的单位是中国社科院文学研究所。进燕园拜会子平兄时,被劝知"一定得见见老钱"。在"钱老师"那间10平方米的小屋里聊了一个下午,临别时呈上我刚完成的《论苏曼殊、许地山小说的宗教色彩》。据说当天晚上10点多,读过文章后,老钱就急匆匆地跑到勺园,找子平商量如何劝我转投北大。

事后,老钱真的说服王瑶先生出面,要求北大破例接纳我这中山大学的毕业生。功亏一篑后,王先生又毅然决定把我收为他的第一个(也是北大中文系第一个)博士研究生。如果不是子平兄的热心引见,老钱大概不会如此认真阅读我的文章;而不是老钱极力推荐,我也难得闯进这已经颇为拥挤的燕园。

　　为了使我的学术风格更能为北大教授们所接受,老钱多次来信指导;再加上另一位朋友朱晓进帮助打听有关考试的各种具体事宜,那阵子我每周总有一两封北大来信。同学间纷纷传说我在京有位女友,老师们也有所风闻,都说我急于离穗"可以理解"。于是,我提前半年通过硕士论文答辩(那一届硕士生各校自行规定学制,北大两年半,中大则三年),收拾行装,便进京赶考来了。

　　正式拜在王瑶先生门下念书,"钱老师"便成了我的"师兄"。遵师兄之命,改口称"老钱"——这样聊天时方才无拘无束。那时我初闯燕园,人地生疏,钱、黄二家便成了主要聊天场所。唯一不同的是,到子平家聊天还能"蹭饭吃",张玫珊烧菜手艺甚佳;而老钱的夫人不在身边,面对"永远的煮面条",还不如到食堂打饭。开始是两人两人聊,后来发展到三人一起聊,且越聊越专业化,居然聊出个"二十世纪中国文学"的命题来。

　　这命题最早是老钱提出来的,就专业知识而言,他远比子平和我丰富。1985年春天在万寿寺召开的现代文学创新座谈会上,是我代表三人就此设想作了专题发言;此后整理成文公开发表,又是由子平执笔。可熟悉我们学术背景和研究思路的朋友都知道,躲在幕后的老钱才是这"三人谈"的核心。有趣的是,我们三人虽说都是"文革"后北大培养的研究生,可年龄相差很大(老钱大学毕业那年我刚进小学)。就因为联名发表文章,统统成了"青年评论家",老钱平白无故地被"降了一级"。好在他颇有童心,不以为"耻",还以为"荣"。

就在"二十世纪中国文学"这一命题走红时,不少出版社前来约稿,希望就此设想撰写专著。不是完全不动心,也曾有过大致的规划,可很快发现自身根基不稳,不想仓促上阵。于是激流勇退,写我们各自的专著去了。

不想一年后,老钱又"卷土重来"。这回说是缩小战线,就弄二十世纪中国小说史。这回人多势众,开会时一本正经,还得准备发言提纲,不像以前聊天那么洒脱了。忙了两年,我负责的部分终于完成了,还颇获好评。只是第二卷以下千呼万唤至今未出台,大有虎头蛇尾之嫌。除有客观环境的制约,更重要的是,诸君都有较强的学术个性,在一起交谈很愉快,合作起来却不容易,尤其是希望写成一部"有整体感"的著作时更是如此。

最后一次的"三人行",倒是我牵的头。1988年春天,人民文学出版社约我编林语堂散文集,我谢绝了。无意中提起分专题从文化角度编选二十世纪中国散文,倒得到了出版社的支持。大热天,三人又挤在老钱那间堆满书籍的小屋里"集体读书"。忙了一个暑假,总算有了初步的眉目。一开始只是希望得到一套文章可读且印刷精美的小书,做下去便变成了撰写二十世纪中国散文史的准备。相约认真写好各书的序言,为日后的研究留几个足迹,埋几根桩。

这套小书的选编经过及理论眼光,在《漫说"漫说文化"》一文中已有说明。需要补充的是,由于客观形势的变化,使得后五本书险些难产。等到出版社表示愿意继续出版时,子平兄正打点行装准备远游。原先由他承担的《生生死死》和《神神鬼鬼》,便转到我头上。虽说尽了最大努力,仍有点心虚:倘若由子平编选并作序,或许更精彩。值得庆慰的是,这第三次合作没有中途鸣金,十本小书好歹也算"战利品"。

子平走后,我和老钱仍常在一起聊天,可就没了当年一聊就聊出个学术课题的豪兴。或许,那种"侃大山"式的学术聊天,本就只能属于八十年代。除了心境及学术思路变化外,还有一个潜在的因素:"二人转"不如"三人谈"能激发灵感。前者往往是谈拢了容易趋同,谈崩了无法回旋。有了第三者的存在,谈话的格局便变幻莫测,像万花筒一样有无数种组合方式,远不只是"合纵"或"连横"。

真不知日后三人重逢,是否还会像以前那样,为了某个学术观点争得脸红脖子粗。记得老钱一激动就提高嗓门,被戏称"余音绕梁,三日不绝";子平擅长以柔克刚,你越着急他越慢条斯理地酝酿他的"警句";我则老是事后诸葛亮,关键时刻笨嘴拙舌的。

有这么三回学友间的"如切如磋,如琢如磨"作点缀,更有那么几本小书作为"同学一场"的纪念,十载燕园梦因而显得不太苍白,也不太凄清。

人生在世,大概总免不了有"十年一觉"的感叹;我能把这声"感叹"埋在未名湖边,也算是一种幸运。

1993年12月6日于东京白金台,
时烟雨溟濛,窗外枫叶凄艳欲绝

漫说"漫说……"

黄子平

编"漫说文化"丛书的主意,忘了是谁最早提出来的。

也许是老钱。他那些日子正成天倒腾"周氏兄弟",编年谱,写传写论。一有机会,就发挥"五四"文学中散文的成就实在高于诗和小说的老论点,且举周家昆仲及其同时代人的作品为例,如数家珍,一往情深。"荠菜"啦,"乌篷船"啦,说得大伙儿也不禁对江浙风物悠然神往起来。

也许是平原兄。说起来,还是平原跟"文化"的交情深些。练书法,刻图章,逛旧书摊。其时还抱住他读大学本科时就入迷的大题目"宗教与近现代文学"不放。平时谈佛说道,入而能出,心得见解自与当时一窝蜂"热"在文化里的人颇不相同。弘一法师,许地山,林语堂,自然都是聊天时的题目。散文天地里的边边角角,确有一番异样的风景哩。

谁知道呢,也许是我。那时节我正在给中文系的学生讲"主题学",生死、鬼神、男女,从近现当代的文学里找材料。东拉西扯,生拉硬拽,想借着这法子,把"文化"扯到文学里头来翻腾翻腾,愣把文学史讲成了文化观念史。

总之是不约而同,都跟"散文"和"文化"有点瓜葛,就都想到了编一套书,按题材分卷,把二十世纪以来的散文检点检点。要选得精,篇幅不太长,每本十来万字,读者也买得起。古人编总集,原是有许多种编法的。按作家编的,自是有利于了解各家个性和风格。按体裁编的,有助于学习和钻研某类文体(比如说七言绝句)的源流和特色。也有许多是依着题材来编的,把惜春词啦,饮酒诗啦,分门别类搁一块儿,你要是想学着写同类题目,这种编法是挺实用的参考。一如当今的不少外语教材,是照着"情境"来编排的,"机场"是一课,"购物"是一课,接下来,"问路""餐厅"和"邮局"。文学创作其实也是触"境"生情,依"情"造文,虽则其语言运用远较"购物""问路"复杂,却也并非毫无路径可循。近年来各类"鉴赏辞典"出得不少,其实走的便是这条古路子。以前我对这类"辞典"颇有腹诽,如今却渐渐悟出它们于保存和普及文化的大功用来。

于是都一齐跑图书馆、资料室,大举借阅各家各派各种散文书。老钱那时还住在著名的"青年教工宿舍",北大 21 楼的 2 楼。夏日里倒也还有树荫鸣蝉相伴,斗室里吹着风扇一块儿读这一百年的散文。每每与前辈文人作家写作中的"情境"相遇相通,引发多少即兴的讨论和发挥。选篇、复印、核对,当然都花了不少时间。最费心思的还是构思各集书名,确定编排体例,连丛书的名字都起过不下七八个。许多美妙的设想,后来证明是一厢情愿的空想,比如说封面啦,插页啦,装帧啦。可是于今最令人回想怀念的,便是那些设想的美妙了。说到兴致浓时,出书还八字没一撇呢,老钱已经喜滋滋地憧憬书出齐后如何赠送友人了。

合作,也有分工。每本集子初具规模后,就分头细编,当然还要写序。我记得,老钱给摊上"乡土""师友"和"亲情",平原当然是他拿手的"佛道""生活的艺术"和"读书"。我呢,"生死""鬼神""男女"。先编好了"男女",出版社着急催,觉得这本的销路会最好。写序的时节正好大读了几本"女性主义",就现炒现卖,把"散文"和"男女"搁一块儿调味。大意无非是说"散文"亦如"女性"一般,在二十世纪的"文化—权力"结构中,身份暧昧。写完了甚不满意,觉得"文化"味儿生生给理论搅和了,实在有违丛书的题旨。心里渐渐警觉起来,再编剩下的两本时就颇为踌躇,进度就慢了下来。

拖到1990年春,匆匆忙忙去国远游,将"生死"和"鬼神"索性托给平原去收拾了。后来在远方读到平原下了功夫写的两篇序,大佩服。当然依我自己当初的构想,或许能讲点别的感想,但文章中的"文化气质"却是强求不来的。

编书,写序,不过是三个读书人,在八十年代的中国,做的平常又平常的事罢了。文字的时代行将接近尾声,音像时代大踏步地到来。写作会不会变成一个古老的行当呢?在北美时,听到老钱手心生癌的消息。据说他颇庆幸是左手心而不是右手心,不妨碍他继续写作。老钱的迂和痴,听了令我鼻酸。写作与生命的关系,本是我构想中的那篇序里要发挥的意思,却由老钱左手心动手术后的瘢痕阐释得分外显豁。鲁迅在他的作品集的题记或后记里,反复表达过这样的意思:消耗生命于写作中,获得的却是灵魂的荒凉与粗糙;但又实在喜爱这些文字,因它们正是曾经生活在风沙中的瘢痕。世纪末的中国,大潮涨落,涛声拍岸,历史将记载金戈铁马、政经风云。据说历史是以整数来计算的,小数点以下的一律四舍五入。历史不会理会夏日树荫蝉鸣中,风扇吹拂下翻过去的一叶叶书页,也不会记载老钱从书堆中挤出去,端来一块块红瓤西瓜,满头大汗地招呼说:"凉快凉快再干!"

"说东道西"的姿态

钱理群

自从中国大门打开以后,我们就开始说"东"道"西"。

而且不停地"说"——从十九世纪中叶"说"到现在,恐怕还要继续"说"下去,差不多成了"世纪性"甚至"超世纪性"的话题。

而且众"说"纷纭。你"说"过来我"道"过去,几乎没有一个现代知识分子不曾就这个"永远的热门"发表过高见,与此相关的著作不说"汗牛充栋",大概也难以计数;至于普通老百姓在茶余饭后乘兴发表的妙论,更是随处可闻,可惜无人记载,也就流传不下来。

《说东道西》书影

流传下来的,有体系严密的宏文伟论,也有兴之所至的随感。尽管仍然是知识分子的眼光,但因为是毫不经意之中"侃"出来的,也就更见"真性情",或者说,更能显出讲话人(中国现代知识分子)在说"东"道"西"之时的心态、风貌与气度。这,也正是我们的兴趣所在:与其关心"说什么",还不如关心"以怎样的姿态"去说——这也许更是一种"文学"的观照吧。

以此种态度去读本集中的文章,我们首先感受到的是以"世界民"自居的全球意识,由此而产生的恢闳的眼光,人类爱的博大情怀。周作人写过一篇题为《结缘豆》的文章,说他喜欢佛教里"缘"这个字,"觉得颇能说明人世间的许多事情","却更带一点儿诗意";在某种意义上,所谓"全球意识",就是对自我(以及本民族)与生活在地球上的其他人(以及其他民族)之间所存在的"缘分"的发现,这种"发现"是真正富有诗意的。只要读一读收入本集中的周作人所写的《缘日》《关于雷公》《日本的衣食住》等文,就不难体会到,他们那一代人从民俗的比较、研究中,发现了中国人、中国文化与隔海相望的日本人、日本文化内在的相通与相异时,曾经产生过怎样的由衷的喜悦,那自然流露的会心的微笑,是十分感人的。而在另外一些作家例如鲁迅那里,他从"中国(中国人)"与"世界(世界民)"关系中发现的是"中国(中国人)""国粹"太多(也即历史传统的包袱过于沉重),"太特别,便难与种种人协同生长,挣得地位",从而产生了"中国(中国人)"如不事变革,便"要从'世界人'中挤出"的"大恐惧"(《随感录·三十六》),这种成为"世界(人类)孤儿"的孤独感与危机感,同样是感人的。而拥有这种自觉的民族"孤独感"的,又仅仅是鲁迅这样的少数敏感的知识分子,在当时,民族的大多数仍沉溺于"合群的爱国的自大"的迷狂,先驱者就愈加陷入孤独寂寞的大泽之中,如周作人所说,这是"在人群中"所感到的"不可堪的寂寞",真"有如在庙会时挤在潮水般的人丛里,特别像是一片树叶,与一切绝缘而孤立着"。我们前面所说与世界人"结缘"的喜悦里其实是内含着淡淡的、难以言传的哀愁与孤寂之苦的。我们说"人类意识"的"博大情怀",原是指一种相当丰富、复杂的感情世界:人类爱与人类忧患总是互相纠结为一体,这中间具有深厚度的"诗意",是需要我们细心体味,切切不可简单化的。

同样引人注目的是,前辈人在说"东"道"西"时所显示的平等、独立意识。如鲁迅所说,这原本也是中国的"国粹":遥想汉唐人"多少闳放","魄力究竟雄大","人民具有不至于为异族奴隶的自信心","凡取用外来事物的时候,就如将彼俘来一样,自由驱使,绝不介怀",只有到了近代,封建制度"衰弊陵夷之际",这才神经衰弱过敏起来,"每遇外国东西,便觉得仿佛彼来俘我一样,推拒,惶恐,退缩,逃避,抖成一团"了(《看镜有感》)。鲁迅在二三十年代一再地大声疾呼,要恢复与建立"民族自信心",这是抓住了"要害"的。读者如果有兴趣读一读收入本集中的林语堂的《中国文化之精神》与《傅雷家书》的选录,自不难发现其中的"自信"。作者的立足点是:在"人类文化"的发展面前,各民族的文化是平等的,他们各自的独立"个性"都应当受到尊重。因此,作者才能以那样平和的语调、洒脱的态度,对各民族(自然包括本民族)文化的优劣得失,作自由无羁的评说。这里所持的"人类文化"的价值尺度与眼光,并不排斥文化评价中的民族意识,但却与民族自大、自卑(这是可以迅速转化的两极)的心理变态根本无缘,而表现出更为健全的民族心态:它既自尊,清楚自己的价值;又自重,绝不以否定或攀援别一民族的文化来换取对自己的肯定;更以清醒的自我批判精神,公开承认自己的不足，保持一面向世界文化开放，一面又不断进行自我更新的态势。这正是民族文化，以至整个民族振兴的希望所在。近年来，人们颇喜欢谈"传统"；那么，这也是一种"传统"，是"五四"所开创的"传统"，我们应该认真地加以总结与发扬，这大概是"不言而喻"的吧。

  读者也许还会注意到，许多作者在说"东"道"西"时，字里行间常充满了幽默感。这些现代知识分子，一旦取得了"世界民"的眼光、胸襟，以清醒的理性精神，去考察"东""西"文化，就必然取得"观照的距离"，站在"人类文化"的制高点上，"东""西"文化在互为参照之下，都同时显示出自身的谬误与独特价值，这既"可笑"又"可爱"的两个侧面，极大地刺激了作家们的幽默感，在"忍俊不禁"之中，既包孕着慈爱与温馨，又内含着苦涩：这样的"幽默"，丰厚而不轻飘，既耐品味，又引人深思，是可以把读者的精神升华到一个新的境界的。

1989 年 5 月 12 日写毕

1991 年 12 月 11 日再修改

(《说东道西》，人民文学出版社，1992 年)

漫卷诗书喜欲狂

陈平原

读书，买书，藏书，这无疑是古今中外读书人共有的雅事，非独二十世纪中国知识分子为然。只是在常常放不下一张平静的书桌的年代里，还有那么一些不改积习的读书人，自己读书还不够，还舞文弄墨谈读书，此也足证"江山易改，本性难移"。大概也正因为这近百年的风风雨雨，使得谈读书的文章多少沾染一点人间烟火味，远不止于考版本训字义。

《读书读书》书影

于是，清雅之外，又增了一层苦涩，更为耐人品味。可是，时势的过于紧逼，又诱使好多作家热心于撇开书本直接表达政治见解，用意不可谓不佳，文章则难免逊色。当然，这里谈的是关于读书的文章；政论自有其另外的价值。不想标举什么"雅驯"或"韵味"，只是要求入选的文章起码谈出了一点读书的情趣。

一

　　既然识得几个字,就不免翻弄翻弄书本,这也是人之常情,说不上雅不雅。可自从读书成为一种职业准备,成为一种致仕的手段,读书人的"韵事"一转而为十足的"俗务"。千百年来,"头悬梁,锥刺股"的苦读,居然成了读书人的正道;至于凭兴趣读书这一天经地义的读书方式反倒成了歪门邪道——起码是误人子弟。于是造出一代代拿书本当敲门砖而全然不懂"读书"的凡夫俗子,读书人的形象自然也就只能是一脸苦相、呆相、穷酸相。

　　殊不知"读书"乃人生一大乐趣,用林语堂的话来说,就是"天下读书成名的人皆以读书为乐"(《论读书》)。能不能品味到读书之乐,是读书是否入门的标志。不少人枉读了一辈子书仍不入其门,就因为他是"苦读",只读出书本的"苦味"——"书中自有黄金屋,书中自有颜如玉"的读书理想就是典型的例证。必须靠"黄金屋""颜如玉"来证明读书的价值,就好像小孩子喝完药后父母必须赏几颗糖一样,只能证明喝药(读书)本身的确是苦差事。所谓"读书的艺术",首先得把"苦差"变成"美差"。

　　据说,"真正的读书",是"兴味到时,拿起书本来就读"(《读书的艺术》)。林语堂教人怎么读书,老舍则教人读什么书:"不懂的放下,使我糊涂的放下,没趣味的放下,不客气。"(《读书》)其实,说是一点不读"没兴味"的书,那是骗人的;起码那样你就无法知道什么书是"有兴味"的。况且,每个人总还有些书确实是非读不可的。鲁迅就曾区分两种读书方法:一种是"看非看不可的书籍",那必须费神费力;另一种是"消闲的读书——随便翻翻"(《随便翻翻》)。前者目的在求知,不免正襟危坐;后者意在消遣,自然更可体味到读书的乐趣。至于获益,则实在难分轩轾。对于过分严肃的中国读书界来说,提倡一点凭兴趣读书或者意在消闲的"随便翻翻",或许不无裨益。

这种读书方法当然应付不了考试;可读书难道就为了应付那无穷无尽的考试?人生在世,不免考场上抖抖威风,先是被考后是考人,"考而不死是为神";可那与读书虽不能说了无关系,却也实在关系不大。善读书者与善考试者很难画等号。老舍称"考试制度是一切制度里最好的,它能把人支使得不像人了,而把脑子严格的分成若干小块块。一块装历史,一块装化学,一块……"(《考而不死是为神》)。如果说中小学教育借助考试为动力与指挥棒还略有点道理的话,那么大学教育则应根本拒绝这种读书的指挥棒。林语堂除主张"找到思想相近之作家,找到文学上之情人"作为读书向导外(《论读书》),还对现代中国流行的以考试为轴心的大学教育制度表示极大的愤慨,以为理想的大学教育应是"熏陶",借用牛津教授的话:"如果他有超凡的才调,他的导师对他特别注意,就向他一直冒烟,冒到他的天才出火。"(《吸烟与教育》)如今戒烟成风,不知牛津教授还向门生喷烟否?不过,"与君一夕话,胜读十年书"与"头悬梁,锥刺股",的确是两种截然不同的读书境界。前者虽也讲"求知",却仍不忘兴致,这才是"读书"之精髓。

俗云:"两耳不闻窗外事,一心只读圣贤书。"其实,要想读懂读通"圣贤书",恰恰必须关心"窗外事"。不是放下书本只问"窗外事",而是从书里读到书外,或者借书外解读书里。"翻开故纸,与活人对照,死书就变成活书。"(周作人《闭户读书论》)识得了字,不一定就读得好书。读死书,读书死,不是现代读书人应有的胸襟。"风声雨声读书声,声声入耳;家事国事天下事,事事关心"——这也算是中国读书人的真实写照。并非都如东林党人那样直接介入政治斗争,但关心时世洞察人心,却是将死书变成活书、将苦读变成人生一大乐趣的关键。

其实,即使你无心于时世,时代风尚照样会影响你读书的口味。这里选择的几篇不同时代谈线装书(古书)之是否可读、如何读的文章,即是明证。"五四"时代之谈论如何不读或少读古书,与八十年代之主张从小诵读主要的古代经典,都是面对自己时代的课题。

二

读书是一件乐事,正因为其乐无穷,才引得一代代读书人如痴如醉。此等如痴如醉的读书人,古时谓之"书痴",是个雅称;如今则改为"书呆子",不无鄙夷的意思。书呆子"喜欢读书做文章,而不肯牺牲了自己的兴趣,和自己认为有意义的事业,去博取安富尊荣"(王了一《书呆子》),这在商品经济日益发达的现代社会里,实在是不合时宜。可"书呆子自有其乐趣,也许还可以说是其乐无穷"(同上)。镇日价哭丧着脸的"书呆子"必是冒牌货。在那"大学教授的收入不如一个理发匠"的抗日战争中,王了一称"这年头儿的书呆子加倍难做";这话移赠今天各式真真假假的书呆子们,是再合适不过的了。但愿尽管时势艰难,那维系中国文化的书呆子们不会绝种。

书呆子之手不释卷,并非为了装门面,尤其是在知识贬值的年头,更无门面可装。"他是将书当作了友人,将读书当作了和朋友谈话一样的一件乐事。"(叶灵凤《书痴》)在《书斋趣味》中,叶灵凤描绘了颇令读书人神往的一幕:

> 在这冬季的深夜,放下了窗帘,封了炉火,在沉静的灯光下,靠在椅上翻着白天买来的新书的心情,我是在寂寞的人生旅途上为自己搜寻着新的伴侣。

大概每个真正的读书人都有与此大致相近的心境和感悟。宋代诗人尤袤流传千古的藏书名言"饥读之以当肉,寒读之以当裘,孤寂而读之以当友朋,幽忧而读之以当金石琴瑟也",说的也是这个意思。这才能解释为什么古今中外有那么多绝顶聪明的脑袋瓜放着大把的钱不去赚,反而"虽九死其犹未悔"地买书、藏书、读书。

几乎每个喜欢读书的书呆子都连带喜欢"书本"这种"东西",这大概是爱屋及乌吧?反正不只出于求知欲望,更多的带有一种审美的眼光。这就难怪读书人在字迹清楚、正确无误之外,还要讲求版本、版式设计乃至装帧和插图。至于在藏书上盖上藏书印或贴上藏书票,更是主要出于赏心悦目这一审美的需要。正是这无关紧要的小小点缀,明白无误地说明读书确实应该是一种高级的精神享受,而不是苦不堪言的"劳作"。

更能说明读书的娱乐性质的是读书人买书、藏书这一"癖好"。真正的读书人没有幻想靠藏书发财的,换句话说,读书人逛书店是一种百分之百的赔本生意。花钱买罪受,谁愿意?要不是在书店的巡礼中,在书籍的摩挲中能得到一种特殊的精神愉悦,单是求知欲还不能促使藏书家如此花大血本收书藏书——特别是在有图书馆可供利用的现代社会。就好像集邮一样,硬要说从中得到多大的教益实在有点勉强,只不过使得乐于此道者感觉生活充实精神愉悦就是了。而这难道还不够?让一个读书人梦中都"无视一切,直奔那卖书的地方"(孙犁《书的梦》),可见逛书店的魅力。郑振铎的感觉是真实的:"喜欢得弗得了"(叶圣陶《〈西谛书话〉序》)。正因为这种"喜欢"没有掺杂多少功利打算,纯粹出于兴趣,方见真性情,也才真正当得起一个"雅"字。

平日里这不过是一种文人的闲情逸致,可在炮火连天的战争年代,为保存古今典籍而置个人生死于度外,此时此地的收书藏书可就颇有壮烈的味道。郑振铎称:"夫保存国家征献,民族文化,其苦辛固未足埒攻坚陷阵、舍生卫国之男儿,然以余之孤军与诸贾竞,得此千百种书,诚亦艰苦备尝矣。"(《〈劫中得书记〉序》)藏书极难而散书极易,所谓"书籍之厄",兵火居其首。千百年来,幸有一代代爱书如命的"书呆子"为保存、流传中华文化典籍而呕心沥血。此中的辛酸苦辣,读郑氏的《劫中得书记》前后两篇序言可略见一斑。至于《访笺杂记》和《姑苏访书记》二文,虽为平常访书记,并无惊心动魄之举,却因文字清丽,叙述颇有情趣,正好与前两文的文气急促与带有火药味相映成趣;甚至,因其更多涉及版刻的知识以及书籍的流变而更有可读性。

当然,不能忽略读书还有接受教益的一面,像黄永玉那样"在颠沛的生活中一直靠书本支持信念"(《书和回忆》)的,实在不可胜数。可从这个角度切入的文章本书选得很少,原因是一涉及"书和人"这样的题目,重心很自然就滑向"人",而"书"则成了起兴的"关关雎鸠"。再说,此类文章不大好写,大概因为这种经验太普遍了,谁都能说上几句,反而难见出奇制胜者。

三

最后一辑六篇文情并茂的散文,分别介绍了国内外四个大城市的书店:日本的东京、英国的伦敦、中国的北京和上海。各篇文章叙述的角度不大一样,可主要的着眼点却出奇地一致,那就是突出书店与文化人的精神联系。书店当然是商业活动的场所,老板当然也以赢利为主要目的;可经营书籍毕竟不同于经营其他商品,它同时也是一种传播文化的准精神活动。这就难怪好的书店老板,于"生意经"外,还加上一点"文化味"。正是这一点,使得读书人与书店的关系,并非一般的买卖关系,更有休戚相关,一损俱损一荣俱荣的味道。书业的景气与不景气,不只关涉到书店的生意,更从一个特定的角度折射出当代读书人的心态与价值追求。书业的凋零,"不胜感伤之至"的不只是书店的掌柜,更包括常跑书店的读书人,因其同时显示出文化衰落的迹象(阿英《城隍庙的书市》)。

以书商而兼学者的固然有,但不是很多;书店的文化味道主要来源于对读书人的尊重,以及由此而千方百计为读书人的读书活动提供便利。周作人称赞东京丸善株式会社"这种不大监视客人的态度是一种愉快的事",而对那些"把客人一半当作小偷一半当作肥猪看"的书店则颇多讥讽之辞(《东京的书店》)。相比之下,黄裳笔下旧日琉璃厂的书铺更令人神往:

> 过去人们到琉璃厂的书铺里来,可以自由地坐下来与掌柜的谈天,一坐半日,一本书不买也不要紧。掌柜的是商人也是朋友,有些还是知识渊博的版本目录学家。他们是出色的知识信息传播者与咨询人,能提供有价值的线索、踪迹和学术研究动向,自然终极目的还是做生意,但这并非惟一的内容。至少应该说他们做生意的手段灵活多样,又是富于文化气息的。(《琉璃厂》)

而朱自清介绍的伦敦的书店,不单有不时举办艺术展览以扩大影响者,甚至有组织读诗会,影响一时的文学风气的诗人办的"诗籍铺"(《三家书店》)。书店而成为文学活动或人文科学研究的组织者,这谈何容易!不过,办得好的书店,确实可以在整个社会的文化建设中发挥积极作用。

而对于读书人来说,有机会常逛此等格调高雅而气氛轻松融洽的书店,自是一大乐事,其收益甚至不下于钻图书馆。这就难怪周作人怀念东京的"丸善"、阿英怀念上海城隍庙的旧书摊、黄裳怀念北京琉璃厂众多的书铺。读书人哪个没有几个值得深深怀念的书铺、书店?只是不见得如琉璃厂之知名,因而也就较少形诸笔墨罢了。

1989年1月15日于北大畅春园
(《读书读书》,人民文学出版社,1992年)

"父父子子"里的文化

钱理群

"人伦"大概要算是中国传统文化及传统文学中的"拿手好戏",这是有确论的,其大有文章可作也是不言而喻的。而我们要讨论的,却是中国现代文化与现代文学(散文)中的"人伦",这就似乎有些麻烦,提笔作文章,也颇费踌躇了。这使我想起了徐志摩先生曾经提过的一个问题:"我们姑且试问,人生里最基本的事实,最单纯的,最普遍的,最平庸的,最近人情的经验,我们究竟能有多少把握,我们能有多少深彻的了解?"他是有感而发的:人的感情世界曾经一度被划为现代文化与现代文学的禁区;而"人伦"领域,是尽由感情支配,最少理性成分的,这里所发出的全是纯乎天机、纯乎天理,毫不掺杂人欲、世故或利害关系于其间的叫声。人伦之情是徐志摩

《父父子子》书影

所说的"人生里最基本的事实,最单纯的,最普遍的,最平庸的,最近人情的经验",也就愈遭到人为的排斥。在一些人看来,"人伦"问题在中国传统文化与文学中占据特殊重要的位置,作为中国传统文化与文学的历史对立物的现代文化与文学就必须将"人伦"摒除于"国门之外",这叫作"反其道而行之"。一个最典型的例子:收入本集的朱自清先生的《背影》,因为抒写了父子之情,在选作中学语文教材时,竟多次遭到"砍杀"的厄运。但世界上的事情也确实不可思议:在现代散文中,朱先生的《背影》恰恰又是知名度最高者中的一篇,至少我们这样年纪的知识分子就不知被它"赚"过多少回眼泪。可见人情毕竟是砍不断的;特别是人伦之情,出于人的天性,既"真"且"纯",且有天生的文学性,这其实是一种内在的本质的沟通,在某种意义上甚至可以说,摒弃了人伦之情,也就取消了文学自身。

说到现代文化与文学,这里似乎有一个可悲的历史的误会。现代文化与文学之于传统文化与文学,不仅有对立、批判、扬弃,更有互相渗透与继承,不仅有"破",亦有"立"。"五四"时期的先驱者们,对于中国传统文化,特别是孔孟儒学的"人伦"观,确实进行过尖锐的批判,但他们同时又建立起了自己的新的现代"人伦"观,并且创作了一大批人伦题材的现代文学作品,内蕴着新的观念、新的情感、新的美学品格,是别具一种思想与艺术的魅力的,并且构成了中国现代文化与现代文学的重要组成部分。

在人伦题材的现代散文中,描写"亲子"之情的作品是格外引人注目的。这首先反映了由"尊者、长者为本位"的传统伦理观,向"幼者为本位"的现代伦理观的转变;同时也表现了对于人的本性,对于传统文化的新认识、新反思。且看丰子恺先生的《作父亲》里所写的那个真实的故事:小贩挑来一担小鸡,孩子们真心想要,就吵着让爸爸买,小贩看准了孩子的心思,不肯让价,鸡终于没有买成。爸爸劝告孩子"你们下次……",话却说不下去,"因为下面的话是'看见好的嘴上不可说好,想要的嘴上不可说要',倘再进一步,就变成'看见好的嘴上应该说不好,想要的嘴上应该说不要'了。在这一片天真烂漫光明正大的春景中,向哪里容藏这样教导孩子的一个父亲呢?"这确实发人深省:纯真只存在于天真烂漫的儿童时代,成熟的因而也是世故的成年时代就不免是虚伪的。由此而产生了对儿童时代的童心世界的向往之情。收入本集的有关儿女的一组文章,特别是朱自清先生与丰子恺先生所写的那几篇,表现了十分强烈的"小儿崇拜"的倾向(与"小儿崇拜"相联系的,是一种十分真诚的成年人的"自我忏悔")。而这种"小儿崇拜"恰恰构成了"五四"时代文化精神的一个重要方面,这是从人类学意义上对于儿童的"发现",表现了对人类及人的个体的"童年时代"的强烈兴趣。周作人说:"世上太多的大人虽然都亲自做过小孩子,却早失去了'赤子之心',好像'毛毛虫'的变了蝴蝶,前后完全是两种情状,这是很不幸的。""五四"时代出现的"儿童文化热",正是出于对中国传统文化的一种深刻反思。正像马克思所说的那样,作为西方文化起源的"希腊人是正常的儿童",西方文化也是正常发展的文化;而中国人无疑是"早熟的儿童",中国的传统文化也是早熟的文化。"五四"的先驱者一接触到西方文化,首先发现的,就是民族文化不可救药的早衰现象,因而产生一种沉重感与焦灼感。"五四"时期的"儿童文化热"本质上就是要唤回民族(包括民族文化与文学)的童年与青春,进行历史的补课。了解了这样的文化背景,就可以懂得,收入本集中那些描写儿女情态、童趣盎然的作品,不仅表现了真挚的亲子之爱,而且有着相当深广的历史、文化的内涵,也包含了对于文学艺术本质的思考与感悟。在我看来,这正是本集中最动人也最耐读的篇章。

对本集中描写"母爱"的作品,也应该作如是观。"五四"时期在否定"长者本位"的旧伦理观的同时,把"母爱"推崇到了极致,鲁迅在著名的《我们现在怎样做父亲》里就大谈"母爱"是一种"天性",要求把"母爱"的"牺牲"精神"更加扩张,更加醇化;用无我的爱,自己牺牲于后起新人"。这里显然有想用"母爱"来改造中国国民性的意思(鲁迅不是早就说过,中国国民性中最缺少的就是"诚"与"爱"么?)。这其实也是"五四"的时代思潮。李大钊就说过:"男子的气质包含着专制的分子很多,全赖那半数妇女的平和、优美、慈爱的气质相调剂,才能保住人类气质的自然均等,才能显出民主的精神。"沈雁冰还专门介绍了英国妇女问题专家爱伦凯的一个著名观点:"尊重的母性,要受了障碍,不能充分发展,这是将来世纪极大的隐忧",并且发挥说:"看了爱伦凯的母性论的,能不替中国民族担上几万分的忧吗?"以后历史的发展证明沈雁冰并非杞人忧天。"母性"未能充分发展,对我们民族气质的消极影响,至今仍是随处可见的。收入本集的秦牧的《给一个喜欢骑马的女孩》,对此有相当痛切的阐发。把那些描写母爱的文章置于二十世纪中华民族精神气质发展史的背景下,我们自不难发现它们的特殊价值,但也会产生一种历史的遗憾:这样的文章毕竟太少,而且缺乏应有的分量。不善于写母爱的文学,是绝没有希望的。鲁迅未能完成的写作计划中,有一篇题目就叫"母爱";我们的作家,什么时候才能实现鲁迅的遗愿呢?

"师长"在传统伦理观中是据有特殊地位的,所谓"天地君亲师",简直把"师"置于与"君"同等的尊位。如此说来,二十世纪以来一再发生的"谢本师"事件,恐怕是最能表现现代伦理观与传统伦理观的对立的。师生之间的冲突,是否一定要采取"谢本师"即断绝师生关系的彻底决裂的方式,这自然是可以讨论的;但由此而确立了老师与学生、父辈与子辈(扩大地说,年长的一代与年轻的一代)"在真理面前互相平等"的原则,却是有划时代的意义的。以这样的观点,来看待由刘半农《老实说了吧》一文引起的争论(有关文章已收入本集),是饶有兴味的。作为争论一方的刘半农等是"五四"时代的先驱者,属于父辈、师辈;争论的另一方,则是三十年代的年轻人,属于子辈、学生辈。刘半农那一代人在"五四"时期曾有过强烈的"审父(叛师)"意识,三十年代他们自己成为"父亲""老师"以后,对年轻一代就不怎么宽容了;不过,他们也有一个不可及的长处,就是敢于批评青年人,与青年人论战,绝无迁就、附和青年的倾向,这是保持了"五四"时期前述"真理面前人人平等"的平等意识与个性独立意识的。而三十年代青年的"审父(叛师)"意识似乎更强烈,但从他们不容他人讲话,特别是不容他人批评自己的专制的偏激中,却也暴露出他们的潜意识里原来还存在一个"恋父(尊师)"情结,说白了,他们也是渴求着传统伦理中"父亲"("老师")的独断的权威的。这已经不是三十年代年轻人(他们已成为当今八十年代青年的"爷爷")的弱点,恐怕也是我们民族性的致命伤。而传统的鬼魂在反叛传统的年轻一代灵魂深处"重现"这一文化现象,即所谓"返祖现象"则是更值得深思与警惕的。

"五四"时期,"爱"的哲学与"爱"的文学是曾经风行一时的;在以人伦关系为题材的现代散文中,也同样充满了"爱"。但不仅"爱"的内质与传统文学同类作品有了不同——它浸透着民主、平等、自由的现代意识(因此有人说这是将朋友之爱向父子、母女、师生……之爱的扩大、渗透);"爱"的表现形态也有了丰富与发展:并非只有单调的甜腻腻的爱——爱一旦成了唯一者,也会失去文学;感情的纯、真,与感情的丰富、自由、阔大是应该而且可以统一的。鲁迅的《颓败线的颤动》里,这样揭示一位"垂老的女人"的感情世界——

"她赤身露体地,石像似的站在荒野的中央,于一刹那间照见过往的一切:饥饿,苦痛,惊异,羞辱,欢欣,于是发抖;害苦,委屈,带累,于是痉挛;杀,于是平静。……又于一刹那间将一切并合:眷念与决绝,爱抚与复仇,养育与歼除,祝福与咒诅……。她于是举两手尽量向天,口唇间漏出人与兽的,非人间所有,所以无词的言语。

"……她那伟大如石像,然而已经荒废的,颓败的身躯的全面都颤动了。这颤动点点如鱼鳞,每一鳞都起伏如沸水在烈火上;空中也即刻一同震颤,仿佛暴风雨中的荒海的波涛……"

这里所表现出来的,不仅是感情的力度、强度,更是一种自由与博大。而这位"老女人"情感的多层次性,大爱与大憎的互相渗透、补充,无序的纠缠与并合,是属于"现代人"的。而且写不出的"无词的言语"比已经写出来的词语与文章要丰富、生动得多。在这个意义上,我们有理由对收入本集中的人伦题材散文理性的加工、整理过度,未能更多地保留感情与语言的"原生状态",而感到某些不满足。

1989年1月2日深夜写于北大"我的那间屋"

1990年1月15日深夜改毕于蔚秀园新居

(《父父子子》,人民文学出版社,1990年)

兼问苍生与鬼神

陈平原

一

《神神鬼鬼》书影

了解一个民族,不能不了解其鬼神观念。说到底,人生事不就是生与死?生前之事历历在目,不待多言;死后之事则因其神秘莫测、虚无缥缈,强烈地吸引着每一个民族的先民们。"鬼之为言归也。"(《尔雅》)问题是活蹦乱跳的"人",归去后还有没有感觉,还能不能活蹦乱跳,这实在让人放心不下。据说,当子贡向孔子请教死人有知无知时,孔子的回答颇为幽默:"欲知死人有知将无知也,死徐自知之,犹未晚也。"(刘向《说苑》)可惜世上如孔子般通达的人实在不多,"无事自扰"的常人,偏要在生前争论这死后才能解开的谜。

在一般民众心目中,"鬼"与"神"是有很大区别的。前者祸害人间,故对之畏惧、逃避,驱赶其出境;后者保佑人间,故对之崇敬、礼拜,祈求其赐福。"畏"与"敬"、"赶"与"求"本是人类创造神秘异物的两种心理基因,只不过前者坐实为"鬼",后者外化为"神"。这样,"鬼""神"仿佛有天壤之别,由此引申出来的各种词汇也都带有明显的情感趋向。"鬼蜮"与"神州"不可同日而语;君子必然"神明",小人只能"鬼黠";说你"心怀鬼胎""鬼鬼祟祟",与说你"神机妙算""神姿高彻"根本不是一回事。只是在强调非人间或非人力所能为这一点上,鬼、神可以通用。比如"鬼工"就是"神工","神出鬼没"与"鬼使神差"中鬼神不分。至于"文化大革命"中使用频率最高的"牛鬼蛇神",更是把鬼神一锅煮了。

也有努力区分鬼、神的哲人,着眼点和思路自然与一般民众不同。汉代的王充以阴阳讲鬼神,称"阴气逆物而归,故谓之鬼;阳气导物而生,故谓之神"(《论衡》)。宋代的朱熹则赋予鬼、神二名以新义,将其作为屈伸、往来的代名词,全无一点宗教意味:"气之方来皆属阳,是神;气之反皆属阴,是鬼。午前是神;午后是鬼。初一以后是神;十六以后是鬼。草木方发生是神;凋落是鬼。人自少至壮是神;衰老是鬼。"(《朱子语类》)如此说神鬼,已失却神鬼的本来意义:天下万事万物都是神鬼,神鬼也就没有存在价值了。

我之不想区分神、鬼,并非鉴于哲人的引申太远和民众的界说模糊,而是觉得这样说起来顺些。本来人造鬼神的心理,就像一个硬币的两面,根本无法截然分开。说近的,现实生活中多的是"以鬼为神"或者"降神为鬼",鬼、神的界限并非不可逾越。说远的,先秦典籍中"鬼神"往往并用,并无高低圣俗之分,如《尚书》中的"鬼神无常享"、《左传》中的"鬼神非人实亲"、《礼记》中的"鬼神之祭",以及《论语》中的"敬鬼神而远之"等。先秦时代的鬼、神,似乎具有同样的威力,也享受同样的敬畏与祭祀。

再说,详细辨析鬼神观念的发展变化,并加以准确的界定,那是学者的事。至于文人的说神道鬼,尽可不必过分认真,太拘泥于概念的使用。否则,文章可能既无"神工"也无"鬼斧",只剩下一堆大白话。也就是说,如果是科学论文,首先要求"立论正确",按照大多数经过科学洗礼的现代人的思路,自然最好是宣传无神论,或者大讲不怕鬼的故事。可作为文艺性的散文,则鬼神不分没关系,有鬼无鬼也在其次,关键在"怎么说",不在"说什么"。只要文章写得漂亮,说有鬼也行,说无鬼也行,都在可读之列。有趣的是,大多数有才气有情趣的散文,不说有鬼,也不说无鬼,而是"疑鬼神而亲之"——在鬼神故事的津津乐道中,不时透出一丝嘲讽的语调。或许,坚持有神鬼者和一心辟神鬼者,都不免火气太盛、教诲意识太强,难得雍容自适的心态,写起散文来自然浮躁了些。

二

周作人在《谈鬼论》中曾经说过,他对于鬼故事有两种立场不同的爱好,一是文艺的,一是历史的(民俗学上的)。对于二十世纪的中国作家,还应加上第三种立场的爱好:现实政治斗争的。从艺术欣赏角度谈鬼、从民俗学角度谈鬼,与从现实斗争角度谈鬼,当然有很大不同。不应该单纯因其角度不同而非此即彼或者扬此抑彼,但这并不意味着不可以对其有所褒贬。只是必须记得,这种褒贬仍然有社会学的、民俗学的和文艺学的差别。

对于二十世纪的中国作家来说,生活实在太紧张太严肃了,难得有余暇如周作人所吟咏的"街头终日听谈鬼"。这就难怪周氏《五十自寿诗》一出来,就引起那么多激进青年的愤怒,现实中的神鬼为害正烈,实在没有心思把玩鉴赏。于是,作家们拿起笔来,逢神打神,遇鬼赶鬼。虽说鬼神不可能因此斩尽杀绝,毕竟尽到了作家的社会责任。

后人或许不理解这个时代的作家为什么热衷于把散文写成"科普读物",甚至提出了"了解鬼是为了消灭鬼"这样煞风景的口号,比起苏东坡的"姑妄听之",比起周作人的"谈狐说鬼寻常事",未免显得太少雅趣。陈独秀的话部分解答了这个问题:"吾国鬼神之说素盛,支配全国人心者,当以此种无意识之宗教观念最为有力。"(《有鬼论质疑》)致力于社会进步的现代中国作家,不能不请科学来驱鬼——即使明知这样做没有多少诗意。是的,推远来看,鬼神之说挺有诗意,"有了鬼,宇宙才神秘而富有意义"(许钦文《美丽的吊死鬼》)。可当鬼神观念纠缠民心,成为中国发展的巨大障碍时,打鬼势在必行,作家也就无权袖手旁观,更不要说为之袒护了。清末民初的破除迷信、八十年代的清算现代造神运动,都是为了解放人的灵魂。如此巨大的社会变革,从人类发展史来看,不也挺有诗意吗——当然,落实到每篇文章又是另一回事。

文人天性爱谈鬼,这点毋庸讳言。中国古代文人留下那么多鬼笔记、鬼诗文、鬼小说和鬼戏曲,以至让人一想就手痒。虽说有以鬼自晦、以鬼为戏、以鬼设教之别(刘青园《常谈》),但谈鬼可自娱也可娱人,我想,这一点谁也不否认。李金发慨叹:"那儿童时代听起鬼故事来,又惊又爱的心情!已不可复得了,何等可惜啊!"(《鬼话连篇》)之所以"不可复得",是因为接受了现代科学,不再相信神鬼。倘若摒弃鬼神有利于社会进步,那么少点"又惊又爱"的刺激,也不该有多大抱怨。这也是为什么这个世纪的文人尽管不乏喜欢谈鬼说神的,可大都有所克制,或者甚至自愿放弃这一爱好的原因。

三十年代中期,《论语》杂志拟出版"鬼故事专号",从征文启事发出到专号正式发排才十五天时间,来稿居然足够编两期,可见文人对鬼的兴趣之大。除周作人此前此后均曾著文论鬼外,像老舍、丰子恺、梁实秋、李金发、施蛰存、曹聚仁、老向、陈铨、林庚、许钦文等,都不是研究鬼的专家,却也都披挂上阵。好多人此后不再谈鬼,很可能不是不再对鬼感兴趣,而是因为鬼神问题在二十世纪中国,基本上是个政治问题,而不是文化问题。要不打鬼,要不闭口,难得有姑妄言之、姑妄听之的"小品心态"。也就三十年代有过这么一次比较潇洒而且富有文化意味的关于鬼的讨论,余者多从政治角度立论。不说各种名目的真真假假的"打鬼运动",即使编一本《不怕鬼的故事》或讨论一出鬼戏,都可能是一场政治斗争的讯号或标志。这么一来,谈神说鬼成了治国安邦的大事,区区散文家也就毋庸置喙了。勉强要说也可以,可板起面孔布道,笔下未免滞涩了些。

三

"可怜夜半虚前席,不问苍生问鬼神",李商隐的《贾生》诗,曾令多少怀才不遇的文人感慨唏嘘。时至二十世纪,再自命"贾生才调更无伦"者,也不敢奢望"宣室求贤访逐臣"了。即便如此,不谈苍生谈鬼神,还是让人胆怯乃至本能地反感。古代文人固然甚多喜欢说鬼者,知名的如苏轼、蒲松龄、纪昀、袁枚等,可据说或者别有怀抱或者寄托幽愤。今人呢?今人实际上也不例外,都是兼问苍生与鬼神。正当"鬼故事专号"出版之际,就有人著文捅破这层窗户纸,诉说不谈国事谈鬼事的悲哀,结论是"客中无赖姑谈鬼,不觉阴森天地昏"(陈子展《谈鬼者的悲哀》)。

茶棚里高悬"莫谈国事"的告示,可并不禁止"白日说鬼";报刊中要求舆论一律,可也不妨偶尔来个"鬼话连篇"。无权问苍生,只好有闲谈鬼神,这是一种解释;无权直接问苍生,只好有闲假装谈鬼神,这又是一种解释。中国现代作家中无意于苍生者实在太少,故不免常常借鬼神谈苍生。鲁迅笔下"发一声反狱的绝叫"的地狱里的鬼魂(《失掉的好地狱》),老舍笔下无处无时不令人讨厌的"不知死的鬼"(《鬼与狐》),周作人笔下"附在许多活人身上的野兽与死鬼"(《我们的敌人》),还有李伯元笔下的色鬼、赌鬼、酒鬼、鸦片烟鬼(《说鬼》),何尝不都是指向这"清平世界朗朗乾坤"?清人吴照《题〈鬼趣图〉》早就说过:"请君试说阎浮界,到底人多是鬼多?"

不管作家意向如何,读者本来就趋向于把鬼话当人话听,把鬼故事当人故事读,故不难品味出文中隐含的影射、讽喻或者根本就不存在的暗示与引申。即使把一篇纯属娱乐的鬼故事误读成意味深长的政治寓言也不奇怪，因为"鬼世界"本就是"人世间"的摹写与讽喻。正如曹聚仁说的："为鬼幻设十殿阎罗，幻设天堂地狱，幻设鬼市鬼城，也是很可哀的；因为这又是以人间作底稿的蜃楼。"（《"鬼"的箭垛》）一般地说，"牵涉到'人'的事情总不大好谈，说'鬼'还比较稳当"（黄苗子《鬼趣图和它的题跋》）。但也有例外，说鬼可能最安全也可能最危险，因为鬼故事天生语意含糊而且隐含讽刺意味。当社会盛行政治索隐和大众裁决，而作者又没有任何诠释权时，鬼故事便可能绝迹。谁能证明你的创作不是"影射现实发泄不满"？"鬼"能证明吗？

还有另外一种说鬼，不能说无关苍生，但确实离现实政治远些，那就是从文化人类学角度出发，借助鬼神的考察来窥探一个民族的心灵。不同于借鬼神谈苍生，而是谈鬼神中的苍生，或者说研究鬼中的"人"。这就要求多一点理解，多一点同情，多一点文化意味和学识修养，而不只是意气用事。周作人说得好："我不信人死为鬼，却相信鬼后有人，我不懂什么是二气之良能，但鬼为生人喜惧愿望之投影则当不谬也。"（《鬼的生长》）虽说早在公元一世纪，哲学家王充就说过鬼由人心所生之类的话："凡天地之间有鬼，非人死精神为之也；皆人思念存想之所致也。"（《论衡》）但是，王充着眼于破有鬼论，周作人则注重鬼产生的文化心理背景，两者仍有很大差别。在理论上，周作人谈不上什么建树，他所再三引述的西方人类学家弗来则等对此有更为精细的辨析。不过，作为一个学识颇为渊博的散文家，认准"鬼后有人"，"听人说鬼实即等于听其谈心"（《鬼的生长》），在中国古代典籍中钩稽出许多有关鬼的描述，由此也就从一个特定角度了解了"中国民族的真心实意"。经过周氏整理、分析的诸多鬼故事,以及这些谈论鬼故事的散文小品,确实如其自称的,是"极有趣味也极有意义的东西"。至于这项工作的目的与途径,周作人有过明确的表述:"我们喜欢知道鬼的情状与生活,从文献从风俗上各方面去搜求,为的可以了解一点平常不易知道的人情,换句话说就是为了鬼里边的人。"(《说鬼》)代代相传的辉煌经典,固然蕴藏着一个民族的灵魂;可活跃于民间、不登大雅之堂的鬼神观念及其相关仪式,何尝不也代表一个民族心灵深处的隐秘世界?前者历来为学者所重视,后者在思想史研究上的意义尚未得到普遍的承认。当然,不能指望散文家作出多大的学术贡献,可此类谈神说鬼的散文确实引起人们对鬼神的文化兴趣。借用汪曾祺的话,"我们要了解我们这个民族"(《水母》),因此,我们不能撇下鬼神不管。在这方面,散文家似乎仍然大有可为。

四

二十世纪初,正当新学之士力主驱神斩鬼之时,林纾翻译了"立义遣词,往往托像于神怪"的莎士比亚的戏剧和哈葛德的小说。为了说明专言鬼神的文学作品仍有其存在价值,林纾列出两条理由,一为鬼神之说虽野蛮,可"野蛮之反面,即为文明。知野蛮流弊之所及,即知文明程度之所及"(《〈埃及金塔剖尸记〉译余剩语》);一为政教与文章分开,富国强兵之余,"始以余闲用文章家娱悦其心目,虽哈氏、莎氏,思想之旧,神怪之托,而文明之士,坦然不以为病也"(《〈吟边燕语〉序》)。用老话说,前者是认识意义,后者为文学价值。

三十年后,梁实秋再说莎士比亚作品里的鬼,可就只肯定鬼是莎氏戏剧中很有用的技巧,而且称"莎士比亚若生于现代,他就许不写这些鬼事了"(《略谈莎士比亚作品里的鬼》)。或许一般读者还没有真正摆脱鬼神观念的束缚,还很难从文化人类学角度客观考察鬼神的产生与发展,故文学作品不宜有太多鬼神。说起古代的鬼诗、鬼画、鬼戏、鬼小说来,作家们大致持赞赏的态度,可一涉及当代创作,则都谨慎得多,不敢随便表态。"如果是个好鬼,能鼓舞人们的斗志,在戏台上多出现几次,那又有什么妨害呢?"这话说得很通达。可别忘了,那是有前提的:"前人的戏曲有鬼神,这也是一种客观存在,没有办法可想。"(《有鬼无害论》)也就是说,廖沫沙肯定的也只是改编的旧戏里的鬼神,至于描写现代生活的戏里能否出现鬼神,仍然不敢正面回答。

这里确实不能不考虑中国读者的接受水平。理论上现代戏也不妨出现神鬼,因那只是一种可供选择的艺术技巧,并不代表作家的思想认识水平,更无所谓"宣传迷信"。可实际上作家很少这么做,因尺度实在不好把握。周作人在谈到中外文学中的"僵尸"时称,此类精灵信仰,"在事实上于文化发展颇有障碍,但从艺术上平心静气的看去,我们能够于怪异的传说的里面瞥见人类共通的悲哀或恐怖,不是无意义的事情"(《文艺上的异物》)。反过来说,倘若不是用艺术的眼光,不是"平心静气"地欣赏,鬼神传说仍然可能"于文化发展颇有障碍"。了解二十世纪中国读者的整体文化水平以及中国作家普遍具有的启蒙意识,就不难理解为什么作家们对当代创作中的鬼神问题举棋不定、态度暧昧。直到八十年代中期,这种情况才有所改变。

至于为什么鬼神并称,而在这个世纪的散文中,却明显地重鬼轻神,想来起码有两个值得注意的原因:一是鬼的人情味,一是散文要求的潇洒心态。不再是"敬鬼神而远之",民间实际上早就是敬神而驱鬼。现代人对于神,可能崇拜,也可能批判,共同点是走极端,或将其绝对美化,或将其绝对丑化,故神的形象甚少人情味,作家落笔也不免过于严肃。对鬼则不然,可能畏惧,也可能嘲讽,不过因其较多非俗非圣亦俗亦圣的人间味道,故不妨对其调笑戏谑。据说,人死即为鬼,是"自然转正",不用申请评选;而死后为神者,则百年未必一遇。可见鬼比神更接近凡世,更多人味。传说里鬼中有人,人中有鬼,有时甚至人鬼不分;作家讲起此类鬼而人、理而情的鬼故事来,虽也有一点超人间的神秘色彩,可毕竟轻松多了。而这种无拘无束的宽松心境,无疑更适合于散文小品的制作。

对于鬼神在艺术创作中的作用,作家们虽一再提及,其实并没有认真的研究。老舍也不过说说鬼神可以"造成一种恐怖,故意的供给一种人为的哆嗦,好使心中空洞的人有些一想就颤抖的东西——神经的冷水浴"(《鬼与狐》);而邵洵美分析文学作品中使用鬼故事的"五易",则明显带有嘲讽的意味(《鬼故事》)。如果说这个世纪的散文家在研究文艺中的鬼方面有什么值得注意之处的话,一是诸多作家对罗两峰《鬼趣图》的评论,一是鲁迅对目连戏中无常、女吊形象的描述。"这鬼而人,理而情,可怖而可爱的无常"(《无常》),这"大红衫子,黑色长背心,长发蓬松,颈挂两条纸锭","准备作厉鬼以复仇"的女吊(《女吊》),借助于鲁迅独特的感受和传神的文笔,强烈地撼动了千百万现代读者的心。这种鬼戏中的人情,很容易为"下等人"领悟;而罗两峰的《鬼趣图》和诸家题跋,则更多为文人所赏识。现代作家未能在理论上说清鬼诗、鬼画、鬼戏的艺术特色,可对若干以鬼为表现对象的文艺作品的介绍评析,仍值得人们玩味——这里有一代文人对鬼神及"鬼神文艺"潜在而浓厚的兴趣。

1990 年 6 月 27 日

(《神神鬼鬼》,人民文学出版社,1992 年)

"乡风市声"的意味

钱理群

乡风与市声,似乎是古已有之的;在我们所说的二十世纪散文里,却别有一种意义:它与中国走出自我封闭状态,打开通向世界的窗口,政治、经济、文化全面现代化的历史息息相关。随着以上海为代表的现代化工业城市的出现,人们听到了现代工业文明喧嚣的"市声"。在广大农村,尽管传统"乡风"仍在,但小火轮、柴油轮毕竟驶进了平静的小河,

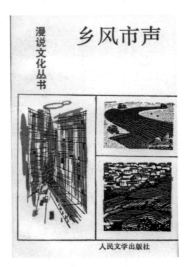

《乡风市声》书影

"泼剌剌地冲打那两岸的泥土",玷污了绿色的田野,无情地冲击、改变着旧的"乡景"与"乡风"(茅盾《乡村杂景》)。理论家们、历史家们在"乡风"与"市声"的不和谐中看到了两种文明的对抗,并且慨然宣布:这是两个中国——古老的农业文明的旧中国与现代的工业文明的新中国之间的历史大决战,它们的消长

起伏,将决定中国的命运,等等。

但中国的作家,对此作出什么反应呢？一个有趣而发人深省的现象是：当作家们作为关心中国命运的知识分子,对中国历史发展道路作理性思考与探索时,他们几乎是毫不犹豫地站在现代工业文明这一边,对传统农业文明进行着最尖锐的批判,其激烈程度并不亚于历史学家与理论家们。但当他们作为一个作家,听命于自己本能的内心冲动、欲求,诉诸"情",追求着"美"时,他们却似乎忘记了前述历史的评价,而几乎是情不自禁地对"风韵"犹存却面临着危机的传统农业文明唱起赞歌与挽歌来——这种情感倾向在我们所讨论的描绘乡风市声的现代散文里表现得尤为明显;这大概是因为现代散文最基本的特质乃是一种"个人文体",最注重个性的表现,并"以抒情的态度作一切文章"(周作人《杂拌儿·题记》)的缘故吧。而本能的、主观的、情感、美学的选择,是最能显示中国作家某些精神特质的;我们正可以从这里切入,对收入本集中的一些散文作一番考察。

请注意下面这段自白——

"生长在农村,但在都市里长大,并且在城市里饱尝了'人间味',我自信我染着若干都市人的气质;我每每感到都市人的气质是一个弱点,总想摆脱,却怎地也摆脱不下;然而到了乡村住下,静思默想,我又觉得自己的血液里原来还保留着乡村的'泥土气息'。"

说这话的正是中国都市文明第一部史诗《子夜》的作者茅盾。这似乎出人意料的表白,使我们想起了一个文学史的重要现象:许多现代中国作家都自称"乡下人"。沈从文自不消说,芦焚在他的散文集《黄花苔》序里,开口便说:"我是乡下来的人。"李广田在散文集《画廊集》题记里也自称"我是一个乡下人",并且说:"我爱乡间,并爱住在乡间的人们,就是现在,虽然在这座大城里住过几年了,我几乎还是像一个乡下人一样生活着,思想着,假如我所写的东西里尚未能脱除那点乡下气,那也许就是当然的事体吧。"李广田还提出了"乡下人的气分"的概念,以为这是他自己的以及他所喜欢的作品的"神韵"所在。大概用不着再多作引证,就可以说明中国现代作家与中国的农村社会及农民的那种渗入血液、骨髓的广泛而深刻的联系:生活方式、心理素质、审美情趣不同程度的"乡土化",无以摆脱的"恋土"情结,等等。这种作家气质上的"乡土化"决定着中国现代文学的基本面貌,并且是现代文学发展道路的不可忽视的制约因素,是我们考察二十世纪中国文学所不可忽视的。

当然,无论说"乡土化",还是"恋土"情结,都不免有些笼统;它实际包含了相当丰富、复杂的内涵,是可以而且必须作多层次的再分析的。

说到"乡风",人们首先想到的是北京(北平)的风貌;最能显示中国作家"恋土"情结的,莫过于对北京的怀念。在人们心目中,北京与其是现代化都市,不如说是农村的延长,在那里,积淀着农业文明的全部传统。土生土长于斯的老舍这样谈到"北京"——

> 假使让我"家住巴黎",我一定会和没有家一样的感到寂苦。巴黎,据我看,还太热闹。自然,那里也有空旷静寂的地方,可是又未免太旷;不像北平那样既复杂而又有个边际,使我能摸着——那长着红酸枣的老城墙!面向着积水

> 滩,背后是城墙,坐在石上看水中的小蝌蚪或苇叶上的嫩蜻
> 蜓,我可以快乐的坐一天,心中完全安适,无所求也无可怕,
> 像小儿安睡在摇篮里。……
>
> ……北平在人为之中显出自然,几乎是什么地方既不
> 挤得慌,又不太僻静:最小的胡同里的房子也有院子与树;
> 最空旷的地方也离买卖街与住宅区不远。……北平的好处
> 不在处处设备得完全,而在它处处有空儿,可以使人自由的
> 喘气;不在有好些美丽的建筑,而在建筑的四围都有空闲的
> 地方,使它们成为美景……(《想北平》)

老舍在北京捕捉到的,是"像小儿安睡在摇篮"里的温暖、安稳、舒适的"家"的感觉;所觅得的,是大"自然"中空间的"自由"与时间的"空闲":"家"与"自然"恰恰是农业传统文明的出发与归宿。这正是老舍这样的中国作家所迷恋、追怀的;老舍把他对北京的爱比作对母亲的爱,是内含着一种"寻找归宿"的欲求的。

另一位著名的散文家郁达夫,在同为古城的扬州,苦苦追寻而终不可得的,也是那一点田园的诗意。他一再地吟诵"十年一觉扬州梦"的诗句,觉得这里"荒凉得连感慨都教人抒发不出",是充满着感伤情调的。具有艺术家敏感的丰子恺从二十年来"西湖船"的四次变迁里,也发现了传统的恰如其分的、和谐的"美"的丧失,与此同时,他又感到了"营业竞争的压迫"与他称为"世纪末的痼疾"——与传统诗意格格不入的"颓废精神"的浸入,他以为这是"时代的错误",因而感觉着"不调和的可悲"。正是由这不可排解的"失落感",形成了现代散文的"寻找"模式——寻找失去了的过去,寻找一去不返的童年,寻找不再重复的旧梦……既是题材,又是结构,更是一种心态、调子。

可以想见,这些已经"乡土化"了的、怀着不解的"恋土"情结的中国作家,一旦被生活抛入了现代化大工业城市,会有怎样的心境、感觉,将作出怎样的反应。于是,我们在描写以上海为代表的现代城市的一组散文里,意外地发现了(听见了)相当严峻的调子。尽管角度不一:有的写大城市的贫民窟,表现对帝国主义入侵者盘剥者的憎恨(王统照);有的写交易所"小小的红色电光的数目字是人们创造",却又"成为较多数人的不可测的'命运'"(茅盾);有的写夜上海赌场的"瞬息悲欢,倏忽成败"的人生冒险,以及"冒险中的孤独"(柯灵)……但否定性的倾向却惊人地一致。只有周作人的"否定"别具一种眼光:他不仅批判上海"文化是买办流氓与妓女的文化",更发现"上海气的基调即是中国固有的(封建传统文化的)'恶化'"(《上海气》);他是希望实现中国文化的真正现代化的。柯灵的《夜行》也是值得注意的。他似乎发现了别一个宁静的夜上海:据说"烦嚣的空气使心情浮躁,繁复的人事使灵魂粗糙,丑恶的现实磨损了人的本性,只是到了这个时刻,才像暴风雨后经过澄滤的湖水,云影天光,透着宁静如镜的清澈"。但当他到街头小店去寻找"悠然自得的神情","恍惚回到了辽远的古代"的感觉时,就于无意中透露了他向往的依然是一个"城市里的乡村"世界,他醉心的仍旧是传统的"静"的文明。真正能够感受与领悟现代工业文明的"美"的,好像唯有张爱玲;尽管茅盾也曾宣布"都市美和机械美我都赞美",但这大多是一种理性的分析,张爱玲却是用自己的心去贴近、应和现代大都市脉搏的跳动的。只有张爱玲才会如此深情地宣称:"我喜欢听市声。比我较有诗意的人在枕上听松涛,听海啸,我是非得听见电车响才睡得着觉的。"这里传达的显然是异于"乡下人"的现代都市人的心理状态与习惯,但再往深处开掘,我们又听到了如下心理剖析——

> 我们的公寓邻近电车厂,可是我始终没弄清楚电车是几点钟回家。"电车回家"这句子仿佛不很合适——大家公认电车为没有灵魂的机械,而"回家"两个字有着无数的情感洋溢的联系。但是你没看见过电车进厂的特殊情形罢?一辆衔接一辆,像排了队的小孩,嘈杂,叫嚣,愉快地打着哑嗓子的铃:"克林,克赖,克赖,克赖!"吵闹之中又带着一点由疲乏而生的驯服,是快上床的孩子,等着母亲来刷洗他们。……有时候,电车全进了厂了,单剩下一辆,神秘地,像被遗弃了似的,停在街心。从上面望下去,只见它在半夜的月光中坦露着白肚皮。(《公寓生活记趣》)

原来张爱玲所要捕捉的,也是"家"的温暖、亲切与安详,她在文化心理上的追求,与老舍竟如此地相通;但"家"的意象在她的情绪记忆里,唤起的是"孩子"的"吵闹"的动态,以及"由疲乏而生的驯服"的安静,而不复是老舍的"母亲"的爱抚与召唤。其间的差异也是颇值得玩味的。

我们所面对的正是这样一个饶有兴味的文化现象:中国作家可以比较迅速也相对容易地接受外来的文化观念、方法,并因此而唤起对传统文化观念、方法的批判热情;但一旦进入不那么明确,有些含糊,似乎是说不清的,但却是更深层次的文化心理、审美情趣等等这些领域,他们就似乎很难抵御传统的诱惑。对这类现象,简单地作"复古""怀旧"等否定性价值判断,固然十分痛快,但似乎并不解决问题。这里不仅涉及文化心理、审美情趣的民族性,而且也与如何认识人的一些本能的欲求有关联。鲁迅就说过,"人多是'生命之川'中的一滴,承着过去,向着未来。倘不是真的特出到异乎寻常的,便都不免并含着向前和反顾"(《集外集拾遗·〈十二个〉后记》),这就是说,"人"在生命的流动中,本能地就存在"向前"与"反顾"两种对立而又统一的心理、情感欲求,在这个意义上可以说所谓"怀旧"心理、情绪是出于人的本性的。鲁迅在他的散文集《朝花夕拾》小引里,谈到"思乡的蛊惑"时,曾作了这样的心理分析——

> 我有一时,曾经屡次忆起儿时在故乡所吃的蔬果:菱角,罗汉豆,茭白,香瓜。凡这些,都是极其鲜美可口的;都曾是使我思乡的蛊惑。后来我在久别之后尝到了,也不过如此;惟独在记忆上,还有旧来的意味留存。他们也许要哄骗我一生,使我时时反顾。

明知是"哄骗",却仍要"时时反顾",这执拗的眷恋,是相当感人而又意味深长的。读者如从这一角度去欣赏收入本集的一些"思乡"之作,例如叶圣陶的《藕与莼菜》、周作人的《石板路》,大概是可以品出别一番滋味的。

事实上,对于有些中国现代作家,所谓"恋土"情结,实质上是对他们理想中的健全的人性与生命形态的一种向往与追求。在这方面,最具有代表性的,大概要算沈从文。他在《湘行散记》里谈到他所钟爱的"乡下人"时,这样写道:"从整个说来,这些人生活都仿佛同'自然'已相融合,很从容的各在那里尽其性命之理,与其他无生命物质一样,惟在日月升降寒暑交替中放射,分解。"沈从文醉心的,显然是人性的原生状态,与"自然"相融合的、和谐而又充满活泼的生命力的生命形态。在沈从文看来,这样的原始人性与生命形态正是"存在"(积淀)于普通的"乡下人"身上,中国的"乡土"之中。于是,我们在收入本集的《鸭窠围的夜》里,读到了如下一段文字——

> 黑夜占领了全个河面时,还可以看到木筏上的火光,吊脚楼窗口的灯光,以及上岸下船在河岸大石间飘忽动人的火炬红光。这时节岸上船上都有人说话,吊脚楼上且有妇人在黯淡灯光下唱小曲的声音,每次唱完一支小曲时,就有人笑嚷。什么人家吊脚楼下有匹小羊叫,固执而且柔和的声音,使人听来觉得忧郁。……
> ……这些人房子窗口既一面临河,可以凭了窗口呼喊河下船中人,当船上人过了瘾,胡闹已够,下船时,或者尚有些事情嘱托,或有其他原因,一个晃着火炬停顿在大石间,一个便凭立在窗口,"大老你记着,船下行时又来。""好,我来的,我记着的。""你见了顺顺就说:会呢,完了;孩子大牛呢,脚膝骨好了。细粉带三斤,冰糖或片糖带三斤。""记得到,记得到,大娘你放心,我见了顺顺大爷就说:会呢,完了。大牛呢,好了。细粉来三斤,冰糖来三斤。""杨氏,杨氏,一共四吊七,莫错账!""是的,放心呵,你说四吊七就四吊七,年三十夜莫会要你多的!你自己记着就是了!"这样那样的说着,我一一都可听到,而且一面还可以听着在黑暗中某一处咩咩的羊鸣。

在小羊"固执而且柔和的声音"与乡民平常琐碎的对话之间,存在着一种和谐;这河面杂声却唤起了一种宁静感——这是动中之静,变中之不变,凝聚着和历史、文明、理念都没有关系的永恒。作家以忧郁、柔和的心态去观照这一切,就感到了某种神圣的东西。沈从文说,这里"交织了庄严与流动,一切真是一个圣境"(《一个多情水手与一个多情妇人》)。

另一位经历、风格与沈从文很不同的诗人冯至,也从"还没有被人类的历史所点染过的自然"里,感受到了"无限的永恒的美"。他大声疾呼:"对于山水,我们还给它们本来的面目吧。我们不应该把些人事掺杂在自然里面……在人事里,我们尽可以怀念过去;在自然里,我们却愿意它万古长新。"(《山水·后记》)于是,在冯至笔下出现了《一个消逝了的山村》,这里的森林"在洪荒时代大半就是这样。人类的历史演变了几千年,它们却在人类以外,不起一些变化,千百年如一日,默默地对着永恒";这里的山路"是二三十年来经营山林的人们一步步踏出来的。处处表露出新开辟的样子,眼前的浓绿浅绿,没有一点历史的重担";这里也曾有过山村,"它像是一个民族在世界里消亡了,随着它一起消亡的是它所孕育的传说和故事",人们"没有方法去追寻它们,只有在草木之间感到一些它们的余韵",诗人果真从这里的鼠麴草、菌子、加利树,以至幻想中"在庄严的松林里散步"时"不期然地"在"对面出现"的鹿,得到了生命的"滋养";于是,"在风雨如晦的时刻,我踏着那村里的人们也踏过的土地,觉得彼此相隔虽然将及一世纪,但在生命的深处,却和他们有着意味不尽的关连"……这里也是从"生命"的层次超越时空与一切人为的界限,达到了人与自然、今人与古人的融和;对于"乡风、山景"的这类"发现",确实是"意味不尽"的。

当然,在二十世纪中国散文中,更多的还是社会学意义上的

"发现";读者是不难从收入本集的茅盾"战时城镇风光"速写《成都——"民族形式"的大都会》《"战时景气"的宠儿——宝鸡》,以及贾平凹新时期乡风长卷《白浪街》《秦腔》里,看到中国乡村的变革、社会历史的变迁的。与前述沈从文、冯至的文字相比,自是有另一番风致与韵味。至于收入本集的许多散文,所展示的北京、上海、青岛、南京、扬州、杭州、广州、福州、重庆、成都等大中城市的不同个性,南、北农村的特异风光,独立的美学价值之外,还具有特殊的民俗学价值,这也是不待言的。由此而展现的散文艺术多元化发展的前景,也许更加令人鼓舞——尽管读者对收入本集的散文,即使在风格多样化方面,仍然会感到某种遗憾。

1989 年 5 月 23 日写毕

(《乡风市声》,人民文学出版社,1992 年)

未知死 焉知生

陈平原

一

不知天下是否真有齐死生因而超死生的至人；即便此等与造化为一的至人，恐怕也无法完全不考虑死生问题。"生而不说，死而不祸，知终始之不可故也"（《庄子·秋水》），也还是因知觉生命而顺应生命。怕不怕死是一回事，想不想死、说不说死又是一回事。古今中外确实真有因各种原因而不怕死者，可除了傻瓜，有谁从不考虑死生问题？"死去何所道，托体同山阿"（陶渊明），"生时不须歌，死时不须哭"（王梵志），此类哲人诗句固是极为通脱豁达，只是既如是，又何必老把生死

《生生死死》书影

挂在嘴上？可见说是忘却生死，其实谈何容易。

毕竟死生事大，人类最难摆脱的诱惑，或许就是生的欲望和死的冥想。而这两者又是如此紧密地联系在一起，以至谈生不忘说死，说死就是谈生。死生殊途，除了寓言家和诗人，谁也不会真的把死说成生或把生当作死。问题是死必须用生来界说，生也只有靠死才能获得定义。在物理意义上，既生则非死，既死则非生；可在哲学意义上，却是无生即无死，无死即无生。因此，了解生就是了解死，反之亦然。故孔子曰"未知生，焉知死"（《论语·先进》），程子曰"知生之道，则知死矣"（《二程集·粹言·论道篇》）。

人掌握不了死，可掌握得了生，这是一方面；人不可能知道生之所来，可清醒地意识到死之将至，这又是一方面。依据前者，应着重谈生；依据后者，则不妨论死。实际结果则是谈生中之死（死的阴影、死的足音）与死中之生（生之可爱、生之美丽）。

单纯赞颂青春之美丽、生命之可贵，当然也可以；不过，只有在面对死亡的威胁时，这一切的意义才真正显示出来。死促使人类认真思考生命的价值以及人作为人的本质规定。一个从不思考死的人，不可能真正理解人生，也不可能获得深刻的启悟。所有的宗教家、哲学家、文学家，在他们思考世界、思考存在时，都不可能不直面"死亡"这一无情的事实，有时这甚至就是思考的基点和灵感。在此意义上，"死"远比"生"深刻。不妨颠倒孔夫子的名言：未知死，焉知生？

文人多感伤，在生死话题上，自然更偏于后者。像何其芳那样称"我能很美丽地想着'死'"者（《独语》），或者像梁遇春那样颇为幽默地将"人生观"篡改为"人死观"者（《人死观》），在文人中并不罕见。只是喜欢谈论死神那苍白而凄美的面孔者，未必真颓废，也未必真悲观。把人的一生说成是不断地逃避死神的追逐，固然残忍了些；可比起幻想白日飞升长生不老，或者靠"万全的爱，无限的结合"来超越生死（冰心《"无限之生"的界线》），还是更能为常人所接受。重要的是如何摆脱恐怖，在那神秘的叩门声传来之前，尽情享受人生的乐趣。在这里，作家们的妙语，有时很难与宗教家的祷告、心理分析家的谈话区分清楚：都不过是提供一种精神慰藉。只是话可能说得漂亮些，且更带情感色彩。

"生"的价值早为常人所确认，需要论证的是"死"的意义。不是"杀身成仁"或者"舍身饲虎"的伦理意义，而是作为生命自然终止的"死"的正面价值。在肯定生的同时肯定死，表面似乎有点逻辑矛盾；其实不然，之所以肯定死，原是因其有利于生。不过如今真信不死药者已不多，即便达官贵胄，也只能如齐景公临国城而流涕："奈何去此堂堂之国而死乎？"（《晏子春秋》）正因为死亡不可避免，方才显示生命之可贵可爱。倘若真能长生不老，恐怕世人将会加倍憎恶生之单调乏味空虚无聊——神仙境界也未必真的那么值得羡慕。周作人曾引十四世纪的日本和尚兼好法师的隽语："人生能够常住不灭，恐世间将更无趣味。人世无常，或者正是很妙的事罢。"（《笠翁与兼好法师》）而十八世纪的中国文人钱泳也有过类似的说法："生而死，死而生，如草木之花，开开谢谢，才有理趣。"（《履园丛话·神仙》）用一种超然的眼光来观赏人生，才能领略生死交替中的"趣味"与"理趣"。

人生一世，当然不只是鉴赏他人和自己的生生死死，更不是消极地等待死神的来临。就像唐弢笔下那死亡之国里不屈的灵魂,"我不怕死",可"我"更"执着于生";只要生命之神"还得继续给予人类以生命","我要执着于生"(《死》)。在死亡威胁的背景下执着于生,无疑颇有一种悲壮的色彩,也更能激动人心振奋斗志,故郁达夫将此归结为死亡的正面价值:"因感到了生也有涯,而知也无涯之故,加紧速力去用功做事业的人也不在少数,这原是死对人类的一种积极的贡献。"(《说死以及自杀情死之类》)

话是这么说,世人还是怕死的多。对于常人,没必要探究怕死到底是贪恋快乐还是舍不得苦辛,也没心思追问死后到底是成仙还是做鬼。只是记得这一点就够了:"大约我们还只好在这容许的时光中,就这平凡的境地中,寻得必须的安闲悦乐,即是无上幸福。"(周作人《死之默想》)

二

正因为生命是如此美好,如此值得留恋,人类才如此看重死亡,看重关于死亡的仪式。生命属于我们只有一次,同样,死亡属于我们也只有一次,实在不容等闲视之。古人讲礼,以丧祭为重点,不是没有道理的;正是在丧祭二礼中,生死之义得到最充分的表现。故荀子曰:"礼者,谨于治生死者也。"(《荀子·礼论》)

死人有知无知,死后是鬼非鬼,这于丧祭二礼其实关系不大。墨翟批评儒家"执无鬼而学祭祀"(《墨子·公孟》),恰恰说到了儒家的好处。照儒家的说法,生人注重丧礼和祭礼,并非为了死者的物质享受,而是为了生者的精神安慰。既不忍心祖先或亲友就这样永远消失,靠丧祭来沟通生死人鬼,使生命得到延伸;也不妨理解为借丧祭标明生死之大限,提醒生者珍惜生命,完成生命。就好像佛教主张护生,实是为了护心;儒家主张重死,实是为了重生。"事死如生,事亡如存"(《荀子·礼论》),关键在于生者的感觉,死者并没有什么收益。说丧祭之礼是做给生人看,虽语含讥讽,却也是大实话。只是丧祭之礼之所以不可废,一是"人情而已矣"(《礼记·问丧》),一是"慎终追远,民德归厚矣"(《论语·学而》)。借用毛泽东《为人民服务》中的话,一是"用这样的方法寄托我们的哀思",一是"使整个人民团结起来"。前者注重其中个体的感受,后者则突出其在群体生活中的意义。后世谈丧祭者,也多从这两方面立论。

儒家由注重丧祭之礼而主张厚葬,这固然可使个体情感得到满足,却因此"多埋赋财",浪费了大量人力物力,影响了社会生产力的发展。墨子有感于儒家的"厚葬靡财而贫民",故主张"节财薄葬"(《淮南子·要略》)。虽有利于物质生产,可似乎过分轻视了人的精神感受。将厚葬薄葬之争,归结为"反映阶级之分而外,还表现了唯心与唯物这两种世界观的对立"(廖沫沙《身后事该怎么办?》),难以令人完全信服。现代人容易看清厚葬以及关于丧祭的繁文缛节的荒谬,落笔行文不免语带嘲讽;可难得体察这些仪式背后隐藏的颇为深厚的"人情"。夏丏尊讥笑送殡归途即盘算到哪里看电影的友人,真的应了陶渊明的说法,"亲戚或余悲,他人亦已歌"(《送殡的归途》);袁鹰则挖苦披麻戴孝"泣血稽颡"的儿女们,"有点悲伤和凄惶是真的,但又何尝不在那儿一边走一边默默地计算着怎样多夺点遗产呢"(《送葬的行列》)。至于烧冥屋、烧纸钱及各种纸制器物的习俗,则被茅盾和叶圣陶作为封建迷信批判,以为如此"多方打点,只求对死者'死后的生活'有利",未免愚昧荒唐(《冥屋》《不甘寂寞》)。其实古人早就意识到死后生活的虚妄,之所以还需要这些象征性的生活用具,只不过是用来表达生者的愿望和情感。《礼记·檀弓》称:"孔子谓为明器者,知丧道矣,备物而不可用也。""备物"见生者之感情,"不可用"见生者之理智。反之,"不备物"则死者长已生者无情,"备物而可用"则生者徒劳死者无益。

当然,世人中真正领悟这些丧祭仪式的精神内涵者不多,黎民百姓颇有信以为真或逢场作戏者。千载以下,更是仪式徒存而人心不古。在接受科学思想不信鬼神的现代人看来,不免徒添笑料。可是,我以为,可以嘲笑愚昧麻木的仪式执行者,而不应该责备仪式本身——在种种现代人眼中荒诞无稽的仪式后面,往往蕴藏着先民们的大慈悲,体现真正的人情美。也就是周作人说的:"我们知道这是迷信,我确信这样虚幻的迷信里也自有美与善的分子存在。"(《唁辞》)体验这一切,需要同情心,也需要一种距离感。对于执着于社会改造者,民众之不觉悟与葬仪之必须改革,无疑更是当务之急,故无暇考虑仪式中积淀的情感,这完全可以理解。不过,颂扬哲人风度,提倡豁达的生死观,并不意味着完全不要丧祭之礼。具体的仪式当然应该改革,可仪式背后的情感却不应该丢弃。胡适主张删除"古丧礼遗下的种种虚伪仪式"和"后世加入的种种野蛮迷信",这样做的目的不是完全忘却死者,而是建立一种"近于人情,适合现代生活状况的丧礼"(《我对于丧礼的改革》)。

对于那些辛苦一场然后飘然远逝的先人们,生者难道不应该如李健吾所描述的,"为了获得良心上的安息,我们把虔敬献给他们的魂灵"(《大祭》)? 表达感情或许还在其次,更重要的是生者借此理解人类的共同命运并获得一种真正的慈悲感与同情心。当年冯至在异国山村记录的四句墓碣诗,其实并不如他说的那般"简陋",甚至可以作为整个人类丧祭礼仪的象征:

> 一个过路人,不知为什么
> 走到这里就死了
> 一切过路人,从这里经过
> 请给他作个祈祷
>
> (《山村的墓碣》)

三

将人生比作旅途,将死亡作为旅行的终结,这比喻相当古老。既然死亡的阴影始终笼罩着整个旅行,可见死不在生之外,而是贯穿于生之中。因此,当我们热切希望了解应该如何去"生"时,就不能不涉及怎样去"死"。

人们来到世间的途径千篇一律,离开世间的方法却千差万别。这不能不使作家对死亡的方式感兴趣。周作人把世间死法分为两类,一曰"寿终正寝",包括老熟与病故;一曰"死于非命",包括枪毙、服毒等等。(《死法》)两相比较,自是后者更值得文人费口舌。因前者早在意料之中,就好像蹩脚的戏剧一样,还没开幕,已知结局,没多少好说的;后者则因其猝不及防,打断现成思路,颇有点陌生化效果。还有一点,前者乃人类的共同命运,超越时空的限制:唐朝人这么死,现代人也这么死;西洋人这么死,中国人也这么死。最多用寿命的长短或死前苦痛与否来论证医学的发展,此外还能说什么?后者可就不一样了,这里有历史的、民族的、文化的各种因素,足可作一篇博士论文。

在"死于非命"中,又可分出自杀与他杀两类。从鲁迅开始,现代小说家喜欢描写杀人及看杀人的场面,尤其突出愚昧的世人在欣赏他人痛苦中流露出来的嗜血欲望。现代散文中也有此类控诉与批判,像周作人的《关于活埋》、聂绀弩的《怀〈柚子〉》、靳以的《处决》,都表示了对人性丧失的忧虑。五四新文化运动的一个主要理论成果就是人的觉醒,可心灵的麻痹、感情的粗暴岂是几篇文章就能扭转的?但愿能少一点"爱杀人的人",也少一点"爱看杀人的人",则中华民族幸甚!

"他杀"如果作为一种文化现象,理论价值不大。因被杀者的意愿不起作用,主要考察对象是杀人者。这主要是个政治问题,作家没有多少发言权。不若"自杀",既有环境的因素,又有自身的因素,可以作为一种真正的文化现象来考察。这就难怪现代作家多对后者感兴趣。

自杀之值得研究,不在于其手段的多样(吞金服毒、上吊自沉等等),而在于促成自杀的原因复杂以及评价的分歧。对于绝大多数苟活于世间的人来说,自是愿意相信自杀是一种罪恶,这样可以减轻自身忍辱负重的痛苦,为继续生存找到根据。对于以拯救天下生灵为己任的宗教家来说,自杀起码也是人生的歧途。倘若人人都自行处理生命,还要他救世主干嘛?而对于社会改革家来说,自杀体现了意志薄弱:"我们既然预备着受种种痛苦,经种种困难,又为什么要自杀呢?"(瞿秋白《林德扬君为什么要自杀呢?》)当然,也有另一种声音,强调自杀乃人与生俱来的权利,将理想的实现置于个体生存之上,主张"不自由毋宁死",而鄙视"好死不如赖活着"。

不过,在二十世纪的中国,尽管也有文人礼赞自杀,可仔细辨认,都带有好多附加条件。瞿秋白称"自由神就是自杀神",因为自杀"这要有何等的决心,何等的勇敢,又有了何等的快乐";有此念头,就不难"在旧宗教、旧制度、旧思想的旧社会里杀出一条血路"。(《自杀》)李大钊称青年自杀的流行"是青年觉醒的第一步,是迷乱社会颓废时代里的曙光一闪",但结论还是希望青年"拿出自杀的决心,牺牲的精神,反抗这颓废的时代文明,改造这缺陷的社会制度,创造一种有趣味有理想的生活"。(《青年厌世自杀问题》)瞿、李二君实际上都是借自杀强调人的精神价值,是一种反抗社会的特殊姿态,乃积极中之积极,哪里谈得上厌世?

在二十世纪的中国,发生过好些次关于自杀的讨论,其中分别围绕三个自杀者(陈天华、梁巨川、阮玲玉)而展开的讨论尤其值得注意。讨论中既有相当严谨的社会学论文(如陶履恭的《论自杀》和陈独秀的《自杀论——思想变动与青年自杀》),也有不拘一格的散文小品——由于本书的体例关系,后者更使我感兴趣。

1905年底,留日学生陈天华鉴于国事危急而民众麻木,为"使诸君有所警动",毅然投海自尽。死前留下《绝命辞》一通,期望民众因而"坚忍奉公,力学爱国"。其时舆论普遍认为陈氏自杀是一种悲烈的壮举,整个知识界都为之震动,对唤起民众确实起了很大作用,故成为近代史上一件大事。

1918年深秋,60岁老人梁巨川留下《敬告世人书》,在北京积水潭投水而死。遗书称其自杀既殉清朝也殉道义,希望以此提倡纲常名教,救济社会堕落。此事也曾轰动一时。因其自言"系殉清朝而死也",遗老遗少们自是拍手叫好,新文化阵营里则大多持批评态度。不过,也有像陈独秀那样,否定其殉清,但肯定其以身殉道的精神(《对于梁巨川先生自杀之感想》)。

　　1935年,电影明星阮玲玉自杀身亡,遗书中没有以一死唤醒民众的警句,而只是慨叹"人言可畏"。因其特殊身份,阮氏自杀更是成为特大新闻。在一片喧腾声中,不乏小市民"观艳尸"的怪叫和正人君子"自杀即偷安失职"的讨伐。于是,鲁迅等人不得不站出来为死者辩护,反对此类专门袒护强权而欺负弱者的"大人先生"。

　　从世纪初梁启超称"凡能自杀者,必至诚之人也"(《饮冰室自由书·国民之自杀》),到对陈天华自杀的众口称颂,再到对梁巨川自杀的评说纷纭,再到对阮玲玉自杀的横加指责,再到七十年代统称一切自杀为"自绝于人民""死有余辜",几十年间中国人对自杀的看法变化何其迅速。这一变化蕴含的文化意义确实发人深思。说不清是中国人日益重视生命的价值呢,还是中国人逐渐丧失选择的权利。近年虽有不少诗文小说为特殊政治环境下的自杀平反,可作为一种精神文化现象,自杀仍然没有得到很好的研究。

四

　　用断然的手段自行终止生命,在一般情况下自是不宜提倡。

人生虽说难免一死,生命毕竟还是如此苍凉而又如此美丽。一味欣赏"死"当然是病态,只会赞叹生则又嫌稚气。不说生死齐观,只要求用一种比较超然的眼光鉴赏生也鉴赏死。而这,似乎更吻合中年人的心态。在青年人那里,生的意志占绝对优势,基本不考虑死的问题。在老年人那里,死的冥想占绝对优势,尽管生的愿望仍很强烈。只有在中年人那里,"生""死"打了个平手,故态度比较客观。

比起宋元明清文人,这个世纪的中国作家确实多点青春气息。不说推崇少年赞美青春的诸多名篇,也不说老夫真发少年狂,自把80当18 的"豪言壮语",最值得注意的还是由已届中年的作家写作的描述中年人心态的文章。因为"一个生命会到了'只是近黄昏'的时节,落霞也许会使人留恋、惆怅"(冰心《霞》),再豁达的人也无法为之辩解。硬要说"既不知'老去',也不必'悲秋'"(王了一《老》),总觉得有点矫情。而古往今来,骚人墨客关于老死的吟咏,也就那么几句话,颠来倒去,变不出什么新花样。

中年可就不一样,古人对人生这一盛衰交界的重要阶段似乎不大在意。杜牧诗云"只言旋老转无事,欲到中年事更多"(《樊川外集·书怀》),金圣叹文曰"人生三十而未娶,不应更娶;四十而未仕,不应更仕"(《第五才子书施耐庵水浒传·序》),都只是朦胧意识到中年乃是人生转折点,却并未加以认真界定和论述。有一点值得注意,丰子恺等人关于中年人心态的描述,是在西方文化背景下展开的。还不是指文中征引"人生四十才开始"之类的西谚,而在于没有晚清以来新学之士之颂扬青春与生命,并抨击中国人的早衰心态,就没有现代作家笔下充满诗意的"中年"。

　　缺乏少年的朝气,也缺乏老人的智慧,可中年人的平淡、中年人的忧郁、中年人的宽容与通达,都自有一种独特的魅力。一切都显得那么和谐,那么从容不迫,以至你一不留神,几乎觉察不到它的存在,似乎人生就这样从青年急转直下,一夜之间进入老年。说消极点,中年是人生必不可少的缓冲带,使生命的变化显得更为理智更可理解,免得情感上接受不了那突如其来的衰老。说积极点,则中年兼有青年与老年的长处,是人生最成熟的阶段。作家们不约而同地用秋天来比喻中年,实在是再恰当不过的了。以四季喻人生,中年确实"没有春天的阳气勃勃,也没有夏天的炎烈迫人,也不像冬天之全入于枯槁凋零"。故林语堂称其偏爱秋是因为"秋是代表成熟,对于春天之明媚娇艳,夏日之茂密浓深,都是过来人,不足为奇了"。(《秋天的况味》)只是话不能说得太满,不能靠抑春夏来扬秋冬。还是苏雪林说得实在些:"踏进秋天园林,只见枝头累累,都是鲜红,深紫,或黄金色的果实,在秋阳里闪着异样的光。……但你说想欣赏那荣华绚烂的花时,哎,那就可惜你来晚了一步,那只是春天的事啊!"(《中年》)在苏雪林以及丰子恺、俞平伯、叶圣陶、梁实秋谈论中年的文章里,都取一种低调,略带自我调侃的味道,确实讲出了中年人的可爱又可悲、可敬又可怜的秋天般的心境。

　　又是一个不约而同,不少作家把人生比作登山,中年就是登上山顶略事休息徘徊的那一刹那。此前是"快乐地努力地向前走",此后则"别有一般滋味"地"想回家"(俞平伯《中年》);此前是"路上有好多块绊脚石,曾把自己磕碰得鼻青脸肿",此后则"前面是下坡路,好走得多"(梁实秋《中年》)。"下坡路"也罢,"想回家"也罢,都是一种过来人的心态。一切都不过如此,没什么稀奇的,不值得大惊小怪,也不值得苦苦追求。"到了这样年龄,什么都经历过了,什么味都尝过了,什么都看穿看透了。现实呢,满足了。希望呢,大半渺茫了。"(苏雪林《中年》)如此说来,中年人的平淡豁达,其实也蕴含着几分无可奈何的颓唐。

与其硬着头皮为"中年"争分数,不如切实冷静地分析人到中年生理上、心理上、情感上、理智上发生的一系列变化。既能赏识其已经到来的成熟,也不掩盖其即将出现的衰老。若如是,对人生真义或许会有较为深入的领悟。

1990年7月2日于京西畅春园
(《生生死死》,人民文学出版社,1992年)

"世故人情"中的智慧

钱理群

《世故人情》书影

"世故人情"这个题目是从朱自清先生那儿"偷"来的:据朱先生在《语文影及其他》序言里说,他原先计划着将"及其他"这部分写成一本书,就想命名为《世情书》。所谓"世情",顾名思义,就是"世故人情"的意思。讲"世故人情"而能变成"及其他",这本身就很有点"意思"。记得在"文革"中,报纸上在报道出席会议的一大堆要人显贵名单之后,往往带上"还有某某某"这样一句;这"还有"就是"及其他",大概含有"附带""不入流""排不上座次"之类的意思。如此说来,"世故人情"恐怕就是"不入"正经(正式)文章之"流"的,但因此也获得了一种特殊价值:它可是"侃大山"的好材料。细细想来,也确乎如此,三五好友,难得一聚,天南海北,胡吹乱侃一通,除了"聊天(气)"之外,可不就要"谈世情"。这类话题,于人生阅历之外,往往透着几分智慧,还能逗人忍俊不禁——就像人们一听到"还有"或"及其他",就不免微微一笑。按朱自清先生的说法,这背后,甚至还暗含着"冷眼"看"人生"的"玩世的味儿"。这就进入了一种"境界",我们不妨把它叫作"散文的境界"或"小品文的境界"——实在说,散文(小品)本来就是"侃大山"的产物;闲谈絮语中的智慧、风趣连同那轻松自如的心态,都构成了散文(小品)的基本要素,并且是显示其本质的。"五四"时期,人们给深受英国随笔影响的小品文下定义时,即是强调"小品文是用轻松的文笔,随随便便地来谈人生"(梁遇春《小品文选·序》)。把这层意思化为正儿八经的"学术语言",我们可以说,"对于中国现代社会日常生活中的'世故人情'的发微,开掘,剖析,构成了中国现代小品文与作家所生活的现实人生的基本联系方式之一;自然,这是一种艺术的联系:不仅决定着艺术表现的内容,而且决定着艺术表现的形式"。——您瞧,经过这一番学术化处理,"世情书"竟成了散文(小品)的"正宗","不入流"转化为"入流":两者之间,本也没有严格的不可逾越的鸿沟。

"世故人情"主要是一种人生智慧与政治智慧。这可是咱们中国人的"特长"。有人说,中国这个民族不长于思辨,艺术想象力也不发达,却最懂世故人情,这大概是有道理的。我们通常对人的评价,很少论及有否哲学头脑、想象力如何,而说某甲"不通世故",某乙"洞达人情",都是以对"世情"的把握与应对能力,也即人生智慧、政治智慧的高低作为标准的。中国传统文化,无论是孔孟儒学,还是法家、道家,对"世故人情"体察之精微、独到,都足以使世人心折。郭沫若在《十批判书》里,就曾经赞叹韩非《说难》《难言》那些文章"对于人情世故的心理分析是怎样的精密",以为"他那样的分析手腕,出现在二千多年前,总不能不说是一个惊异"。鲁迅在研究中国小说史时,也从中国明、清两代小说中,发掘出了"人情小说"这一种小说类型(流派)。他评价说,这类小说常"描摹世态,见其炎凉,故或亦谓之'世情书'也"——朱自清先生所谓"世情书"或许就源出于鲁迅也说不定。当然,也不妨说,这是"英雄所见略同":整整一代人都同时注意到(或者说努力发掘)中国传统文化中的政治智慧与人生智慧,这个事实本身就是发人深思的。先哲早已说过,中国历史就是一部"相斫史",由此而结晶出传统文化中的"世故人情";历史进入二十世纪,急剧的社会改革导致人心大变,纵横捭阖的政治斗争的风云变幻,更是逼得人们必须深谙人情世故。天真幼稚,思维方式的简单化、直线化,认识与现实的脱节,甚至可能带来灭顶之灾。著名散文家孙犁在收入本书的《谈迁》一文中,就说到"文化大革命"中由于"不谙世情"怎样备受磨难。这是一个毋庸回避的事实:中华民族是在血的浸泡中学会懂得"世故人情"的。因此,如果有人因为中国人富有政治智慧、人生智慧而洋洋自得,无妨请他先想一想我们民族为此付出的代价:"世情书"背后的血的惊心与泪的沉重是不应该忘记的。

但如果因此而走向极端:时时、处处念念不忘,沾滞于兹,无以解脱,也不会有"世情书"的产生。朱自清先生曾说,《左传》《战国策》与《世说新语》是中国传统中"三部说话的经典"。应该说,《左传》与《战国策》里都包含有十分丰富的人生智慧与政治智慧,但它们"一是外交辞令,一是纵横家言",都不是我们所说的"世情书"。真正称得上的只有表现了魏晋"清谈"风的《世说新语》。这里的关键显然在"说话人"(作者)主体的胸怀、气质、心态、观照态度。鲁迅尝说"魏晋风度"于"清峻"之外尚有"通脱"的一面。"通脱"即是"随便";如果说"玩世"嫌不好听,那么也可以说是"豁达"。所谓"豁达",就是"看透"以后的"彻悟"。这既是彻底的清醒,又是一种超越,另有一番清明、洒脱的气度。这就是我们通常所说的"幽默"——这是更高层次的智慧,也是更高层次的人生的、审美的境界。在我看来,真正达到了这一境界的,魏晋文人之外,唯有"五四"那一代。当然,两者文化背景的不同是自不待言的:"五四"时期的知识分子深受西方理性主义精神的影响,科学民主的现代观念已经内化为自身的生存要求,但他们却又身处于中国传统习俗的包围之中,内心要求与现实环境的强烈反差,使他们不仅在感情、心理上不能适应,觉得像穿一件潮湿的内衣一样,浑身不自在,而且时时、处处都会产生荒诞感。这在某种意义上,是对自我(及民族)生存方式之荒诞性的清醒的自觉意识,因此,它是刻骨铭心的;说出来时又是尽量轻松的。但敏感的读者自会从那哭笑不得、无可奈何的语气中体会到,作者一面在嘲笑甚至鞭挞中国文化与中国国民性的某些弱点,一面却又在进行着自我调侃:而恰恰是后者,使这类散文的"批判"不似青年人的火气十足、锋芒毕露,而别具"婉而多讽"的风致,这又在另一面与中国传统的美学风格相接近了。读者只要读一读收入本集的丰子恺的《作客者言》、林语堂的《冬至之晨杀人记》、梁实秋的《客》,就不难体味到,"五四"这一代作家笔下的"世情书"中的幽默感,产生于现代

"理性之光"对中国传统"世相"的映照,其"现代性"是十分明显的。

"幽默"里本来也多少含有点"玩世"的味道——在参悟人情世故之后,似乎也必然如此。但这里好像也有个"线","玩世"过了头,就会变成"帮闲"以至"帮凶"。这在中国,倒也是有"传统"的:鲁迅早就指出过,只讲金圣叹的"幽默",未免将屠夫的凶残化为一笑;"从血泊中寻出闲适",是根本不足取的。也还是鲁迅说得对,"人世间真是难处的地方,说一个人'不通世故'固然不是好话,但说他'深入世故'也不是好话。'世故'似乎也像'革命之不可不革,而亦不可太革'一样,不可不通,而亦不可太通的"。"世情书"中的幽默,正在于恰到好处地掌握了"世故""不可不通,亦不可太通"之间的"分寸",也即是"适度"。从人生态度上说,则是既看透人生,不抱一切不合实际的幻想,又积极进取认真,保存一颗赤子之心。在"玩世不恭"的调侃语调底下内蕴着几分愤激与执着,形成了这类现代"世情书"丰厚的韵味,其耐读处也在于此。读这样的散文,不管作者怎样放冷箭,说俏皮话,你都能触摸到那颗热烈的心,感受到那股"较真"劲儿,这也是构成了二十世纪以来中国知识分子与文学的时代"个性"的。

1989 年 1 月 10 日初稿
1990 年 1 月 14 日修改
(《世故人情》,人民文学出版社,1990 年)

男男女女的主题

黄子平

从二十世纪卷帙浩繁的散文篇什中编出一本十来万字的、谈论"男与女"专题的、带点儿文化意味的集子，不消说是一件虽然困难却十分有意思的事情。

散文，是一个文体类别的概念。男女，则是一个性别概念。把这两个概念搁一块儿考虑有没有什么道理？世界上的一些女权主义批评家琢磨过这二者之间的关系，比如说："性

《男男女女》书影

别（gender）和文类（genre）来自同一词根，它们在文学史上的联系几乎就像其词源一样亲密。"由此，人们讨论了"小说与妇女"这一类极有吸引力的课题，指出某一些文体类型更适合于成为"综合女性价值"的话语空间，等等。但是，也有另外的女权主义批评家，不同意这种基于词源学的观点来展开逻辑论证的方

法,说是"你能根据'文类'与'性别'源于同一词就证实它们有联系的话,你也能证实基督徒(Christians)和白痴(cretins)有联系,因为它们皆源于拉丁语'信徒'(christianus)"。当然,一种方法的滥用并不能反过来证明它在一定范围内的有效性已经失灵:词源学上的联系仍然是一种联系,而且也就投射了一种概念上、观念上和思想史上的可能相当曲折的联系。避开拉丁语之类我们极感陌生的领域,回顾一下我们中国自己的"文体史"和"妇女史",也能觉察出"文类之别"和"男女之别",实际上是处于同一文化权力机制下的运作。中国古代的文体分类可以说与伦理道德教化体制一齐诞生。《周礼·大祝》曰:"作六辞以通上下亲疏远近:一曰祠,二曰命,三曰诰,四曰会,五曰祷,六曰诔。"在《礼记》一书中,还对某些文体的使用范围加以规定,比如"诔":"贱不诔贵,幼不诔长,礼也。唯天子称天以诔之。诸侯相诔,非礼也。"把文类看作仅仅是文学史家为了工作的便利而设置的范畴归纳,而看不到其中包含的文化权力的运作,就太天真了。每一个时代中,文类之间总是存在着虽未明言却或井然有序或含混模糊的"上下亲疏远近"关系,有时我们称之为"中心—边缘"关系。直至今天,当我们注意到几乎所有的综合性文学刊物都罕有将"散文"或"抒情短诗"置于"头条位置"时,文类之间的上述不成文的"伦理"秩序就昭然若揭了。有时我们能听到这样的传闻,说是从事剧本创作的文学家在文艺界代表大会上尴尬地发现自己"掉在了两把椅子中间",在"剧协"中无法与著名导演、名角、明星们平起平坐,在"作协"中又被小说家和诗人们所挤兑。他们呼吁成立专门的"戏剧文学家协会",正表明了某一文类在当代文化权力机制中的困窘地位或边缘位置。如果我们由此联想到别的一些代表大会中要求规定女性代表的数量达到一定的百分比，这种联想多少总是有点道理的了。

同样，"男女之别"决不仅仅是生理学或生物学意义上的划分，而首先是文化的和政治的划分。正如西蒙娜·波伏瓦所说的，女人决非生就的而是造就的。从中国古典要籍中可以不太费力地引证材料来说明这一点。《通鉴外》载："上古男女无别，太昊始设嫁娶，以俪皮为礼，正姓氏，通媒妁，以重人伦之本，而民始不渎。"《礼记·郊特牲》："妇人，从人者也，幼从父兄，嫁从夫，夫死从子。"《礼记·大戴》："妇人，伏于人者也。"《说文》："妇，服也。"在两千年的父权文明中，"男女之别"不单只是一种区分，而且是一种差序，一种主从、上下、尊卑、内外的诸种关系的规定。

这样，当我们把文体类别和性别这两个概念搁一块儿考虑的时候，那个作为同一位"划分者"的历史主体就浮现了，那位万能的父亲形象凸显于文化史的前景。更准确地说，任何划分都是在"父之法"的统治下进行。既然"男与女"是文学、文化、伦理等领域无法回避、必然要谈论的主题，父系社会就规定了谈论它的方式、范围、风格、禁忌等等。周作人曾经谈到中国历来的散文分为两类，一类是"以载道"的东西，一类则是写了来消遣的。在前一类文章中也可以谈"男女"，却正襟危坐、道貌岸然，其文体主要是伦理教科书之类的形式。父系文明甚至不反对女才子们写作这类东西，如班昭和宋若华们写的《女诫》《女论语》之类。更多的涉及"男女"或曰"风月"的作品，却只能以诗词、传奇、话本、小说这类处于话语秩序的边缘的形式来表达。

被压入幽暗之域的历史无意识借助在这后一类话语中或强或弱的宣泄,调节着消解着补充着润滑着整个文化权力机制的运作。

现在要来说清楚编这本散文集的"十分有意思"之处,就比较容易了。

十九世纪末二十世纪初,中国社会发生了急剧的变动。相应地,文体类型的结构秩序也产生了"中心移向边缘、边缘移向中心"这样的位移错动。正统诗文的主导地位迅速衰落了,小说这一向被视为"君子弗为"的"邪宗"被时人抬到了"文学之最上乘"的吓人位置,担负起"改良群治""新一国之民"的伟大使命。新诗经由"尝试"而终于"站在地球边上呼号"。戏剧直接由域外引进,不唱只念,文明戏而至"话剧运动"。其间散文的命运最为沉浮不定。它既不像小说那样,起于草莽市井而入主宫闱;也不像新诗那样,重起炉灶另开张,整个儿跟旧体诗词对着干;更不像话剧那样,纯然"拿来"之物,与旧戏曲毫无干系(至少表面看来如此)。说起来,在中国整个文学遗产中,各类散文作品所占的比重,比诗歌、小说、戏曲合在一起还大。而所谓散文这一类型概念本身的驳杂含混,足以容纳形形色色的文体,诸如古文、正史、八股文等较占"中心位置"的文体,又包含小品文、笔记、书信、日记和游记一类位于边缘的类型。因此,在谈论"二十世纪中国文学"的文体结构变动中散文的位移时,就无法笼统地一概而论。借用周作人的范畴,我们不妨粗疏地说,"载道之文"由中心移向边缘,而"言志之文"由边缘移向中心。其间的复杂情形无法在这里讨论,譬如书信、日记、游记之类渗入到小说里去暗度陈仓,或者反过来说,小说在向文体结构的"最上乘"大举进军时裹挟了一些边缘文体咸与革命。有一点可以说的是，以前人们用"文章"这个名目来概括上述形形色色的文体，如今已觉不太合适。至少，古代文论中通常指与韵文、骈文相对的散行文体的"散文"，被提出来作为西方的 Pure prose 的译名，并产生持续相当久的命名之争。周作人呼吁"美文"，王统照倡"纯散文"，胡梦华则称之为"絮语散文"。或者译 Essays 称为随笔，或者袭旧名叫作小品，或者干脆合二为一，如郁达夫所说的，"把小品散文或散文小品的四个字连接在一气，以祈这一个名字的颠扑不破，左右逢源"。还有一些新起的名目，如杂文、杂感、随想录、速写、通讯、报告文学等，归入散文这旗帜之下。命名的困难正说明了散文地位的尴尬。在二十世纪中国文学的发展进程中，它总是夹在中心与边缘、文学与非文学、纯文学与"广义的文学"、雅与俗、传统的复兴与外国的影响、歌颂与暴露等诸种矛盾之间，有时或许真的"左右逢源"，更多的时候是左右为难。在五四新文学运动的最初十年，胡适、鲁迅、周作人、郁达夫等人无不认为比之小说、新诗、戏剧，散文取得的成就最为可观。而可观的原因，却又恰好不是由于他们所极力主张的反传统，而是由于可依恃的传统最为丰厚深沉的缘故。可是没过多久，讨论起"中国为什么没有伟大的文学产生"这样的大问题时，鲁迅就不得不起而为杂文和杂文家辩护，争论说，与创作俄国的《战争与和平》这类伟大的作品一样，写杂文也是"严肃的工作"。在鲁迅身后，"重振散文""重振杂文""还是杂文的时代"一类的呼声，其实一直也没有中断过。散文的"散""杂""小""随"等特征，说明了它的不定型、无法规范、兼容并蓄、时时被主流所排斥等，与其说是必须为之辩护并争一席之地，毋宁说恰恰是散文的优势之所在，它借此得以时时质疑主流意识,关注边缘缝隙,关注被历史理性所忽视所压抑的无意识、情趣和兴味,从而可能比小说、诗、戏剧等文体更贴近历史文化主体及其精神世界的真实。

不消说,文体结构的错动只是二十世纪社会文化伦理诸结构大变动中的一个部分。周作人曾认为,"小品文是文学发达的极致,他的兴盛必须在王纲解纽的时代"。二十世纪初,随着王权的崩溃,父权夫权亦一齐动摇。"五四"时期讨论得最多的热门话题,便是"孝"和"节"("饿死事小,失节事大"的那个"节")。男女之别不仅在差序尊卑的意义上,而且在分类的意义上受到质疑。"我是一个'人'!"女权首先被看作人权的一部分提了出来,女性与幼者一视同仁(人)地被当作"人之子"而不是儿媳或儿媳之夫置于反抗父权文化的同一条战壕之中。妇女解放始终没有单独地从"人的解放"(随后是社会解放和阶级解放)的大题目中提出来考虑,遂每每被后者所遮掩乃至淹没。如同处于错动的文体秩序中沉浮不定的"散文",变动的社会结构里,二十世纪的中国女性身处诸种复杂的矛盾之中。一方面,妇女的社会地位确实经历了惊人的变化,并且得到了宪法和法律的确认;另一方面,妇女事实上承受的不平等至今仍随处可见,某些方面甚至愈演愈烈(如长途贩卖妇女)。你会问,社会和阶级的解放能否代替妇女及其女性意识的解放,或者说后者的不如人意正证明了前者的"同志仍须努力"? 另一个令人困惑不解的趋向是,到了二十世纪末叶,与欧美的女权主义者正相反,中国的女性似乎更强调"女人是女人",这一点似乎亦与世纪初的出发点大异其趣。一个流传颇广的采访或许能说明问题。当一位普通妇女被问到她对"男女平等"的理解时,她说:"就是你得干跟男人一样繁重危险的工作,穿一样难看邋遢的衣服,同时在公共汽车上他们不再给你让座,你下班回家照样承包全部家务。"看来,妇女解放不单充满了诗意,也充满了散文性和杂文性。有意思的是,茅盾曾有短篇小说以《诗和散文》为题,描写了二十世纪初的新青年新女性的爱情婚姻生活。而丁玲的两篇著名杂文,《我们需要杂文》和《三八节有感》,几乎就发表在同一时期的《解放日报》上。所谓杂文,我想,无非是在看似没有矛盾的地方出其不意地发现矛盾,而这"发现"带有文化的和文学的意味罢了。

喜欢处处发现"同构性"的人,倘若生拉硬拽地夸大这里所说的联系,可能不会是明智的。这篇序文只是试图提供一种阅读策略,去看待这本集子中文体方面和论及的话题方面所共有的驳杂不纯性。收入集子中创作时间最早的,是前清进士、后来的北大校长蔡元培先生的一篇未刊文《夫妇公约》,文中表现的"超前意识"几乎与其文体的陈旧一样令人吃惊。鲁迅早年以"道德普遍律"为据写作长篇说理文,在著名演说《娜拉走后怎样》中则提及"经济权"的问题,到了后来,就纯粹用数百字的短文向父权文明实施"致命的一击"了。周作人却一直依据人类学、民俗学和性心理学的广博知识来立论,其文体和观点少有变化。继承了"鲁迅风"且在女权问题上倾注了最大战斗激情的是聂绀弩,《〈确系处女小学亦可〉》一文取材报章,处女膜与文化程度的这种奇怪换算真使人惊愕,至今,在许多"征婚启事"上此类杂文材料并不难找。徐志摩的演说援引了当时的女权主义者先驱、小说家伍尔夫的名作《自己的房间》里的许多观点,却无疑作了出自中国浪漫主义男性诗人的阐释和理解。林语堂仿尼采作"萨天师语录",梁实秋则在他的"雅舍小品"中对男人女人不分轩轾地加以调侃,然而这调侃既出自男人之笔下,"不分轩轾"似不可能。张爱玲的《谈女人》从一本英国书谈起,把英国绅士挖苦女人的那些"警句"也半挖苦地猛抄了一气,最后却点出她心目中最光辉的女性形象——大地母亲的形象。集子中那组由郁达夫、何其芳、陆蠡、孙犁等人撰写的更具抒情性的散文,或谈初恋,或寄哀思,或忆旧情,可能比说理性的散文透露了更多至性至情,其文体和情愫,借用周作人的话来评说,"是那样地旧又那样地新",新旧杂陈,难以分辨。关于婚姻、夫妇的散文占了相当篇幅,其中有关"结婚典礼"的讨论是最有兴味的,仪式的进行最能透露文化的变迁,二十世纪最典型的"中西合璧"式长演不衰,其中因由颇堪玩味。悼亡的主题本是中国古典散文的擅长,朱自清和孙犁是两位如此不相同的作家,写及同一主题时的那些相似相通之处却发人深思。一本谈"男与女"主题的散文集,出自男士之手的作品竟占了绝大部分,这是编书的人也无可如何的事。幸好有新近的两位女作家,张辛欣和王安忆的大作压轴,一位"站在门外"谈婚姻,一位却娓娓而叙"家务事",都能透露八十年代的新信息,把话题延续到了眼前目下。

驳杂不纯,散而且杂。苏联批评家巴赫金有所谓"复调"或"众声喧哗"(heteroglossia)理论,用于评价二十世纪中国文学是最为恰当的。就谈论"男与女"的"散文"而言,就更是如此——文体、语言、观念、思想,无不在时空的流动中嬗变、分化、冲突,极为生动,十分有意思。不信,请君开卷,细细读来。

1989年11月于蔚秀园

(《男男女女》,人民文学出版社,1990年)

难得浮生半日闲

陈平原

收集在这里的基本上都是闲文。除了所写系人生琐事无关家国大业外,更在于文中几乎无处不在的闲情逸致。把善于消闲概括为"士大夫趣味"未必恰当,只不过文人确实于消闲外,更喜欢舞文弄墨谈消闲。谈消闲者未必真能消闲,可连消闲都不准谈的年代,感情的干枯粗疏与生活的单调乏味则可想而知。有那么三十年,此类闲文几乎绝迹,勉强找到的几篇,也都不尽如人意。说起来闲文也还真不好写,首先心境要宽松,意态要潇洒,文章才能有灵气。大文章有时还能造点假,散文小品则全是作家性情的自然流露,高低雅俗一目了然。当然,比起别的正经题目来,衣食住行、草木鸟兽乃至琴棋书画,无疑还是更对中国文人的口味。即使是在风云激荡的二十世纪,

《闲情乐事》书影

也不难找到一批相当可读的谈论此类"生活的艺术"的散文小品。

一

"在中国,衣不妨污浊,居室不妨简陋,道路不妨泥泞,而独在吃上分毫不能马虎。衣食住行的四事之中,食的程度远高于其余一切,很不调和。中国民族的文化,可以说是口的文化。"这话是夏丏尊在1930年说的,半个世纪后读来仍觉颇为新鲜。唯一需要补充的是,不单普通中国人爱吃善吃,而且中国文人似乎也格外喜欢谈论吃——在二十世纪中国散文小品中,谈论衣、住、行的佳作寥寥无几,而谈论吃的好文章却比比皆是。

对于烹调专家来说,这里讲究的"吃"简直不能算吃。显然,作家关心的不是吃的"内容",而是吃的"形式"。更准确地说,是渗透在"吃"这一行为中的人情物理。说"他民族的鬼只要香花就满足了,而中国的鬼仍依旧非吃不可",故祭祀时要献猪头乃至全羊全牛(夏丏尊《谈吃》);说中国人天上地下什么都敢吃,不过为了心理需要,"人们对于那些奇特的食品往往喜欢'锡以嘉名'"(王了一《奇特的食物》);说理想的饮食方法是"故意往清茶淡饭中寻其固有之味",而这大概"在西洋不会被领解"(周作人《喝茶》)……这实际上探究的是体现在"食"上的民族文化心理。

正因为这样,谈论中国人"吃的艺术"的文章,基于其对民族文化的态度,大体上可分为两类:重在褒扬中国文化者,着力于表现中国人吃的情趣;重在批判国民性者,主要讽刺中国人吃的恶相。两者所使用的价值尺度不同,不过在承认中国人能吃而且借吃消闲这一点上是一致的。林语堂为洋派的抽烟卷辩护,不过说些"心旷神怡"或者"暗香浮动奇思涌发"之类着眼于实际效果的话(《我的戒烟》),哪及得上吴组缃所描述的那作为"我们民族文化的结晶"的抽水烟:有胡子老伯伯吸烟时"表现了一种神韵,淳厚,圆润,老拙,有点像刘石庵的书法";年轻美貌的婶子吸烟时"这风姿韵味自有一种秾纤柔媚之致,使你仿佛读到一章南唐词";至于风流儒雅的先生吸烟时的神态,"这飘逸淡远的境界,岂不是有些近乎倪云林的山水"?你可以不欣赏乃至厌恶这种充满装饰意味的"生活的艺术",可你不能不承认它自有其特点:它的真正效用并不在于过烟瘾,而是"一种闲逸生活的消遣与享受"(吴组缃《烟》)。实际上中国有特点的食物,多有这种"非功利"的纯为体味"闲中之趣"的意味,欣赏者、批判者都明白这一点。

夏丏尊怀疑"中国民族是否都从饿鬼道投胎而来",因此才如此善吃(《谈吃》),丰子恺讥笑中国人甚具吃瓜子天才,"恐怕是全中国也可消灭在'格,呸'、'的,的'的声音中呢"(《吃瓜子》),自然都颇为恶谑。可跟同时代关于国民性讨论的文章比较,不难理解作者的苦衷。至于吴组缃厌恶跟"古老农业民族生活文化"联系在一起的"闲散的艺术化生活"(《烟》),阿英慨叹"不断的国内外炮火,竟没有把周作人的茶庵,茶壶,和茶碗打碎"(《吃茶文学论》),更是跟特定时代的政治氛围密切相关。在他们看来,"消闲"那是山人隐士的雅事,与为救亡图存而奋斗的新时代知识分子无缘,唯一的作用只能是销蚀斗志。这种反消闲的倾向在阶级斗争的弦绷得格外紧的年代里得到畸形的发展,烟茶之嗜好甚至成了治罪的根据。这就难怪邵燕祥要为一切饮茶者祝福:"但愿今后人们无论老少,都不必在像喝茶之类的问题上瞻前顾后,做'最坏'条件的思想准备。"(《十载茶龄》)

其实,夏丏尊、丰子恺等人本性上又何尝真的不喜欢"消闲",只不过为感时忧国故作决绝语。听丰子恺谈论吃酒的本旨乃为兴味为享乐而不求功利不求速醉,你才明白作家的真性情。而这种说法其实跟周作人关于茶食的诸多妙论没多少差别。在周氏看来,"我们于日用必需的东西以外,必须还有一点无用的游戏与享乐,生活才觉得有意思",因而,喝不求解渴的酒与吃不求充饥的点心便是生活中必不可少的"装点"(《北京的茶食》)。没这些当然也能活下去,可生活之干燥粗鄙与精美雅致的区别,正在这"无用的装点"上。所谓"'忙里偷闲,苦中作乐',在不完全的现世享乐一点美与和谐,在刹那间体会永久",实不限于日本的茶道(周作人《喝茶》),中国人的饮食方式中也不乏此种情致。这里讲究的是饮食时的心境,而不是制作工艺的复杂或者原料之珍贵。作家们津津乐道的往往是普普通通的家乡小吃,而不是满汉全席或者其他什么宫廷名馔。除了贾平凹所说的,于家乡小吃中"地方风味,人情世俗更体察入微"外(《陕西小吃小录》),更有认同于普通人日常生活的意味。靠挥金如土来维持饮食的"档次",那是"暴发户"加"饕餮",而不是真正的美食家。美食家当然不能为无米之炊,可追求的不是豪华奢侈,而是努力探寻家常饮馔中的真滋味全滋味。这一点,财大气粗的饕餮自然无法理解,即使当年批判"消闲"的斗士们也未必都能领会。周作人的喝清茶,丰子恺的品黄酒,贾平凹的觅食小吃,实在都说不上糜费,可享受者所获得的乐趣与情致,确又非常人所能领悟。

不过,话说回来,近百年风云变幻,这种以消闲为基调的饮食方式实在久违了,绝大部分人的口味和感觉都变得粗糙和迟钝起来,难得欣赏周作人那瓦屋纸窗清泉绿茶与素雅的陶瓷茶具。这点连提倡者也无可奈何。于是文中不免或多或少带点感伤与怀旧的味道,以及对"苦涩"的偏爱。周作人把爱喝苦茶解释为成年人的可怜之处,可我想下个世纪的中国人未必真能领悟这句话的分量——但愿如此。

二

比起"食"来,"衣""住""行"似乎都微不足道。二十世纪的中国文人对"食"的兴趣明显高于其他三者。难道作家们也信"什么都是假的,只有吃到肚里是真的"?抑或中国过分发达的"食文化"对其"兄弟"造成了不必要的抑制?可纵观历史,则又未必。或许这里用得上时下一句"名言":越是乱世,越是能吃。战乱年代对服饰、居室的讲究明显降到最低限度,而流浪四方与旅游观光也不是一回事,可就是"吃"走到哪儿都忘不了,而且都能发挥水平。有那么三十年虽说不打仗,但讲究穿着成了资产阶级的标志,更不用说花钱走路这一"有闲阶级的陋习",唯有关起门来吃谁也管不着,只要条件允许。这就难怪谈衣、住、行的好文章少得可怜。

林语堂称西装令美者更美丑者更丑,而"中国服装是比较一视同仁,自由平等,美者固然不能尽量表扬其身体美于大庭广众之前,而丑者也较便于藏拙,不至于太露形迹了,所以中服很合于德谟克拉西的精神"(《论西装》),这自是一家之言,好在文章写得俏皮有趣。梁实秋谈男子服装千篇一律,而"女子的衣裳则颇多个人的差异,仍保留大量的装饰的动机,其间大有自由创造的余地"(《衣裳》),文章旁征博引且雍容自如。可林、梁二君喜谈服装却对服装不甚在行,强调衣裳是文化中很灿烂的一部分,可也没谈出个子丑寅卯。真正对服装有兴趣而且在行的是张爱玲,一篇《更衣记》,可圈可点之处实在太多了。语言风趣学识渊博还在其次,更精彩的是作者力图描述时装与时代风气的关系,以及时装变化深层的文化心理。讲到清代女子服饰的特点时,张爱玲说:"这样聚集了无数小小的有趣之点,这样不停地另生枝节,放恣,不讲理,在不相干的事物上浪费了精力,正是中国有闲阶级一贯的态度。惟有世上最消闲的国家里最闲的人,方才能够领略到这些细节的妙处。"民国初年,时装显出空前的天真轻快,喇叭管袖子的妙处是露出一大截玉腕;军阀来来去去,时装日新月异,并非表现精神活泼思想新颖,而是没能力改变生存境况的人们力图创造衣服这一"贴身环境";三十年代圆筒式的高领远远隔开了女神似的头与丰柔的肉身,象征了那理智化的淫逸风气;四十年代旗袍的最重要变化是衣袖的废除,突出人体轮廓而不是衣服。至于四十年代何以会在时装领域中流行减法——删去所有有用无用的点缀品,张爱玲没有述说。其实,几十年时装的变化是篇大文章的题目,非散文家三言两语所能解答。张氏不过凭其机智以及对时装的"一往情深",勾勒了其大致轮廓。

住所之影响于人的性格乃至一时的心境,无疑相当突出。因而,对住所的要求往往是主人人格的潜在表现。在郁达夫、梁实秋谈论住所的文章中,洋溢着鲜明的士大夫情趣,讲求的是雅致而不是舒适。当然,"舒适"需要更多的金钱,"雅致"则可以穷开心。穷是时代使然,可穷也要穷得有味——这是典型的中国文人心态。郁达夫要求的住所是能登高望远,房子周围要有树木草地(《住所的话》);梁实秋欣赏不能蔽风雨的"雅舍",则因其地势偏高得月较先,虽说陈设简朴但有个性,"有个性就可爱"(《雅舍》)。

梁实秋说"我们中国人是最怕旅行的一个民族"(《旅行》),这话起码不准确,翻翻古人留下的一大批情文并茂的游记,不难明白这一点。只是在兵荒马乱的年代,中国人才变得最怕旅行。旅行本来是逃避平庸、逃避丑恶以及培养浪漫情调的最好办法,它使得灰色单调的人生显得比较可以忍耐。可倘若旅行之难难于上青天,那也自然只好"猫"在家里了。完全圈在四合院里,不必仰屋,就想兴叹。于是有了变通的办法,若王了一所描述的忙里偷闲的"蹓跶"(《蹓跶》),以及梁遇春所说的比"有意的旅行"更亲近自然的"通常的走路"(《途中》)。"何处楼台无月明",自己发现的美景不是远胜于千百万人说烂了的"名胜"?关键是培养一个易感的心境以及一双善于审美的眼睛,而不是恓恓惶惶筹集资金去赶万里路。于是,凡人百姓为谋生而必不可少的"通常的走路",也可能具有审美的意义,当然,前提是心境的悠闲。

三

与谈衣食住行不同,二十世纪中国作家对草木鸟兽以及琴棋书画的关注少得可怜。虽说陆蠡说养"鹤"、老舍说养鸽,还有周作人说玩古董与梁实秋说下棋,都是难得的好文章。可总的来说,这一辑文章明显薄弱,比起明清文人同类作品来,并没有多少值得夸耀的新意。这也是无可奈何的事。写作此类文章需要闲情逸致,这一百年虽也有周作人、林语堂等人提倡"生活的艺术",可真正允许消闲的时候并不多。

  这也是本书最后殿以一辑专作忙闲之辩文章的原因。一方面是传统中国文人趣味倾向于"消闲",一方面是动荡的时代以及忧国忧民的社会责任感要求远离"消闲",作家们很可能有时候津津乐道,有时候又板起脸孔批判,而且两者都是出于真心,并无投机的意味。明白这一点,才能理解同一作家不同作品之间价值评判标准的矛盾。在我看来,忙闲之辩双方各有其价值,只是要求入选的文章写得有情致,火气太盛的"大批判文章"难免不入时人眼。自以为手握真理可以置论敌于死地者,往往不屑于平心静气展开论辩,或只是挖苦,或一味嘲讽,主要是表达一种情感意向而不是说理,因而时过境迁,文章多不大可读。

  还有一点,提倡"消闲"者,往往是从个人安身立命考虑,且多身体力行;反对"消闲"者,则更多着眼于社会发展,主要要求世人遵循。为自己立论,文章容易潇洒轻松;为他人说教,则文章难得雍容优雅。当然,不排除编选者对前者的偏爱,并因而造成某种理论的盲点,遗漏了一批好文章。好在批判消闲的宏文历来受到文学史家的肯定,各种选本也多有收录,读者不难找到。因而,即使单从补阙的角度,多收录几篇为消闲辩护的文章,似乎也是说得过去的。

  正如王了一所说的,"好闲"未必真的一定"游手","如果闲得其道,非特无损,而且有益"(《闲》)。整天没完没了地工作,那是机器，而不是"人"——真正意义的人。丰子恺讲求"暂时脱离尘世"，放弃欲念，不谈工作，"白日做梦"，那对于健全的人生很有必要，就因为它"是快适的，是安乐的，是营养的"（《暂时脱离尘世》）。其实，这一点中国古代文人早有领悟，从陶渊明、苏东坡，到张潮、李笠翁，都是"能闲世人之所忙者，方能忙世人之所闲"的"快乐天才"。这里"忙""闲"的对立，主要是所忙、所闲内容的对立，与周作人从日本引进的"努力的工作，尽情的欢乐"不尽相同。只是在强调消闲对于忙碌的世俗人生的重要性这方面，两者才有共同语言。

深受英国随笔影响的梁遇春，从另一个角度来谈论这一问题。反对无谓的忙乱，提倡迟起的艺术，"迟起本身好似是很懒惰的，但是它能够给我们最大的活气，使我们的生活跳动生姿"（《"春朝"一刻值千金》）；讥笑毫无生气的谦让平和，赞赏任性顺情、万事随缘、充满幻想与乐观精神，无时不在尽量享受生命的"流浪汉"（《谈"流浪汉"》）。有趣的是，梁遇春谈"流浪汉"，选中的中国古代文人是苏东坡；而这跟提倡闲适名扬海内外的林语堂正相吻合。可见两者确有相通之处。

承认"消闲"对于人生的意义，并非提倡山人隐士式的"不知有汉，无论魏晋"，更不欣赏"装点山林大架子，附庸风雅小名家"。忙忙碌碌终其一生不大可取，以闲适自傲也未必高明。如何把握"忙"与"闲"之间的比例，这里有个适当的"度"，过犹不及。人生的精义就在于这个颇为微妙的"度"。

1989年4月11日于畅春园
（《闲情乐事》，人民文学出版社，1990年）

何必青灯古佛旁

陈平原

一

《佛佛道道》书影

要谈中国人的宗教意识,当然必须佛、道并举。可有趣的是,在二十世纪的中国,谈佛教的散文小品甚多,而谈道教的则少得可怜。尽管放宽了尺度,仍然所得无几。弘法的不说,单是写宗教徒的,前者有追忆八指头陀、曼殊法师和弘一法师的若干好文章,后者则空空如也。二十世纪的中国文人何其厚佛而薄道!

或许这里得从晚清的佛学复兴说起。真正对整个思想文化界起影响的,不是杨文会等佛学家的传道,而是康有为、梁启超、谭嗣同、章太炎等政治家的

"以己意进退佛学"。提倡学佛是为了"去畏死心","去拜金心",创造"舍身救世""震动奋厉而雄强刚猛"的新民,并寻求自我解放,获得大解脱大自在大无畏的绝对自由。用章太炎的话来概括就是:"要用宗教发起信心,增进国民的道德。"佛教救国论对"五四"作家有很大影响,鲁迅、周作人等人批判儒家,也批判道教,可就是不批判佛教,甚至颇有喜读佛经者。一方面是以佛学反正统观念,一方面是借佛学理解西方思想(如自由、平等、博爱)。尽管此后很多政治家、文学家自认找到新的更有效的思想武器,可对佛学仍甚有感情。

　　相比起来,道教的命运可就惨多了。在二十世纪中国的思想文化界,道教几乎从来没有出过风头。二三十年代鲁迅、许地山、周作人曾分别从思想史、宗教史、文学史角度,论证道教对中国人性格和中国文化发展趋向的深刻影响,只不过是持批判的态度。鲁迅《小杂感》中有段话常为研究者所引用:"人往往憎和尚,憎尼姑,憎回教徒,憎耶教徒,而不憎道士。懂得此理者,懂得中国大半。"至于何以中国人不憎道士而憎恶其他宗教徒,鲁迅并没展开论述。不过从二三十年代作家们的只言片语中,大体可猜出其中奥秘。首先,道教是真正的中国特产,影响于下层人民远比佛教大。老百姓往往是佛道不分,以道解佛,而民间的神仙、禁忌也多与道教相关。其次,佛教、耶教都有相当完整且严谨的理论体系,道教的理论则显得零散而不完整,且含更多迷信色彩。再次,佛教徒讲斋戒、讲苦行、不近女色,而道教徒虽也讲虚静,但更讲采阴补阳、长生不老。如此不讲苦行的理论,自然容易获得中国一般老百姓的欢迎。最后,佛教讲求舍身求法,普度众生,而道教讲白日飞升,追求自己长生,未免显得更重实利。如此分辨佛道,不见得精确;可对于揭露国民劣根性并致力于改造国民灵魂的这一代作家来说,抓住道教做文章确是用心良苦的。

只是这么一来,道教也就与二十世纪中国的散文小品基本无缘了,这未免有点可惜。对于道教,二三十年代有过正襟危坐的学术论文,也有过热讽冷嘲的片纸只字,可就缺少雍容自如的散文小品。至于五十年代以后,宗教几成"瘟疫",避之唯恐不及,作家们哪里还有雅兴谈佛说道?奇怪的是,近年学术界为宗教"平反",作家们何以还是多谈佛而少论道?或许,随着气功的重新崛起,道教将重返文坛也未可知。只是在本选集中,道教明显处于劣势。

二

文人学佛与和尚学佛着眼点自是不同,没有那么多"理解的执行不理解的也执行"的盲信,而更喜欢刨根问底探虚实。单是嘲笑和尚不守教规出乖露丑,那说明不了任何问题。无论何时何地何宗何派,总有滥竽充数的"吃教者",非独佛教然。何况佛家对此颇有自觉,《梵网经》即云:"如狮子身中虫自食狮子肉,非余外虫。如是,佛子自破佛法,非外道天魔能破坏。"佛子流品不一,可这无碍于佛法之如日中天普照人间。唐宋以来,小说、戏曲中嘲弄和尚的作品多矣,可文人读佛的热情并未消退,理由是"信佛不信僧"。这并非骂尽天下和尚,而是强调佛教作为一种理论体系的独立价值。如此读佛,方能见出佛教的伟大处。

许地山用诗一般的语言表达佛家的根本精神"慈悲":"我愿你作无边宝华盖,能普荫一切世间诸有情。"(《愿》)丰子恺则明确表示鄙视那些同佛做买卖,靠念佛祈求一己幸福的"信徒",理由是"真正信佛,应该理解佛陀四大皆空之义,而屏除私利;应该体会佛陀的物我一体,广大慈悲之心,而护爱群生"(《佛无灵》)。《大智度论》称"大慈与一切众生乐,大悲拔一切众生苦",这一佛教的真精神并非为所有学人所接受,起码批评佛教为消极出世者就不这么看。而在弘一法师看来,佛教"不唯非消极,乃是积极中之积极者",因为大乘佛法兼说空与不空两方面,"不空"为救世,"空"为忘我(《佛法十论略释》)。曼殊法师 1913 年为配合革命党人二次革命而发表的《讨袁宣言》,以及弘一法师抗日战争中提出的口号"念佛必须救国,救国不忘念佛",即可作为佛教徒"不空"的例证。你可以怀疑"念佛救国"的实际效果,却不应该指责其"消极出世"。当然,佛教徒追求的本来就是一种精神价值,最多也不过是欲挽救今日之世道人心,不可能有什么"立竿见影"般的实际效果。

俗人中善读佛经的莫过于周作人了。这里除了学识与洞察力外,更主要的是一种宽容的心态和寻求理解的愿望。在常人看来,佛教的戒律无疑是烦琐而又枯燥无味的,连大小便和劈柴吐口水都有如此详细的规定;而周作人则从中读出佛教的伟大精神:所有的规定都合于人情物理。最能体现这一点的莫过于"莫令余人得恼"六个字(《读戒律》)。至于最容易引起误解的斋戒,周作人也从《梵网经》中得到启示:"我以为菜食是为了不食肉,不食肉是为了不杀生,这是对的,再说为什么不杀生,那么这个解释我想还是说不欲断大慈悲佛性种子最为得体,别的总说得支离。"(《吃菜》)这一点丰子恺的见解与周作人最为相近，尽管丰本人是曾作《护生画集》的居士，且因生理原因而吃素。"我的护生之旨是护心，不杀蚂蚁非为爱惜蚂蚁之命，乃为爱护自己的心，使勿养成残忍。"(《佛无灵》)只要真能护心，吃素吃荤实为小事。若过分钻牛角尖，只吃没有雄鸡交合而生的蛋，不养会吃老鼠的猫，那不只迂腐可笑，失却佛学本旨，而且类推到底，非饿死不可，因植物也有生命。民初作家程善之就写过一篇题为《自杀》的小说，写接受近代科学知识的佛教徒因了悟水中布满微生物，为不杀生只好自杀。

谈到佛教，总让人很自然联想起古寺和钟声。比起和尚来，古寺钟声似乎更接近佛学精义。文人可能嘲讽专吃菩萨饭的大小和尚，可对横亘千年回荡寰宇的古寺钟声却不能不肃然起敬。徐志摩惊叹："多奇异的力量！多奥妙的启示！包容一切冲突性的现象，扩大霎那间的视域，这单纯的音响，于我是一种智灵的洗净。"(《天目山中笔记》)如果嫌徐氏的感慨过于空泛，那么请读汪曾祺记承天寺的《幽冥钟》。幽冥钟是专门为难产血崩死去的妇人而撞的，"钟声撞出一个圆环，一个淡金色的光圈。地狱里受难的女鬼看见光了。她们的脸上现出了欢喜"。并非所有的钟都如承天寺的幽冥钟，乃"女性的钟，母亲的钟"；可钟声似乎沟通了人间与地狱、实在与虚无、安生与超越，比起有字的经书来更有感召力。

三

僧人流品不一，有可敬也有不可敬。最为世人所诟病的

"专吃菩萨饭"的和尚,其实也坏不到哪里去。就看你怎么理解宗教徒了。苏曼殊的不僧不俗亦僧亦俗至今仍为人所称羡,不只是其浪漫天性、其诗才,更因其对宗教的特殊理解。至于龙师父这样"剃光头皮的俗人",一经鲁迅描述,也并不恶俗,反因其富有人情味而显得有点可爱(《我的第一个师父》)。写和尚而不突出渲染色空观念,却着意表现其世俗趣味(首先是人,其次才是宗教徒),这种创作倾向贯串于废名的《火神庙的和尚》、老舍的《正红旗下》和汪曾祺的《受戒》等一系列小说。这种既非高僧也非恶和尚的普通僧人的出现,使得二十世纪中国作家对人性、对宗教的本质有了进一步的了解。只可惜好多作家转而拜倒在弗洛伊德门下,一门心思发掘僧人的性变态,这又未免浅俗了些。

有趣的是,围绕着一代高僧弘一法师,出现了一批很精彩的散文。一般来说,高僧不好写,或则因过分崇拜而神化,或则因不了解而隔靴搔痒。作为现代话剧运动和艺术教育的先驱,弘一法师披剃入山前有不少文艺界的朋友,而且俗圣生活的距离,并没有完全切断他们之间的联系。弘一法师可以说是二十世纪中国最为文人所了解的僧人,这就难怪几十年来关于弘一法师的纪念文章层出不穷,且不少甚为可读。

"五四"新文学作家中具有"隐逸性"的远不只废名、许地山、夏丏尊、丰子恺等三五人;周作人《五十自寿诗》引起的一大批"袈裟",并非只是逢场作戏。俞平伯《古槐梦遇》中有这么一句妙语:"不可不有要做和尚的念头,但不可以真去做和尚。"亦处亦出、亦僧亦俗的生活态度,既为中国文人所欣赏,又为中国文人所讥笑——讥笑其中明显的矫情。1936年郁达夫拜访弘一法师后,曾作诗表白自己矛盾的心态:"中年亦具逃禅意,两道何周割未能。"对照其小说,郁达夫并没有说谎。而据丰子恺称,夏丏尊十分赞赏李叔同(弘一法师)的行大丈夫事,只因种种尘缘牵阻,未能步其后尘,一生忧愁苦闷皆源于此(《悼夏丏尊先生》)。也就是说,弘一法师以其一贯的认真决绝态度,把文人潜藏的隐逸性推到极端,抛弃不僧不俗的把戏,完全割断尘缘皈依我佛。就像俞平伯所说的,"假如真要做和尚,就得做比和尚更和尚的和尚"(《古槐梦遇》)。这一点令作家们感到震惊和惭愧。因而不管是否信仰佛教,他们对弘一法师学佛的热情和信念都表示尊重和敬畏。即使像柳亚子这样以为"闭关谢尘网,吾意嫌消极"的革命诗人,也不能不为其"殉教应流血"的大雄大无畏所感动。

不见得真的理解弘一法师的佛学造诣,也不见得真的相信弘一法师弘扬律宗的价值,作家们主要是把他作为"真正的人"、一个学佛的朋友来看待的。弘一法师之所以值得尊敬,不在于他是否能救苦救难,而在于他找到了一种属于自己的生活方式,尝到了生活的别一番滋味。夏丏尊反对说弘一法师为了什么崇高目的而苦行,"人家说他在受苦,我却要说他是享乐"。在他,世间几乎没有不好的东西,就看你能否领略。"对于一切事物,不为因袭的成见所缚,都还他一个本来面目,如实观照领略,这才是真解脱,真享乐。"(《〈子恺漫画〉序》)而叶圣陶则从另一个角度来理解弘一法师的自然平静如"春原上一株小树"。不管信教与否,人生不就希望达到"春满""月圆"的境界吗?弘一法师"一辈子'好好的活'了,到如今'好好的死'了,欢喜满足,了无缺憾"(《谈弘一法师临终偈语》)。没有实在的功绩,也不讲辉煌的著述，只是一句"华枝春满，天心月圆"，这在世人看来未免不够伟大，可这正是佛家的人生境界。学佛能进到这步田地，方才不辜负"悲欣交集"数十载。

1989 年 4 月 17 日于畅春园
(《佛佛道道》，人民文学出版社，1990 年)

2018年10月　燕园重聚,于落花时节再度"三人谈""漫说文化"。

三人谈——落花时节读华章

1985年,钱理群、黄子平、陈平原以一篇《论"二十世纪中国文学"》一举改变了中国现当代文学研究的版图,在浪漫的八十年代为文学写下了浓墨重彩的一笔。2018年的今天,再提此事,陈平原却这样感慨:"四十年前的改革开放,文学是最早起步的,因为春江水暖鸭先知,而四十年以后文学是垫后的。"

从1985到2018,钱理群、黄子平和陈平原从青年学者变成了德高望重的老教授;三十年间,余华从先锋文学走向通俗文学,莫言拿了诺贝尔,默默无闻的金宇澄写出了惊艳四座的《繁花》,许多人从舞台退场,又有许多新人占领焦点,文学和这个时代一样,每一秒都发生着不可思议的变化。不过,有这样一套丛书,历经三十载,却依然保有着文学最初的魅力。

三十年前,三位学者用"漫说文化"四个字命名了这样一套囊括鲁迅、周作人到王安忆、贾平凹的佳作合集。三十年后的今天,这套丛书再次出版,值此机会,凤凰网文化与钱理群、黄子平、陈平原相约燕园,在落花的时节共读华章。

在这场故交重聚的风沙龙上,三个人仿佛回到了意气风发的八十年代,回到了那些神聊的岁月,滔滔不绝,畅所欲言。钱理群坦诚真挚,回忆起上课时带着学生一起朗读的场景,两眼放光,像小孩子一样;黄子平睿智儒雅,三言两语间带我们回到曾经的文艺与浪漫;陈平原则严谨认真,满怀对文学与时代的忧思。从鲁迅到史铁生,从《新青年》到《读书》,在这个不读书的时代里,所幸我们还能一起聊聊"文学"。

凤凰网文化将对话内容整理成了文字,以飨读者。原文分三部分发表,现合为一篇。

徐鹏远(主持人):感谢各位读者参加这场读书会,本次活动是由凤凰网文化风沙龙、领读文化共同举办。大家看到了今天的三位嘉宾,我想在北大办这样一场活动是特别不一样的,它既是作者和读者、学者和文学爱好者的一种直接交流,同时也是北大校友的一次聚会,因为在座三位虽然跟台下的同学们年龄差距比较大,但在座只要是北大的同学都可以叫三位一声学长。

在活动开始之前我跟三位老师有一个交流,得到两个好消息。一个好消息是陈平原老师和钱理群老师都准备了讲稿,看来我不用多说话;另外一个让我特别欣喜的是,离我最近的黄子平老师没准备讲稿,也就是说有一个没有准备的人在陪着我,所以我的心放下了许多。

三位老师不给大家做介绍了,因为大家都太熟悉不过了。我还是想从三位老师的关系开始,"漫说文化"丛书是由三位老师共同编著的,三位的缘分从三十年前就已经开始了,那时候在北大校园里他们还都是学生,后来得了一个江湖称号叫"燕园三剑客"。所以我想请三位老师从这聊起,当年您三位是怎么互相结识,又是如何得到这样一个特别有江湖味道的称号的呢?

黄子平：当年我从海南岛考到北大。我在海南岛的时候曾经被借调到黎族苗族通什自治州农垦局的宣传科，帮忙搞文学创作班。另外一个农友在海南局，是汉族地区的，叫苏炜，他管海南局那边的创作班。我们有时候合在一起做文学班的时候，我是黎族苗族自治州的头儿，外号叫黎头，我后来还用来当笔名。后来苏炜考到中山大学中文系，跟陈平原是同学。苏炜跟我联系上，说他有一位特棒的同学，商量到北京来就业，最后他就业不成，变成读博。其中一个很关键的，他拿了一篇非常优秀的论文，论许地山、苏曼殊的。我看了以后拿给老钱，老钱那时候已经留校当王瑶先生的助手，他看了以后推荐给王瑶先生，王瑶先生看了以后说叫他考博吧。这个渊源要远从海南岛五指山下说起。

陈平原：这个不用多说，因为我们以前说过好多回。我想变一个话题。"燕园三剑客"的说法，其实是不太合适的。因为自从大仲马的小说《三个火枪手》进来以后，很多人都会说谁谁谁是"三剑客"，当年季羡林他们在清华大学、后来在北大，都有"三剑客""四剑客"一类的传说。凡是说"四剑客"的，大都是自己编出来的，因为"三剑客"是有典的。只是"三剑客"可用在任何三个人身上，到处都是。我还是第一次听你给我们命名的，以前似乎没有这个名号。我们还是赶紧进入正题吧。

陈平原：最近十几年，中国学界离开了市场和读者

徐鹏远：我们聊回到这套书，熟悉中国当代文学研究史的朋友都知道，三位老师在中国文学学界崭露头角，是因为他们

共同提出了"二十世纪中国文学"的概念。我想请三位老师分别讲一下,你们共同编著这套书的初衷、想法是什么样的,这套书又和当年"二十世纪中国文学"概念的提出,有没有思路上相合的地方?

陈平原:我把这个话题接过来谈,因为我和老钱在北大教这么多年书,最大的特点是做事比较认真,这种大型的活动,我们肯定是有准备的,不是讲稿,而是基本资料。现场我们会根据听众的需要,做一些调整以及回应,这样才对得起诸位站在这里那么长时间。

先说命名。其实,一开始想为这套书做活动,我是不太同意的。因为,这是三十年前的事情,说实在的,老钱、子平以及我日后做的工作,比这个重要得多得多。坦白说,这套书在我们心目中,不是我们做的最重要的工作。后来之所以同意,是觉得难得有我们三个人再聚在一起,正儿八经谈学术话题。老钱甚至告诉我,这大概是最后一次了。以后我们还会不断吃饭聊天,但不会正儿八经地公开谈论学术话题。所以我同意做这个活动。主办方说做活动得有个主题,当时我脱口而出,就叫"三十三年落花梦"吧,他们觉得很好,可后来我自己觉得有问题。因为这脱口而出的"三十三年落花梦",是宫崎寅藏一本书的书名。这是日本的一个浪人,跟孙中山关系很好,《孙中山文集》里面大概有二三十处提到宫崎寅藏,他是最早帮助孙中山干革命的日本浪人,他的回忆录就叫《三十三年落花梦》。从我们提倡"二十世纪中国文学"的1985年,到今年恰好是三十三年,所以我才会这么说。后来觉得太政治了,而且我还要给大家解释谁是宫崎寅藏,以及他的功过得失,太麻烦了。

后来我想用"落花时节又逢君",那是杜甫的诗,题为《江南逢李龟年》。为什么这么说?因为说要做活动,我马上想起来,自从子平1990年离开北京以后,我们真正在一起正儿八经共同面对读者和听众,是迟至2000年。2000年他回来,就在隔壁那栋理教楼一楼做演讲,我请老钱一起来,再来一次"三人谈"。先由黄子平演讲,题目叫《再论二十世纪中国文学》。题目没什么,但场景很动人。因为刚刚开始五分钟就停电了,我赶快让学生到旁边小卖部买二十根蜡烛,点在教室的各个角落里,子平一看点了蜡烛,情绪更好,大家听讲也更认真。很可惜,十分钟以后电又来了。但是这个场景在他、在我们都会记得很清楚,所以我说再次登台表演,"落花时节又逢君"。但又觉得太私人化。最后想想,还是要回到读书。所以我借用毛泽东的诗句,"三十一年还故国,落花时节读华章"。也就是说,希望话题逐渐从人转移到文章,就是这十本书囊括的众多好文章。

因为是三十年前做的书,当初要求重印,我还犹豫了一段时间。印出来以后,我重新阅读,感觉很不错。我还跟老钱说,好像我们当年做得不错,态度认真,效果也不错,甚至放在今天,也还是一套很不错的书,所以我很高兴。然后呢,我请已经毕业的十二位老学生先看,6月份在中山公园我们有一个聚会,请他们各自谈对这套书的感觉。学生们的发言,因为以前都是我的学生,说得比较客气,但我以为他们是认真的,说的是真心话。下面我摘他们的一些发言,很有意思的。再说,我很看重年轻一辈怎么看这套书。

中国传媒大学的凌云岚说:"十个主题合在一起,呈现的是一代文人学者的文化精神和情怀,而这些编选者借助这个工作,和'五四'一代人文学者进行精神对话。"北京社科院的季剑青说:"编选过程中的眼光带有很强的思想性,有很多人以为这是一个休闲读物,其实不是的,这些人是被新文化洗礼过的,可以说是'五四'那一代人某种启蒙立场的延续。"北京大学的张丽华称:"这套书跟传统文学史的选本不一样,没有那么多正襟危坐,选的文章很好,读起来很愉快。"首师大的袁一丹特别强调:"这套书明显带着八十年代的精神印记,隐含那个时代的阅读趣味和文化立场,表面上休闲,背后有一些生命中绕不开的重大问题。"中国社科院的杨早说:"读这套书必须把它跟'二十世纪中国文学'的概念和重写文学史、寻根文学等文化思潮放在一起,才明白他们为什么这么做。"

他们谈得很好,某种意义上把我的一些想法说出来了。我想补充一两句,首先,说这套书体现八十年代的文化趣味,这话没错,但不太准确。应该说,是体现八十年代后期的文化趣味。因为八十年代前期和八十年代后期,以 1985 年为界,是不太一样的。比如,早期努力从以政治为中心转向纯文学,而 1985 年以后,我们逐渐认识到纯文学这个概念的局限性,所以才会转向文化、历史和民俗。这套书是那个转折以后出来的东西。

《三联生活周刊》的"改革开放四十年"专号,访问 40 个人,包含我,我特别感慨的是九大主题,文学排在第九,换句话说是最后。四十年前的改革开放,文学是最早起步的,因为"春江水暖鸭先知",而四十年以后文学是垫后的。只能期待下一次新潮涌起的时候,这垫后的文学人又可以冲到前面来。但我不知道能不能做到。

谈这套书,我还想给大家增加一个背景。几年前我在北大编过《筒子楼的故事》,请二十几位北大中文系的老师,从老的到少的,曾在筒子楼居住过的,讲我们的故事。书出来了,效果很不错,我们想表达的不是悲情,而是一段历史,告诉后来者,我们是在那种生活氛围中思考、对话和工作的。我特别强调老钱的小屋子的精神氛围。老钱夫人当年还没来,所以他一个人住在筒子楼的小房间里面,我和子平会经常到他那里聊天。不仅我们两个,有一大堆同学,老的少的,最离谱的晚上十点钟还会敲老钱的门,说要跟老师谈天。今天这个状态不可能了,我们都住得很远,彼此见面聊天,或者同学请教,都要事先预约。所以,八十年代生活环境的窘迫和八十年代学术的神聊,或者说侃大山,这种对话与合作,促成"二十世纪中国文学"概念的产生,也造就了这一套"漫说文化"丛书。

接下来,谈一个有趣的话题:今天学术界的中坚力量已经从我们当初漫卷诗书的状态下撤离了。今天在大学里面,如果还没退休,必定被一大堆重大的和不怎么重大的课题所缠绕。大家都忙着做课题,很少像我们当初那样愿意面对公众、面对读者、面对一般读书人来写书、撰书、编书。这套书在市场反应不错,但拿到学术评价领域,它不算成果。也就是说,不是我们今天学术评价里需要的东西。所以我才会感慨,最近十几年,整个中国学界的眼光及趣味,被各种各样的计划、课题、基金所垄断。作为写书人,我们离开了市场,也离开了读者,这不是好事情。在这一点上,我怀念八十年代没有基金支持,直面读者需求,为读者而写书、编书,那个状态更值得欣赏。我后面还有好多要说的,但就此先停下,等老钱和子平说完以后,回过头来我再补充。下面请老钱来谈谈这套书。

钱理群:我们这代学者挣扎在时代情绪和学术理性之间

钱理群:我只要出现在公众场合一定会准备讲稿,年纪大了会东拉西扯,让下面年轻人讨厌。

我非常感谢有机会让我们三个人聚集在一起畅谈八十年代的学术和文化,对我来说参加这个会充满了怀念之情,首先怀念的是我们当年的友情。我们之间实际上有四次合作,一次合作是提出"二十世纪中国文学"的概念,然后有一个"三人谈"。第二次合作是"漫说文化"丛书。还有两次是没有完成或者有部分完成,一个是当时由严家炎老师主持的《二十世纪中国小说史》,当时是平原写晚清,严家炎老师写二十年代,吴福辉老师写三十年代,我写四十年代,洪老师写五六十年代,黄子平写七八十年代,这本书出来将会非常精彩。后来平原的先出来了,严老师过分严格要求自己,他的二十年代小说老出不来,他出不来我们后面的就不好写了,这套书最后不了了之,非常遗憾。还有一次是李庆西策划写一本插图本的文学史,这是非常好的一个创意,但后来形势巨变,书也就出不来了。这也很可惜。四次合作,只有两次是成功的。但是我们之间的友情是保留了三十多年之久,这是非常难得的。

我记得王富仁先生去世的时候,我在悼念文章里说过这样的话:我们现在生活在一个分裂的时代,人与人之间的思考、交流和讨论越来越困难,你找不到一个可以毫无提防、毫无顾忌地倾心交谈的朋友。我想,在座的朋友们都会有这样的体会,现在大家坐不拢,一谈就吵。所以我有一句话说:"知我者谓我心忧,不知我者谓我何求。"我的"知我者",可以敞开谈话的有两个群体,一个群体是贵州的老朋友,再一个群体就是子平、平原,北京当年的老同学、老朋友这个群体。

我经常想起鲁迅在"五四"之后说的那段话:"《新青年》的团体散掉了,有的高升,有的退隐,有的前进,我又经验了一回同一战阵中的伙伴还是会这么变化",只有我"依然在沙漠中走来走去","成了游勇,布不成阵了"。我现在的处境和心情,也是这样,从八十年代到现在,当年的很多人都分手了,各走各的路,仍然能够心心相印的是很少很少的。平原刚才说2000年子平从国外回来,他见了很多朋友,最后对我说,没变的就是你们几个了,其他都变了。我现在最渴望也最珍惜的,就是可以随便说说的朋友。所谓"随便说说"其实就是我们今天讲的"漫说"。从这个意义上来说,我们今天谈"漫说文化"其实是有象征性的,它反映了一种精神、一种心态、一种人和人之间的关系,这正是这个时代所匮缺的。所以我一再说我们今天能够公开地倾心相谈非常难得,搞不好这是最后一次。

第二点我想说说这套书,回顾一下当年写作、出版的背景。我记得在1994年,我们几篇序言合起来成一本书的时候,我们各自又写了序。当时我写的序言题目叫作"岁月无情又有情",谈到这套书编辑、出版有几个关键年头:编书的时候是1988年夏天,写序的时候是1989年春天,编辑以至出书的时候是1990年秋天到1992年春天。

1988年春夏,就是刚才平原说的,它还处在"文化热"的时期。1985年是一个转折,1985年到1988年是"文化热"的时期,这恐怕是我们三个人最怀念的岁月。大家有一种感觉,乍暖还寒的早春天气已经过去了,可以开始安心地做自己想做的、愿意做的事情了。就在这段时间平原写完他的博士论文,开始他的《二十世纪中国小说史》第一卷的写作,同时目光转向散文。而子平当时脍炙人口的著名评论,像《沉思的老树的精灵》,在全国最早产生影响。我自己则在写《周作人传》,最有灵气的文字全是在这时候写的。那时候我们有一种自由感、松弛感和洒脱从容的心态。整个放松自由了,就觉得可以搞一点闲话中的散文,和政治有点距离、更强调个人趣味的、更有文化意味的、供人欣赏的那样的文学和学术。我们当时给这套"漫说文化"丛书的定位,就是一套文章好读、装帧好看的"小书"。只有在那样从容、放松的时代气氛和心情下才能做这样的事情。

当时平原在读博士生,我是一个讲师,黄子平是出版社的编辑,我们的社会身份是这样的。但我们和当时所有的文人就做四件事情:一个是读书,一个是写作,一个是逛书店,更多的是聊天。当时我有两个聊天群体,一个是和我的学生聊天,孔庆东后来写过文章《老钱的灯》,写我当时住的二楼的灯,他每次自习回来看到老钱灯亮了就闯进来,因为我的夫人当时在贵州没有来,学生可以随时闯进来,一进来之后就是聊天,聊到深更半夜。我记得最爱聊天的是王风,经常跟我聊到三四点钟才走。另一个群体就是我们这批人,就像刚才平原说的那样,无论是"三人谈"还是出书,都是聊天的产物。这样的聊天最后甚至形成了一种新的学术文体——聊天体的学术文章。我们的"三人谈",大家看到的"漫说文化"丛书的序言,都属于聊天体的学术,有点类似于今天所说的学术随笔。而这样一种聊天体的学术和我们的研究对象——"五四"时期的闲谈散文有内在的相通,所以在我的感觉里,我们这套书实际上是一种主客体的融合,研究者和研究对象之间心灵的交融,用今天时髦的话来说是一个"生命共同体",这大概是今天读起来特别有魅力的原因。

但是那个时代也有另外一面,所以我说的题目是"岁月无情又有情",其实更准确地说是"岁月有情又无情",那时候有情还是主要的,但是它也有无情的一面。

最后子平远去,我至今还记得,当时在我的家里,三家一起吃饭的情景。虽然仍然笑着,但掩不住内心的凄凉;依然说着闲话,小心地避开沉重的话题,又在偶尔的沉默中感到心灵的相应。谁也不知道未来有什么等待着我们,但是我们相信自己和对方每一个人都会坚守住某一块精神的圣地。这样我们的友谊,实际上就进入了相当深入的阶段,进入到我们生命的深处。

后来平原写出了他的《千古文人侠客梦》,我写出了《丰富的痛苦》,黄子平出版了论文集《幸存者的文学》,只要从这三个题目,就可以看出我们这一代人的经历、内心、实际处境。

不管怎样书最后还是出版了,在这方面平原起到很大作用,而且这套书很快成为畅销书,这是我们大家没有想到的。现在大家看到的这套书是别致好看,文化味、学术味、趣味十足的精品。但是我觉得这也有象征性,它证明了外在时代的干预和毁誉都只是一时的,真正存留下来的还是书,还是文化、学术及其背后的精神。一切都如过眼烟云,唯有文化永存、学术永存、精神永存,这是我直到今天还坚定不移的信念。

谢谢大家。

黄子平：孤独感每个时代都有，真正找到相投的人聊天要看运气

黄子平：为什么平原第一个讲呢？因为这是我们三个人的传统，永远要推出青年学者，当年在万寿寺开"现代文学创新会"，他代表我们讲二十世纪中国文学。但是老钱还比我大十岁，他不发言则罢，一发言就激情洋溢，比大家都年轻。其实当年，主要还是平原跟人民文学出版社的编辑聊天聊出来这个选题，他说要做一套散文集，问我们干不干。我们好好的要过暑假了，结果暑假过不成了，整天在老钱小屋子里面吹风扇。好处是离水房比较近，泡一个西瓜，用自来水来冷却那个西瓜。

我们三个人里面，要说"漫说文化"，我和老钱只能在外面"漫说"，真有文化的是平原，下乡的时候就会在生产队里说书骗工分，上了大学天天吟诗作对，他最近还办了一个书法展。我泄露一个秘密，他到北大以后，那天住进了一个研究生的宿舍，借给他一个床铺，他住在那里特别激动，整天晚上睡不着，起来刻了一个印章给我，一个藏书章，后来平原说只有夏老师有这种待遇。所以平原是有文化的，我跟老钱真没有文化，什么茶都喝，什么酒也都喝。但是老钱比我小小有一点文化，他明年要出一本摄影集。所以我们只能站在外面"漫说"，真的进到文化里头的是平原，这么一个序列。

刚才说起在老钱的小屋子里面吹风扇编这套书，讨论最花时间的就是书的名字，"漫说文化"丛书的名字很久很久以后才想起来，能够用"漫"这个词把它概括起来。但中间那些怎么样

想出来的,当然最先想到的是《男男女女》,而且实在是好卖。然后顺理成章的,《男男女女》讲性别关系,所以《父父子子》,代际关系也就跟着出来了。这几本的书名我觉得跟老钱当年写《周作人传》有点关系,你可以看出来某些影子,就是周作人的影子,乡风市声鬼神那些,故乡的野菜啦乌篷船啦,就是绍兴那些民俗都可以看出来。刚才老钱提到所谓"闲话风"的散文,恰恰是"五四"退潮之后这些散文家,后来他们1935年编《中国新文学大系》的时候总结出来的。"闲话风",跟"五四"时候的战斗激情是不一样的,他们在"五四"退潮以后有一个机会,在文化的层面来谈各种各样的事情,一句话来概括:"从呐喊到流言"。这种"闲话风"的散文,跟刚才两位提到的八十年代中期这样一种聊天的风气,我认为跟法国人布朗肖的"无限交谈",在结构上是暗合的。

但是这种找人聊天的欲望,这种孤独感、孤单,我想每个时代都有的。而某一个时代,在某一个地域,真正能够找到声气相投的人来聊天,这就要看运气。因为每个人都那么孤单、无聊、孤独,在同时代人里边找到可以聊天,而且聊得比较深入的人,这个机会比较少、比较难。用西方的说法,我们要跟伟大的灵魂交谈。所以为什么要读书?为什么要读经典?就是在同时代人里头你要碰到这些伟大的灵魂机遇很低,而且到某一个深度,某一个学问的深度也好,思想的深度也好,你就会发现找不到可以交谈的人。中文系有一个说法叫作"尚友古人",你在大学里头,非常幸运,有很好的同学、卓越的老师,但还是有局限。到了某一刻,只能"尚友古人",跟过往时代伟大的灵魂交谈。所以这套书为什么说读起来轻松,又觉得可以继续读、反复读,其实我们是通过阅读跟伟大的灵魂交谈。所以漫说、漫游，也是一个漫谈，跟我们当年编书的气氛，在结构上有一种暗合。我们读这些书，这些人从民国一直到现当代的时候，用这种"闲话风"的方式去谈论他们所关注的文化主题。所以这套书后面，如果从理论来讲有两个概念，一个是文化主题的概念，另外一个是散文文体的概念，这两个概念结合起来构成这本书整个理论上的框架。

文化主题也可以稍微展开说说。我那段时间已经从出版社调回中文系，除了讲当代文学史，还开了一门课叫作"主题学"，讲的什么我大都忘记了。讲了一学期主题学，很多学生后来跟我说听了那些课很有启发。我记得"死亡"主题讲了半个学期，所以《生生死死》跟我开那个课也有关系。半学期里面讨论"自杀问题"，那段时间很时髦的是加缪的那句话"根本的哲学问题就是自杀问题"。什么意思呢？这个世界那么荒诞，活得那么无聊，你干嘛不自我了结？这是根本的哲学问题。第一堂课就要事先严正声明，说自杀学不是学自杀。八十年代大家的神经比较坚强，现在绝对不能开这门课。我刚刚看到哈佛大学"积极心理学"的讲座，他们有一个统计数字，说哈佛大学的学生里面47%有忧郁症，可见哈佛压力山大，真不是人待的地方(笑)。

主题学这方面的命题也会影响到我们当时对这些书名和选题、选材的关联。我们用最多的时间是讨论书名，我觉得是很大的成就，大概别人再也想不出这么精彩的书名，能够涵盖一些根本性的文化主题。主题这种东西原来是从民俗学、人类学、社会学里面发展过来的，后来被比较文学收编变成比较文学的分支，再后来又被文化研究收编，这个主题学的学科也是流离失所经常被人收编。什么是文化主题呢？说是"集体潜意识"，说是"原型"——反复出现的"意象"，有很多种不同的定义。我喜欢的一个比喻，就是说这种东西有点像某一种旋律，在一个民族的潜意识里面潜伏着，其实我们天天碰到它，但未必能够意识到它的存在，在某一个夜深人静的时候你突然听到一个旋律，非常熟悉，非常感动，这时候马上能认出来这是一个主题，这就是文化主题，跟我生命中的某一个瞬间有一个碰撞或者有某一个体验的存在。

所以我们归纳出民国以来的这些文化主题，它们是司空见惯的，《男男女女》《父父子子》，但是某一个作家、某一个散文家突然觉得对这个主题有他特别的感触，他用跟朋友跟读者谈心的方式把它写下来，触动我们，到了落花时节还可以一读再读。

散文这个文体恰恰特别适合来随性地、碎片化地，而且平易近人地去讨论这些文化主题。当时编这套散文集的时候，当然没有在理论上想得很透，但是过那么多年反思一下，应该给它奠定某些理论上的框架。我先补充这些。

八十年代重新意识到休闲的意义

陈平原：子平说话是逗趣的，说我最有文化，那是开玩笑的，主要基于一个判断：我是广东人，比较讲究吃的。到了北京以后，发现北京人真不讲究吃，尤其是三十年前北京的饭真难吃（笑）。老钱是整天考虑学问问题，不考虑吃饭，所以他永远是煮面条。我们在外面吃饭，我经常说这个菜好、那个菜不好，老钱都觉得很好。所以北京大学校园里流传一个笑话，说那个饭馆如果陈平原说好吃的,那就真好吃;如果钱理群说不好吃的,那就实在不好吃(笑)。这还不严重,后来有人延伸出去,因为老钱对学生比较宠爱,因此传说,陈平原叫好的学生是真的好学生,老钱说差的学生,那就是真差的学生(笑)。这是第一个补充。

  第二个补充是,之所以做这个事情,原来人民文学出版社的编辑、后来成为作家的王小平,她让我编林语堂文集,我谢绝了,因为投入那么多时间,似乎不太值得。我对编专题文集有兴趣,出版社表示支持,真正做的时候责编是李昕,他后来当过香港三联书店的总编辑,又成为北京三联书店的总编辑。李昕对这套书很有贡献,所以首先要感谢。老钱刚才说外部环境很不利,可人家人民文学出版社还是顶住了。你想,1990年出版前五本,1992年出版后五本,都给做成了,很不容易的。我觉得还是应该感谢人民文学出版社的胆识,包括像李昕这样的编辑。

  刚才老钱说盗版,不太准确。事情是这样的,人民文学出版社把版权卖给了香港,记得是香港勤加缘出版社,梁凤仪办的财经出版社,他们买了这个版权以后,首先选了《男男女女》,然后大动干戈,弄出一个我们都不认得的新书,我们赶紧制止,所以没有第二本。都怨我们没有经验,签合同时没说不能动。我们是转让了版权的,没想到他们做成这个样子。

  第三个要补充的是,其实这套书最早的计划是,因老钱这方面最权威,他编四本,我编三本,黄子平编三本。但最后结果黄子平只编一本,因为他1990年出国,后来变成我来编。《生生死死》《神神鬼鬼》如果是子平来编,可能效果会更好一些。他只有一本《男男女女》,每回都告诉我,肯定是他的《男男女女》最好卖。我问了现在的出版人，果然如此。不过，不是他编得好，是因为书名好（笑）。

再接着我刚才的思路往下说，这套书开始重版，我就意识到一个问题，因编写时间较早，八十年代中期以后的文章没有收录。考虑到老钱、子平不可能再做下面的事情，选编八十年代以后到今天的好文章，按照这个思路续编，我带了十二个已经毕业的博士分头做。选文时，突然发现一个问题，现在的好文章都比较长。三十年代的人是能写短文章的，而今天的人不会写短文章。以前的人会写短文，你可以理解为他们长话短说，擅长寸铁杀人，攻其一点不及其余，或者一个片断、一个侧影就打住了。即使比较长的，也就是三四千字，一般一两千字就是一篇。这次选文，发现经常是上万字的散文，五千字的散文已经算短了。而且，这些文章最大的特点是面面俱到，好像生怕别人攻击他不够全面似的。我感叹今天的人不会写短文，而"五四"到三十年代的作家，他们的美文、随笔、杂感、小品都很好，那个风气、那种状态下写的那些"小文"留下来了，今天反而难得，这是很让人惊讶的。

我能理解另外一个问题，那就是演讲。今天的演讲稿和二三十年代鲁迅、周作人、胡适等人的演讲稿很不一样，也是这个问题，当初的演讲稿整理出来三千字、四千字，今天我们的演讲稿整理出来大概两万字。为什么？因为以前的演讲往往两三个人合抬，一个人讲半个小时；今天所有请你演讲的，都告诉你一个半小时，因为两节课。顺应大学的两节课，而导致我们的演讲变成包罗万象。很高兴今天三个人分头讲，估计每人三四十分钟，这样的状态比较好。

十几年前,我写过一篇文章《怀念小书》,因为当初周作人的《中国新文学的源流》出版以后,钱锺书写了书评,有好多批评,但有一句话,说"这是一本小而可贵的书"。以前此类小而可贵的书不少,今天的书越写越厚。有些是专业论述的需要,但很多情况下不完全是专业论述,而是舍不得割舍,学不会剪裁,罗列一大堆材料。所以我才会感慨,小书和短文是配套的,以前的小书今天变成了大书,以前的短文或小品,今天变成了长文或大品。

关于散文的问题,等一下有兴趣再谈。我下面谈几个跟这套书有直接关系的话题。

第一个话题是,鲁迅当年为杂文争地位的时候说,如果文学殿堂那么威严,非要符合文学概论不可,我就不当作家,我就不进去了。原因是,诸位必须了解,传统中国"文"是核心文类,文以载道的"文"是核心文类,到了晚清以后,特别新文化运动以后,我们接受西方的文学及文类概念,发生一个大的变化,"文"从中心退到边缘,变成很不重要了。当年朱自清《背影》出版的时候,在序里面说很抱歉,我不会写诗,不会写戏剧,不会写小说,我只能写文章,而这些文章当然属于杂文学,不是纯文学。上世纪二十年代以后,我们对"文"的感觉是它从以前整个文坛的中心退到了边缘,这个过程中,这一百年中,"文"还一直在挣扎,而这套书某种意义上是基于我们这个概念,觉得"文"必须重新提倡,而且"文"有可能重新回到文坛的某个重要的位置。如果看一下1922年胡适写的《五十年来中国之文学》,第一章文,第二章小说,第三章诗歌,第四章戏剧,到1929年以后朱自清写《中国新文学研究纲要》,文章排在最后。今天讲近现代或当代文学,"文"也都不太重要。当初我们有一个想让"文"重新得到认可,重新回到文坛的关键位置,而且回到我们的日常生活的设想。

当初之所以分专题编散文,某种意义上是对文学史的质疑。这个思路,我后来有进一步的拓展,最近十几年我写了好几本书,包括《假如没有文学史》,更包括《作为一种学科的文学史》,讨论的是文学教育的问题。文学教育以文集、选本还是以文学史为中心,是一个大的问题。我力图纠正 1904 年引进文学史以后,整个中文系以及所有的文学教育以文学史作为中心的这个教学框架。我说这种教育方式,培养出一大批没有品味,但记得一大堆名词和人名的学生们,离开这个文学史,已经没办法再自己阅读和欣赏了。我希望恢复回到文章、直面文本、独自阅读的状态,而文学史只是作为一个帮助你了解的背景而已。我曾说过这么一个教训:夏老师讲古代文学,我是教现代文学的,曾经有一学期她到德国教书,我替她讲古代文学,考试题目是关于《儒林外史》的讽刺艺术,答卷里面 80% 的学生举的是范进中举,为什么?因为中学课本有。后来我发现,读大学以后好多重要作品没再读,为什么?没时间,因为忙着读文学史。可以这么说,我们教给同学一大堆作家和作品名称,同时告诉他什么叫作主义、流派、风格,但实际上他没有时间去好好读作品。所以我才会说,宁肯编选本让学生们自己读,多少还有收益,比起你背一大堆名词有用得多。

第三,为什么选这十个题目?某种意义上,这跟八十年代的"文化热"有关系。包括《神神鬼鬼》,子平补充说跟老钱当年的《周作人传》有关系,我补充的是跟八十年代的"文化热"有关系。八十年代我们重新发现地方文化、民俗、宗教等等,八十年代我们重新意识到休闲的意义。诸位肯定记得,成仿吾当年批判鲁迅,说鲁迅落后,其中一个说法就是有闲、有闲,第三个还是有闲,所以鲁迅写了一本《三闲集》。"有闲"在某种程度上是一个批评的对象。包括周作人感慨晚清以降的中国人缺乏丰腴的、温润的、从容的生活感觉。外在的是因为战争问题,生活水平下降等等,没有那个能力,但也跟心态有关系。这就说到一个时期意识形态的狭隘论述。而八十年代后期,我们逐渐意识到日常生活以及从容的、优裕的、休闲的生活对于人的意义,人某种意义上是通过奋斗达到这种从容的生活目标,而不是抛弃这个目标。

第四个问题,其实我们谈文化的时候,都明白散文的特点是"一花一世界,一叶一菩提",在这些零零碎碎的文章里,可以看出中国文化的某种侧影。谈中国文化,不一定在儒释道的大文章,不一定在教科书,不一定在文化史,也可以是在散文的点点滴滴中,见到日常生活中的中国文化。而且,用这些接地气的、生活化的、零碎的、感性的材料来弥补过于宏大的叙事和过于僵硬的概念,是有意义的。这是当初的一个想象。

最后做一点补充。这套书是领读文化做的,他们最后决定加朗读,做二维码扫描。这是他们的功劳,不是我们的意见,做出来以后,我们也很高兴。因为这跟今天听书的趣味和潮流有关系,也跟现代白话文的产生有关系,像胡适所说的"国语的文学,文学的国语",周作人所说的"有雅致的"白话文,或者叶圣陶所说的"作文"如"写话",这些都在强调白话文写作中,如何在文字和声音之间建立某种联系。以前因为技术途径限制,我们只能出文字的书,而今天有了这个听书的可能性,或许文章的感觉会发生变化。看的文章和听的文章是不一样的,而叶圣陶代表新文化那一代人所一直强调的是,白话文的最高境界是作文如说话,文章最后能读出来,而且能听进去。也就是说,不仅能看,而且能听,这是文章很好的境界。无意中,因为这个技术手段的改变,我们实现了,这一点我很高兴。

我就补充这几点,先说到这儿。

现代中国的文章受演说的影响很深

黄子平:我对平原最后说的一点也有感触,"文"这个概念一向都是要朗读的,尤其到桐城派这条线,鲁迅带贬义的说法叫作"摇头晃脑"。但是"五四"的时候他们正好反桐城派的,白话文后面,"文"后面声音的意念是非常强的。为什么要用白话文?它跟说和听,希望同一,但是这个同一是乌托邦的梦想,因为各地的方言跟文字之间的差距很大。所以他们能够朗诵、能够读、能够听这方面是搞不过桐城派的,没有桐城派那么摇头晃脑、铿锵一下。所以到什么时候才开始变得可以读?反而不是文,不是散文,而是所谓朗诵诗。从延安开始到四十年代重庆、昆明,在朗诵诗这个文体上实现了两者之间的统一。而散文我们可以读,唯一可以摇头晃脑的是普通话实现了霸权的小学课堂上。但是你想想,在中小学的课堂上摇头晃脑来读鲁迅的文章是一件多么可怕的事情。所以领读文化把这套书做成有声书,我觉得是非常好的尝试或者说很好的努力,重新使文字和声音的结合,在一个新的技术条件下得以实现。

钱理群:我一直认为文学作品,包括鲁迅作品,是要靠朗读的。在座可能很多人都知道钱理群讲课很有名,我回忆我上课最得意的两堂课都是朗读。一次是北大开大一国文,有一堂课讲史铁生的《我和地坛》,我一上课就宣布今天不讲,我只朗读,我读完这个课就结束。而且我读的时候事先没有任何准备,完全凭我的感觉去读,读完之后学生感动得说不出话来。最有意思的是两个吉林大学的同学,专门跑来听钱理群的课,听完跟我说:老师你怎么这么上课!但是他最后又说了一句:哦,我懂得该怎么上课了。这是我最得意的在北大上的一堂课。我这个人有气场,一下子把学生吸引到课里面,我一读,他们很容易进入。

另外最得意的是我在中学讲了一堂课,我做了一个实验,把鲁迅《野草》里面几段精彩的文章摘选出来取名叫"天""地""人"。上课的时候我跟学生说下面我要朗读,请你们听我读的时候,不要去想这句话象征什么、它有什么意义,不要作任何分析,就是听。于是,我就有声有色地放声朗读起来。然后让全体同学站起来跟我读,读的过程中我发现所有同学眼睛都发亮了,觉得好像是感悟到什么东西又说不出来。后来我用这个方法到台湾讲课,台湾那些大学教师说钱先生课可以这么上吗?而且大学的课可以这么上吗?我说当然不是所有的课都这么上,至少有些课是可以这么上的,台湾学生反应也非常强烈。

我当然无意将我这样的上课方式普遍推广,但它内含的一个教学理念还是值得注意的,就是强调文学教学中,要注意文字和声音的结合。文学很大的魅力是来自文字背后的色彩、画面和声音。我刚写了一篇文章谈我的鲁迅阅读史,就谈到我在1947年读小学四年级的时候,从哥哥的书里突然看到一篇叫鲁迅的人写的《腊叶》,腊叶里面那种红的、绿的很绚烂的色彩当中突然有一个黑色的斑点,明眸似的看着你。当时还不知道鲁迅是什么人,但读他的文章的直接感觉,一个是奇,一个是怪,而且读了以后很震撼,说不清楚的震撼。其实我无意中抓住了鲁迅文学的本质。以后不管读多少鲁迅,我始终觉得色彩斑斓中有一双黑色的眼睛盯着我,这样影响到我一生对鲁迅的理解、感悟。我晚年读鲁迅,最受震撼的是读《野草》中的《颓败线的颤动》。鲁迅说过:"当我沉默的时候,感到充实,我将开口,同时感到空虚。"我想每个人都有这个经验:人内心最深处的东西是没办法用言语表达的,一说出来就变形了。但鲁迅偏要挑战这一点,他要努力把不能言说的人类内心的东西表达出来,就尝试着借鉴现代绘画和现代音乐,先把"无词的言语"转换为人的躯体的颤动,再转换为天空的颤动,"惟有颤动,辐射若太阳光,使空中的波涛立刻回旋,如遭飓风,汹涌奔腾于无边的荒野",呈现出一个有声有色的壮阔的世界。我感觉鲁迅文字的魅力,就在于文字的色彩感与音乐感,这是我主张用朗读来感悟、接近鲁迅的文学的原因。

陈平原:老钱这个经验不具有普遍性。第一是他讲一次可以,要是一学期都这么讲的话,学校要请他交代一下。讲一次特别惊艳,但一学期都这样不行。第二是老钱的声音有磁力,我就不行,我如果像他这样朗诵两节课,必定声嘶力竭,效果不好。我的学生说我不会用声,夏老师讲话很轻松,坐在教室后面都听得很清楚,我讲话无法达到那个效果,我的学生甚至建议我到中央音乐学院训练一个学期。我发现这是天生的,没办法。老钱是演话剧的,所以他这样做效果好,别人这么做效果没有那么好。但是强调声音,这点我赞成。我前面两年在广东编《潮汕文化读本》,从小学一年级读过来,也是要求他们配朗读,课本上扫描就可以听,童谣、诗歌、文章也是这样配,也是强调声音对孩子们的诱惑,实际效果很好。

这么多年,虽然还没有成书,我写了好多文章,总题目叫"有声的中国"。大家肯定记得鲁迅的一篇文章,提倡白话文的,题目叫《无声的中国》。我说"有声的中国",是研究现代中国声音的一种特殊状态,那就是演说。我写了好多文章在讨论,从晚近开始,"演说"进入中国以后发挥很大的作用。当初梁启超接受犬养毅的建议,说中国文明开化,应该学习日本,那就是报章、学堂、演说,这是三种最有效的武器。演说是很重要的,尤其在大庭广众中,在传播思想方面,会发挥很好的作用。所以,我会强调演说的社会文化功能,以及演说如何影响到日后文章的写作。现代中国文章受演说的影响很深,这是我自己一直在讨论的话题。我想说的是,像老钱那样有自己的特殊爱好,而且用这样的实践,让学生们通过朗读体会鲁迅文章的魅力,这是很了不起的。但也是他个人的特点所决定,不是每个老师都能像他这样的。建议有媒体趁着钱老师身体好的时候,作为一个专门的课,不用解释,就是让老钱读鲁迅,就听他朗读,最多配一点淡淡的音乐。我相信这样做出来,会效果很好的。

黄子平:对理论感兴趣的读者听众,我补充一下,最近"声音的政治"和"听觉文化"的研究,在学术界是非常热门的话题,尤其是现代社会怎么样用听觉来营造意识形态等等,在麦克风、电唱机、电视、电台这些发明出来以后,现在研究的人很多,很多很精彩的文章也都出来了,有一本书叫作《声的资本主义》,日本学者写的,台湾已经有译本了。所以声音这个东西,声音跟文的分离和结合都是在现代进程里面很值得研究的课题。

刚才说文章长和文章短的关系,因为朗读,摇头晃脑朗读的这种不可能写长,因为它有一个速度问题。听,不能听那么久,连评书都不能讲太长时间,评书联播都得在某一个时间长度里面。如果阅读,速度比朗读要快很多,而且阅读还有一个好处是可以回过去读,或者跳过去翻页读。当然录音机可以快进,一快进它会发出一种奇怪的声音。速度问题带来理解的深度的问题。早年全人类都是朗读的,为什么后来发展出来不再朗读,而是以默读为主,因为书很厚、文章很长。通过默读我们可以进入深度理解,朗读只能感染,被老钱这样有磁性的声音所感染,但是要深度理解的话还是要靠阅读。所以现在既有文本,又有二维码可以扫描,这是很好的事情。

陈平原:刚才子平说阅读的长处,我突然想起来,1906年章太炎谈现代学堂:以前是书院里面自己读书,现在改为学堂,最大的特点就是老师在上面讲课,学生在下面听,不管是20人还是100人、300人,反正是一个讲、一群人听。他说这种教学方式,必定导致将来的人由"眼学"转为"耳学"。以前主要是靠自己读书,用眼睛阅读,他会一边阅读一边思考问题。相对来说,听人家演讲,一次过,而且一不小心就过去了,很容易听顺听溜,而且会走神。这种情况下,会导致从"眼学"到"耳学",将来二十世纪以后的学问,很可能都是"道听途说"。有人负责说,有人只管听,而不是自己写和读。我当年做小说叙事模式转变时,特别强调,小说叙事方式的改变在于从广场或说书场中移到书斋,悬想读者坐在书斋里独自阅读。默读的出现,是现代小说兴起的关键。今天我们谈声音的传播,必须警惕走到另一个极端。因为北大的一大特点是讲座多且质量高,刚来的学生会特别喜欢听讲座,这个时候我会提醒,听讲座很好,但自己读书最要紧。因为听的和读的不是一回事,听的时候很容易抓住某些有兴趣的、你能够理解的迅速记忆,但不可能深入地挖掘和展开。在这个意义来说,一方面我们强调听,另一方面也请记住章太炎的那句话,纯粹"道听途说"不行。

这个书使用二维码听读,其实是牛刀小试。因为市面上有各种各样的听书节目,学生给我推荐了好多个。尤其工作紧张的老学生,告诉我说,他们一边开车一边听,或者一边做饭一边听,一边跑步一边听,这是一种新的文化传播的形式。

散文是跟所谓大师、经典这些概念对立的

徐鹏远:刚刚陈老师讲的过程当中提到编这套书,后补八十年代到今天文章的时候字数长度的问题,以及新的传播手段"听"的方式,我在想一个问题。今天这种文章为什么字数越来越长?其实不光是字数越来越长,可能我们的散文写作的数量也在下降,比如当我们提起散文大家的时候,可能会想到陈老师的师爷朱自清先生,但是提到当代作家的时候我们能想到哪个是以散文著称的大家吗?可能大部分人并不能一下子想出来,当代比较知名的作家,更多是以小说为大家所熟知。

相应的一个问题就是,我们今天在一个资讯爆炸的环境中,更多读到的可能是公众号上的评论等等,所以写那些文章的人越来越多;论文可以发在期刊,可以拿项目、拿基金、评职称,所

以大学里很多人写论文；诗歌，你写了至少可以朗诵一下，至少可以录个音频、拍个 MV 等等，最不济在 QQ 空间、朋友圈可以发一下。如此一来可能散文的存在状态会变得越来越尴尬，因为除了写给自己，好像没什么别的用处。

再比如，今天这套书出来之后，我相信在未来几个月甚至一年之内，很多公号都会把这里面的文章发出来，因为很短，两三千字非常适合手机阅读，又都是经典作家的文字。但是当它进入到我们日常阅读当中的时候，它的这种吸引度是值得疑问的，比如你刚读《男男女女》里面的文章谈爱情问题或者男女相处的问题，这时候朋友圈跳出来一篇说直男癌怎么怎么样的文章，我相信阅读量肯定会高过那个。

所以我想问三位一个问题，这套书从三十年前开始编的时候，那时带着八十年代后期的趣味，旨在培养读者的审美、趣味，放到今天的阅读环境当中，这样的初衷是不是还能够比较原汁原味地得到实现？这种经典阅读连同其附载的审美趣味能不能在今天的读者当中产生真正的作用？包括刚才说的散文问题，无论从创作的角度还是从阅读的角度，我想听听三位老师各自怎么看待散文的当下状况？

黄子平：我没有再重新仔细翻这些选的篇目，如果我没有记错的话，恐怕好像有意地避开了三位散文大师：刘白羽、杨朔、秦牧。我觉得是有意的，对不起这三位，因为他们都牢牢地住在中学语文课本里面那么多年，我们再选进来有点不好意思。但涉及所谓散文大师、散文的经典作家，我觉得这种概念本身跟散文是蛮拧的，因为散文这种写作，没有说我要靠散文建立一个典范，建立某一个高度，建立某一个经典。他们说是随性而发，就是闲聊,他写出来的时候就跟所谓大师、经典这些概念是对着的。

散文的一个好处,恰恰因为它没有这些经典、没有这些典范和某些固定的规范,使得它一开始就是非常的宽容、非常的包容,使得挑战没有意思了。我要挑战某一个大师,说我要写一个反散文的散文,大家说你这个还是散文,一下子也就歇了劲儿。这跟诗歌很不一样,诗人经常出来说我要写"纯诗",只有我写的诗才是诗,别人的诗不是诗。诗人脾气比较大的,成立一个诗社,发布《诗歌宣言》,然后动不动自杀。没有听说一个散文家要成立散文社,发布《散文宣言》,宣布我写的是"纯散文",别人写的都不是散文,而且散文家都寿命很长。所以文体决定写作主体,概念不同。它的好处是,不管写得怎样稀奇古怪,人家还是承认你是散文,你一下子没脾气了,再怎么样挑战,再怎么样反叛,都没有意思了,你就好好地写你的散文。

互联网普及,散文和诗会重新崛起

陈平原:"散文"这个概念,在历史上相对应的是韵文或者骈文,至于与小说、诗歌、戏剧并列,这个意义上的散文,是二十世纪才有的概念。而这个散文说到底,按照西洋的说法,除了韵文都叫散文的话,那小说也是散文。散文怎么界定,有好多专业论述,我只想说一点,不要轻易否定人家是散文。刚才你说大家在那里批注,今天各种公众号的批注,或者前面一段写微信微博,你不能说那不是散文,只是他写得好不好的问题。这个年代,你不能保证公众号不出大散文家,在我看来完全有可能的,因为今天的写作姿态，恰好是随心所欲地挥洒，说不定再过五十年来看，这十年中各种公众号会出现好多好文章，他们将来自己出集子，选编一下，沙里淘金。某些公众号挺好看的，这些东西是不是日后能成为散文经典，很难说，也许就是。

2000年我写过一篇文章，引起轩然大波，我说的是"小说的世纪"结束了，大家很惊讶。我说的意思是，十九世纪末的时候，当梁启超等人提倡小说界革命的时候，说了一句话：二十世纪是小说的世纪。确实如此，二十世纪是小说的世纪，小说成为第一文类。小说成为第一文类，此前是不可能的，十九世纪以前的中国小说，不是中国文学的第一文类，更重要的是文、是诗，小说比较靠后。但在二十世纪的中国，小说成为第一文类，这没有问题。当初我的预想是，二十一世纪，小说的某些功能在瓦解，不像过去那么重要了。读大学的时候，我记得很清楚，老师说你要学经济学，不看《子夜》怎么可以呢？今天完全不用看《子夜》，经济学也都学得很好。当初小说承载这么多功能，政治、法律、经济、军事各种各样的知识都在小说里面，尤其在长篇小说里面包含着。当各种专业知识分隔越来越严重，教育越来越发达的时候，小说这方面的功能可以也必须卸载。今天的小说，不像二十世纪的小说那样必须成为百科全书，大家读小说，也没把它们当那么严重的话题。

当初我预想，那个预想今天看来还有待证实，我说随着互联网的普及，有两个文类会重新崛起，一个是散文，一个是诗，因为它们的"业余性"。换句话说，写长篇小说需要一定的能量、时间，还有技术，但写诗和文，尤其散文，不见得。你会发现一些人才华横溢，出口就是好文章，他没有受过很好的专业训练，但因为经历,因为才情,也因为他自由的写作心态。刚才子平特别强调那个心态,散文最最关键的是写作的心态,心态好,这种洒脱的心态写下来的东西,很可能就会成为好文章,不管是长还是短,是文还是野,它都能流传。反而是那种端着,那就是写论文的架势,效果不好。我不太欣赏"大散文"的概念,就是因为他很容易端着,端着那个架子,像写长篇小说一样地写散文,二三十年代的美文、小品、杂感,跟这些东西完全不一样。就我个人而言,更欣赏那种比较闲散,有学识作为根基,有心情作为底蕴,然后出于闲散的笔墨而成的小文章,那是我比较欣赏的散文。

但我必须承认一点,还有另外一种散文,就像子平说当初我们有一点排斥的,像杨朔、刘白羽,除了他们本身受时代限制和意识形态的影响之外,我不太欣赏那种一味抒情的散文。我承认它是一条路,而且到现在为止,还有很多人在走这条路,而且认为这才是散文正宗。题为"漫说文化",你就会明白我们必将偏于文化、历史、民俗,而不是纯粹的个人抒情。个人抒情,犹如写抒情诗,如果散文走纯粹的个人抒情……

黄子平:抒情倒也罢了,抒豪情。

陈平原:那应该是属于特定时代的,我们不能这么来谈。

还有一个我想解释的是,我的感觉是最近一二十年的散文,有小说化的倾向。有人问朱自清《背影》有没有虚拟?我觉得不严重,最多是细节的虚拟和形象的描述,但最近十年、二十年,我感觉很多散文越来越戏剧化,写得很像小说,连累而及,连高考作文也都写得像小说了,这不是好的倾向。当然这是我个人文章观念的问题。

黄子平:你说小说终结,人家只好到散文里去写小说了,都得怪你(笑)。我想为小说一辩,为小说家留一线活路。小说有一个功能别的文体不能代替:小说相当于在人物灵魂里面安了一个麦克风。他说"今天晚上很好的月亮,三十年没见",在日常生活中根本没人听得见这句话,这就是小说的功能,它能够把人物主观的话语、想象、内心独白通过文字表达出来,没有任何一个文体可以这样。应该让小说干只有小说能干的这个事情,只有小说能发挥的功能,就是让人物的主观想象,人物的内心独白,人物的所有那些不足为外人道也的秘密,透露出来。你最亲密的人都不会像小说人物那样跟你掏心掏肺讲这些事情,这是小说最厉害也是最需要的功能。

但是某些方面小说比散文更有包容性。在小说里边谈哲学怎么办?你设计一个人物叫哲学家,于是他的所有哲学思考就跟叙述融为一体。小说里面也可以写诗,设计这个人物是个诗人,他写的很多烂诗,单独发表不了,可以全部被抄到小说里头。你还不能骂小说家写烂诗,那是小说里的人物写的,他的才华如此,我拿他没辙。小说有这种包容性,因为在人物设计上有很多方便。

陈平原:当初我的文章发表后,好多小说家都回应,林斤澜先生很认真,召集北京的小说家跟我座谈。有人说我断言小说要死亡,我从来没有这样说过,我只是说,"小说的时代"过去了,小说不该再大包大揽,应该回到小说能够做、应该做以及最擅长做的事情。我当初提到电影对小说的冲击,乃至各种游戏对小说的冲击。到底什么是小说最擅长、别的门类不具备,必须想清楚,以后小说才有可能大发展。当初讨论时,好多作家是从个人的经历来说我的小说至今卖得很好,不受冲击。其实到现在为止,小说可以改编为电影、电视,在所有文体里是销路最好的。但是必须意识到,当社会科学兴起,当今天的游戏、电影、电视出来以后,小说还应该固守什么、保全什么以及发挥什么,这样的话可能会走得更远一点。当然我承认,到今天为止,小说在整个中国文坛还是处在最有利的地位。

卖得最好是《男男女女》,卖得最不好的是《读书读书》

徐鹏远:三位老师建议给大家多一些提问机会,大家有问题可以举手。

提问:我想问一下钱老跟陈平原两位老师,钱老以前写文章说过去上学叫读书,但是现在孩子上学主要是应试,钱老师教过中学,陈老师也提到教中文系的时候发现学生知道很多书目、作家名字,但是不读作品,所以我想代表家长,包括老师问,中小学生怎么引导他们比较好地读书,特别是学校在教语文的时候,就像您刚才说的阅读,有没有比较好的方式?

钱理群:现在不读书可能不是孩子的问题,老师自己就不读书。中小学老师除了参考书之外不读别的,大学老师可能也不读书。不读书可能是现在最严重的问题。这个问题你问我怎么解决我不知道,但是我跟很多老师提过一个看法,我说整个教育没指望了,但你可以在你可能的范围内做一点引导学生读书的事情,你引导一个算一个,你别想经过你的引导大家都读书,别做这个梦;但是你去引导,引导了,就会有人读书。最近我非常高兴,今年教师节,我收到一批来自现在还在农村教书的老师的信,因为当年他们在做学生的时候听过我讲的,他们一直记得我说的话。其中一个老师就这么告诉我,他说你当年说得对,我们原来寄希望太大,到后来完全不是这样,但是我还在坚持。他告诉我自己现在也还在读书,同时坚持每个星期让一个学生去读一本书。我在回信时就对他说,在当下能够这样做就很不错了,如果能够长期坚持下去,就更好了。中国的问题,你想大范围根本上去解决,根本不可能;但是每个人可以在你力所能及的范围内去做一些有意义的事情。当然,我还是寄希望于老师,现在也确实还有一批爱读书的老师,而且我发现在一些大城市和中等城市,有各种各样的读书会,包括老师也组织读书会,这是好的事情。现在也可以利用网络,我一直在推荐福建的老师组织1+1读书俱乐部的经验,在网上大家约定阅读某本书,读完以后互相交流,那个读书会进一步发展到同一个小城市里面找一天大家来读书。那年我到福建去,他们在网上发通知说钱教授来福建,许多老师从各县跑到福州跟我对话。所以我觉得在总体绝望的情况下还是有希望的。我一直主张"从改变你的存在开始",在你力所能及的范围内做一件好事,比如引导孩子读书,哪怕读一本书,长期坚持下去就会有一定的效果。

陈平原:我做一个补充,我没有像老钱那么绝望,因为我这几年在北京、南京、广州跟一些中学老师见面,挺佩服他们的,他们真的是自己读书,而且带学生读书。反而是我在反省一个问题:是否拒绝一概而论。刚才老钱强调从自己身边做起,表面上是比较低调的论述,但我更愿意强调它的合理性。今天很多人特别想找到特殊的途径,建立一个权威,下一个读书的指令,让全国学生来读什么书,这不是好事情。再伟大的人,再正确的论述,你都必须意识到中国的城乡之间巨大的差异,不同学校、不同老师之间巨大的差异,我反而更愿意强调每个老师自主的选择,以及他对学生独特的辅导。其实,第一线的老师们真的比我们更知道学生的需要,而且他们的指导更有效果,也更有意义。出外讲学,经常有人让我开书单,我说没用,因为书单只适合自己的学生。在更广大的范围谈问题,应该节制,过于强调自己的某种理念,忽略中国千差万别的家庭和千差万别的学校以及学生,这不好。在这个意义上,给现有的中小学老师提供比较好的条件,让他们因地制宜,影响他们的学生,这样才能培养出千差万别而不是千人一面的学生。如果我们想用一个自以为正确的思路来强行推广,效果并不好,不仅因为没有这个能力,即使有这个能力,这思路也是错误的。所以我更愿意说,给每个第一线的老师更好的生活条件以及更大的自主权,让他们自己认真读书,也带着学生们来选择和阅读,这样效果更好一点。

黄子平:我比老钱更悲观,我听平原说这套书现在卖得最好是《男男女女》和《世故人情》,卖得最不好的是《读书读书》。我前段时间跟一个出版社的编辑讨论口袋书,他说很奇怪,华人世界没有一本口袋书是成功的,如果出口袋书就是自取灭亡。本来我们这套书的设想是要出成口袋书的。日本的地铁上全部都在读书,法国、德国、俄国地铁上所有人都在读书,读书是一个社会风气,它就是一个读书的社会。而中国本来读书人地位非常崇高的,我们下乡的时候,老乡心目中读书人的地位非常崇高。现在流行的电影台词叫作"我读书少你别欺负我",很自豪地说。我认识一位上海的教授,他去日本访学,离开日本的时候,在东京机场行李超重,买太多书,要罚他钱,这个老师把钱都花光了,就跟机场的人说,我在东京大学访学。那人说东大啊,不用罚钱了。日本尊重读书人，把读书人地位弄得很高，所以他们年年拿诺贝尔奖也不奇怪。咱们这里以读书少为自豪，没得救了。

现在北大的学生也开始不怎么书生气了，这不是好事情

提问：三位老师提出"二十世纪中国文学"这个概念是在1985年，现在三十多年之后，我的问题是从二十世纪末到二十一世纪初，从革命的世纪到告别革命的年代，从身处二十世纪来看概念到离开这个世纪看这个概念，有没有不同？就是对二十世纪中国文学概念的解读。

黄子平：二十世纪过去了，这个概念其实是非常粗的讨论现代文学史的框架。当年我们也是反复讨论，由于《读书》杂志的影响太大，所以暴得大名，非常惭愧。后来我们没有机会再来反思这个概念，但是发明了一个自我安慰的说法，就说这些概念还能不能成立不重要，重要是那个"时刻"，那个概念冒出来的时刻多么令人怀念。然后还沾沾自喜，我们当年非常有勇气，比较大胆，现在打死我们都写不出来。如果当时我们再继续琢磨，讨论来讨论去，要搞得它很完美，可能就出不来了。重要的不是这个框架是否仍然有效，它应该早就过时了，但是为什么还没有人来代替它呢？我很失望。

陈平原：其实，这个概念没有过时，它现在已经体制化了。北大还在讲现代文学、当代文学，好多大学已经在讲二十世纪中国文学。作为早年提倡者，我们会反省当初提出概念的时候思虑不周，以及留下的一些遗憾。当初的直觉不错，有些判断也可以，但总体来说，就像子平说的，我们思想不成熟。大概十年前，

《读书》杂志

老钱专门写过文章做自我反省。因为这个概念已经进入体制,希望各个教学的老师,第一讲讲述这个概念的产生以及必要的批判,接下来再进入正题,讲二十世纪中国文学。

钱理群:你们可以注意一个现象,我们三个人提出"二十世纪中国文学"概念以后,没有一个人再写二十世纪中国文学。实际上这个概念的提出是有针对性的,现代、当代文学学科发展到二十世纪八十年代初,就要求从学科原有的作为革命史一部分的框架与限制中解脱出来。我们最初的本意,就是要使现当代文学成为一个有自己独立的研究范围、对象、方法、结构的学科,也可以说是对既定的、占据主流地位的现当代文学史研究的革命模式及其相应的观念、结构、方法的一个挑战。它之所以引起轰动性的反响,原因就在这里。但一种新的口号、新的思想提出来以后,它在得到认同,特别是在自身成为主流之后,马上就会面临发生曲解的危险,而且是倡导者根本无从把握的。后来我们三个人就沉默了。今天回过头来反思"二十世纪中国文学"这个口号,我仍然认为,它作为一个学术观点、主张还是可以存在的,至少是一家之言,不见得完全过时。但是它没有想的那么大的意义和价值,而且自身是有缺陷,甚至是相当严重的问题的。它的最大价值可能还是历史价值：它确实对二十世纪八十年代中国现当代文学学科的突破起了很大作用，打开了全新的思路；而它内含着的对既定、主流研究模式的质疑精神，大胆创新的精神，不但跟八十年代的时代精神气质相一致，而且具有更普遍的意义。

黄子平：我是既得利益者，提职称，当年上头一查，这篇论文的引用率是所有现代文学论文里面排第一，这就不得了，引用率排第一。他们迷信"引用率"这玩意儿。赞成的也好，尤其批判的也好，也算引用，越多人批判引用率越高。这个概念里面最大的问题，当然也是八十年代的一个根本问题，就是对现代化和现代性一厢情愿地缺乏反思，所有思考的焦点、问题提出来的方式，都是笼罩在对现代化和现代性毫无反思、毫无批判的思路上。因为整个框架建立在那个上面，你要做任何修补和修改都是不可能的，这是最值得去反省的层面。

提问：我想问钱老师一个问题，我自己读鲁迅先生的作品，我最喜欢他的《影的告别》，因为我觉得写出了他一生的心路历程。我想请问钱老师读鲁迅先生作品的时候有没有最喜欢的一篇，能不能讲一下您和最喜欢的作品之间的故事和经历？

钱理群：我刚才已经讲了，我最喜欢的一篇是《颓败线的颤动》，正好我写了文章，谈我和《颓败线的颤动》结缘的历史。但这篇文章是应一位朋友特约而写的，在文章发表之前，我还不能公开透露文章的内容，这是要请你原谅的。

提问：首先对钱老表达敬意，因为我之前不喜欢鲁迅，不喜欢的原因是我读不懂，后来通读《鲁迅全集》，又看了您的《周作人传》，对我而言提供了了解周氏兄弟的两把钥匙。对知识分子心灵的探寻,可能是您一直关注的点,包括您讲座开始说的话非常有情怀,我听了非常感动。在现在这个时代并不是所有中文系的学生毕业以后都可以留在高校,因为相对于社会而言,高校还是相对安静一点,可以读书。很多中文系的学生在滚滚红尘之中,我们应该在思想以及态度上保持怎样的状态才能坚守这份初心?

钱理群:我昨天刚完成一封长信,今年教师节,一些农村的老师,一些当年读师范的老师给我写信,我在回信里这样谈的:按正常的人生是分三个阶段,一个是读书期间,包括大学,也包括研究生,这是一个做梦的时代,有许多理想,对未来有种种想法。第二个阶段就是步入社会以后,会面临理想和现实的巨大冲突,即使你原先在学校里已经看透了许多事情,但现实依然比你预计的要严峻得多。在这种情况下怎么办?根据我的观察和经验,大体上可能有四种反应。第一种反应是,不管现实,继续做梦。这样的反应现在可能已经不再有。第二种反应是,开始也对现实不满,但后来就逐渐适应,最后被现实同化。特别是在现实中得到好处,自己也成为既得利益者,就自觉地放弃、背离自己原初的理想,发生了异化。第三种反应是,既不甘心完全妥协,又没有勇气坚持理想,或者没有机会挤入既得利益集团,就陷入颓废、虚无、混日子。第四种反应是我比较赞同的:首先要面对现实,不断加深对现实的理解,在此基础上,对自己的理想做适当的调整,有一些反思,甚至要做一些妥协,但这个妥协又是有底线的,然后再寻找现实的空隙和机会,在有限的空间里逐渐地实现自己的部分理想。刚才提到的跟我通信的农村老师就告诉我,尽管他在现实生活中感觉到社会整体的黑暗、自身整体的无力,但也还是尽可能地在自己教学的范围内教好学生,使他们能够正常地、健康地活着。我觉得这个老师的选择可能对即将离开学校面对现实的同学们有参考、借鉴的价值。可以说我自己的一生基本就是这样过来的。到了老年反而在天天做梦。人生就是三个阶段:入世前,不同程度上做梦;入世后,就面临现实和理想巨大的反差,在挣扎和坚守中收获丰富的痛苦;到了老年出世后,又在更高层面上继续做梦。

陈平原:我很高兴北大中文系有好几位教授像老钱这样退休以后状态很好,比在工作的时候发挥得还好,不是逐渐走入低潮,而是越来越激昂。老钱告诉我,他每天不写作就困了,我说我相反,写作时就困了。所以他继续在做,而且发挥得非常出色。刚才老钱说的三个阶段,他还是理想化了,他忘记了今天最大的问题是,很多学生在校的时候已经过早地不做梦,很早就进入社会,而且会觉得老师你们怎么还那么天真!以前我们对学生说,你不要太天真,但是现在反过来,学生告诉我们不要太天真。

钱理群:即使这样的学生再世故,真正面对现实的时候还是反差太大,所以对你们来说,毕业以后才是真正的考验。

陈平原:北大学生比起全国各大学的学生来,最大的特点是他们在校期间书生气比较足。而现在北大的学生也开始不怎么书生气了,这不是好事情。

钱理群:就是不做梦了,书生气就是做梦。

陈平原:老钱出第一本散文随笔集,写完以后不知道题目叫什么好,我跟他说就叫《人之患》吧,因为老钱就是"人之患,好为人师"。

黄子平：老钱最大的悲哀是跟着平原混，所以都叫作青年学者，根本跟平原不是一代人。突然从老钱变成钱老，一夜之间，他都没有反应过来。从"青年学者"变成"北大老教授"，所以他丧失了人生很重要的阶段，叫作中年（笑）。一下子从青年跳到老年，非常悲惨，因为中年是非常丰富的人生阶段（笑）。我的疑问是为什么读中文系的人特别爱提这种问题？情怀啦，滚滚红尘啦，跟你们的专业选择，高考的时候填志愿脑子进了水有没有关系？我完全不懂，别的系的学生好像不那么容易提出这样令老师也非常困惑的问题。

钱理群：我是一个不可救药的理想主义者和浪漫主义者。

提问：三位老师好，刚才陈平原老师提到在点点滴滴中，在日常生活中就能够看出中国文化的变化。当年有日本学者研究鲁迅，研究鲁迅在北京居住时周边的邻居是谁，每天的环境怎么样，我想问三位老师，尤其是钱理群老师，您退休之后，我看到新闻报道说您住进了养老院，我不知道现在是什么样，您的日常生活，包括您的作息时间。这不是为了窥探您的私生活，而是一种研究路径（笑）。您什么时候写作、您是否锻炼身体等等，这些问题想请您谈一下。

钱理群：我最害怕回答这样的问题，因为搞不好网上就传开了，我现在最害怕的就是大家注意我。我之所以躲到养老院去，最大的目的是想退出公众视线，让别人都不注意我，可以自由地生活。你问到了，我好像不回答也不礼貌，简单说，这也是我昨天写的一封信里讲到的。

陈平原：你昨天到底写了几封信（笑）？

钱理群：一封长信，就是给农村的老师们写信。一位老师来信说，我爷爷 87 岁，每天在地里转来转去；我就回信说，我跟你爷爷一样，他在地头转来转去，我在书斋里耙来耙去，耕耘我的"一亩三分地"，写我自己想写的、愿意写的东西。我现在写作没有什么功利目的，也不求发表，别人怎么评论我都不管，完全是想怎么写就怎么写，进入自由写作的阶段。我日常生活主体就是这个。我也每天散步一个小时，而且我的散步有一个特点，我自己称为用婴儿的眼睛重新打量大自然。我的养老院条件比较好，院子像公园一样，每天就是那些草木、天空、云彩，但是我每次看的时候特别注意今天和昨天比有什么变化。我经常去锻炼的地方有一棵树，开始的时候它完全是绿的，后来这边开始变黄那边还是绿的，我每天去都看到黄颜色怎么逐渐侵蚀绿色一边，最后完全变成黄色了。发现这些看熟的一草一木每天发生微妙的变化，真的非常开心。所以我现在精神状态非常好，而且对我的身体健康几乎起了决定性的作用。每天就做这两件事：在书房耙来耙去，在园子里看来看去。每天都有新的发现和新的创造，这样就可以使自己的生命保持某种程度的新生状态。我是一个不可救药的理想主义者和浪漫主义者，我现在也还在竭力地将自己的晚年生活浪漫化，只是不知道这样的浪漫状态还能维持多久。

黄子平：我揭发老钱，我到他家去，那时候他还没有搬走，看到他客厅里面摆了一部很高级的跑步机，不说牌子，他的跑步机上堆满全国各地寄来的各种杂志。

钱理群：我原来不锻炼，我到了养老院以后最大的变化就是每天散步一小时。

文学批评的问题是整个社会风气的问题

提问：三位老师好，我听老师讲这些心里很受启发，想到前些日子我们上课的时候老师跟我们讨论的一个话题。我们当时讨论的问题是现在包括作家、散文家出了一本书就会有好多评论界的朋友进行批评，可能有这样的倾向，往往由文学批评变成大部分是文学表扬，甚至演变为文学广告。三位老师都是德高望重的老师，肯定有切身的体会，我想问三位老师对这种文学批评中出现的批评无力的状态怎么看？

黄子平：我有一年回来碰到苏州大学一位老师，从来没有人这么跟我说，他说你离开得好，我说为什么？他说你要不离开，你会成为全国知名的"红包批评家"。什么叫作红包批评家？那些新书发布会通常都是在北京，如果资金比较充足挑人民大会堂开发布会，当然先找北京大学做当代文学批评的老师，一进门签名，签完名红包递上来，你当然就变成"红包表扬家"。我出了一身冷汗，逃过一劫。非常有趣，我有一次听河南作家李洱描述这些"红包批评家"非常忙，任务繁重，要赶好几个会，到了一个会坐下来拿完红包以后，"很高兴来参加这次……"，然后扭头看横幅，才看清楚横幅上是讨论谁的哪本书，然后说这本书"很有深度、很有广度、很有高度……"，很有各种度，讲完以后又要赶下场批评。我觉得不是文学批评的问题，而是整个社会风气的问题，没法解决。

陈平原：子平说的是当代文学，而且更多体现在具体的作家作品出版座谈会。我的研究对象章太炎死了，鲁迅死了，胡适也早死了,不会开自己的作品出版座谈会,所以我们很少碰到这个挑战和诱惑。这么说吧,大套书,比如《章太炎全集》出版、《王国维全集》出版,这样的话我们会参加,那种氛围,相对来说大家比较认真,而且比较客观一点。不排除在那个场合里会多说一些表扬的话,但是和"红包批评家"不是一回事情。所以,我相信在整个书评界偏于软的状态下,可能当代文学的这个问题最严重。当年我的导师王瑶先生说做现代文学,他那个时候现代作家还在,他就说做现代文学最大的警醒是不要跟作家走得太近。王先生基本不跟作家打交道,据说某作家挑一担书到他家,说你的文学史就写我这么几行,合适吗?撂下来就走了。所以,作家的压力对于当下的研究者来说很严重,假如要保持史家立场与眼光,双方关系密切那是比较困难的。记得王瑶先生的话,即使偶尔谈当代文学,我也基本上不跟作家有密切往来,因此,也就没有那么多诱惑在等待着我。

钱理群:接着平原的话说,我的原则是不跟作家联系,也不跟作家的家属联系。比如我研究鲁迅、周作人,我基本上不跟鲁迅、周作人的家属打交道。当然会有一些损失,比如材料得不到,但是我觉得宁愿不要,也要保持我的独立。因为跟家属关系搞好,有了感情以后,就很难保持学术研究必须有的距离感与客观性。我顺便说一下,大家可以注意,我这些年任何别的会都不参加,我只参加一种会,就是我的作品要出版了,要召开发布会,我就必须参加。因为出版社出你的书很难,尤其是我的书更不容易出版,出来了,就要求有一定的销售量,需要宣传,开发布会,自然有一定的商业目的,我们不必回避这一点,而且这样的商业目的是合理的,我也有义务参加。参加的时候我也尽可能使其变成思想与学术的交流。今天这个会这方面就做得比较好,实际上是学术的交流。

黄子平:你们两个说的很有深度,但是缺乏广度。

徐鹏远:因为时间关系,这个问题没法展得太开,我可以做一个有价值的广告。刚才那位同学如果对这个问题感兴趣,可以去凤凰网看一下我们上一期的风沙龙,李陀和许子东两位老师就当下文学批评的问题聊了很多,应该可以给你提供更多解答。

提问:我想问一下三位老师关于少数民族文学的问题。我们一般说少数民族作家,比如像老舍、阿来,我们认为可以纳入文学讨论,但现在网上还有很多网络小说,可能以比较猎奇的心态放大作为卖点,里面出现类似于东方主义的现象。我自己是贵州苗族,我想问一下三位老师,在少数民族现代化速度越来越加快的情况下,怎么写出自己民族声音的作品?甚至说在二十一世纪或者再往后的网络时代,写出自己民族的声音还有无必要?

钱理群:我把话题拉开一点,今天的话题是"漫说文化",对文化的理解,我们通常一讲就是古代文化,古代文化又集中在儒家文化上。实际上不仅有古代文化,同时还有现代文化,我想提醒还有少数民族文化、地方文化、民间文化,我们应该有这个大视野的文化概念。这位同学谈到贵州苗族,这是我非常感兴趣的话题。记得我在退休以后和贵州的朋友编了一本《贵州读本》,并且到贵州各大学演讲,还专门到民族学院和少数民族学生交流,我讲的中心就是强调现在少数民族的文化有消失的可能,因此你们一定要坚持少数民族的文化,首先是坚持学习与运用你们自己民族的语言文字。没有想到学生的反应却是：钱老师，我现在考虑更多的是就业，要就业就必须懂得汉语，而且最好懂得英语，对我来说，最现实与迫切的，不是坚守民族语言文字的问题，我最关心的是请你告诉我如何学好英语。这件事引起了我的反思：我们这些学院里的教授，只是从理论、理想的层面，关心与思考少数民族文化的命运，这本身并无问题，而且自有价值；我们的问题在，完全不知道少数民族的学生、乡亲，在现实生活中遇到的更加实在、迫切的问题，我们的理论、理想就有陷入空谈的危险。少数民族文化的坚守当然很重要，问题是在少数民族的基本生存问题还没有完全解决的形势下，如何坚守？除了少数民族自身的坚守以外，我们这些关心少数民族文化的汉族知识分子，要能够实实在在地为少数民族文化的保存与发展做一些具体的事情。这也是我在遭到少数民族学生的前述质疑以后，一直在思考的。这里可以向大家报告，也可以说做一个广告，我最近和贵州安顺（我在那里生活了十八年）的朋友共同完成了一个大的学术工程：安顺地方史《安顺城记》。安顺地区是一个多民族的聚集地，也有很多苗族。我编这套150万字的《安顺城记》，就是尝试把少数民族文化作为全书的一个重点，在传承少数民族文化和地方文化上做一点工作，也算是聊尽一点责任吧。

陈平原：我想补充的是，前几年我写了好几篇文章谈少数民族文学问题，有兴趣的话，你看一下两年前《读书》杂志上我的《编一本少数民族文学读本，如何？》。其实，把你的问题再往前推，谈少数民族问题，不仅是就业，也不仅是文化，不仅是文学史，还包含整个意识形态，它会碰到很多有形无形的障碍，比如：

西南的问题好说,西北的问题难说;西北的问题中,内蒙古好说,新疆难说。有好多具体的问题,很棘手,你必须谈到,无法回避,但怎么说,分寸感很重要。只是在书斋里,你不知道最敏感的地方在哪里,政策红线在哪里,哪些地方是不能逾越的。学院里面很容易想当然,可你想介入,到底该采取什么立场,我做了不少尝试,但效果不理想。

钱理群:我推荐我编的书《贵州读本》,那里对苗族文化有很有趣的表述,贵州教育出版社出的。

徐鹏远:还有很多朋友举手,时间所限不能一一满足大家,我相信以三位老师今天下午两个半小时的很大体量的演讲,他们未来还会有很多次机会跟大家交流。今天我有两个特别大的收获,一个收获是无论人的年岁到了多大的时候,只要老哥们儿相聚都会变成老小孩,还有一个特别大的收获来自于陈老师的解答,他说大散文是端着的,我终于明白大散文为什么要叫"苦旅"了。

钱理群　黄子平　陈平原

(《凤凰网文化》2018年10月19日)

增订本后记

去年10月,也就是《二十世纪中国文学三人谈》出版及"漫说文化"丛书编纂三十周年,老钱、子平和我在北大校园重聚,做了一场题为"落花时节读华章"的公开对话。"漫说文化"丛书的重刊只是个由头,更重要的是,围绕三十多年前我们在燕园的活动,展开关于八十年代及当下中国文化/学术的对话。现场有不少媒体记者,整理成各种版本的文字稿,在不同媒体上刊发,一时颇为热闹。我当然知道,不是我们的对话特别精彩,而是大家希望用这种方式,向早已远逝的八十年代致意。我们又何尝不是如此!时隔多年,还有兴趣重提旧说,"朝花夕拾"的同时,有怀旧,也有反省,但不敢奢望有什么学术创获。

在《小书背后的大时代》(《读书》2016年第9期)中,我提及:"今天看来,值得格外怀念的,不是具体论述的'开拓性',而是提倡者那种初生牛犊的勇气,以及允许乃至鼓励年轻人'勇猛精进'的时代氛围。当初的我们,确实是想法多而学养薄,可如果接受长辈的善意提醒,沉潜十载后再发言,很可能处处陷阱,左支右绌,连那点突围的锐气与勇气也都丧失了。某种意义上,这个概念不完美、欠周全、有很多缺憾,可它与八十年代的时代风气相激荡,这就够了。正因此,我才会不无自嘲地说,即便

'二十世纪中国文学'只剩下个外壳,也都值得怀念。"

那只是一册"开风气"的小书,在作者是追忆时光流逝,在读者则可以一窥学术的演进。从1988年人民文学出版社版《二十世纪中国文学三人谈》、1997年湖南教育出版社版《漫说文化》,到2004年北京大学出版社刊行《二十世纪中国文学三人谈·漫说文化》,再到这回北大社的增订本,更多的是作为学术史资料,方便后学的了解、批判与对话。

至于选择《三人谈——落花时节读华章》殿后,说不上曲终奏雅,而更像是八十年代遥远的回声,断断续续,但悠扬而坚定,仔细辨析,还是别有韵味的。

陈平原
2019年5月18日于哈佛旅次